DUMONT

Umgeben von mittelalterlichen Ruinen und einem verwunschenen Garten liegt in Yorkshire das atemberaubende Herrenhaus Belrive Priory. Weihnachten steht vor der Tür, und der Schriftsteller Arthur Ferryman freut sich, zu dem verschneiten Familiensitz zurückzukehren. Jedoch muss er bei seiner Ankunft schockiert feststellen, dass seine Cousins und Cousinen einen neuen Sport für sich entdeckt haben: das Pistolenschießen. Tatsächlich ist in Belrive jede Ablenkung willkommen, denn es mangelt in der Familie nicht an Zwistigkeiten. Wenn nicht geschossen wird, vertreiben die Anwesenden sich die Zeit damit, sich gegenseitig zu beharken, Shakespeare zu zitieren oder das neueste Werk von Arthurs Cousine Lucy Chigwidden zu kritisieren, einer aufstrebenden Krimiautorin, die Arthur auf Schritt und Tritt mit ihren Manuskripten verfolgt. Als einer der Gäste erschossen aufgefunden wird, tritt Inspector Appleby auf den Plan und hat inmitten der chaotischen Familie einige Mühen herauszufinden, was sich auf dem alten Landsitz zugetragen hat.

Michael Innes ist das Pseudonym von John Innes Mackintosh Stewart (1906–1994). Er war ein gefeierter schottischer Romanautor, Literaturwissenschaftler und Kritiker. Zu Lebzeiten veröffentlichte Innes fast fünfzig Kriminalromane und Kurzgeschichtensammlungen, von denen viele in DuMont's Kriminal-Bibliothek erschienen.

Karl-Heinz Ebnet arbeitet seit mehr als 25 Jahren als literarischer Übersetzer. Zu den von ihm übersetzten Autor*innen zählen u. a. Mary Higgins Clark, Reginald Hill, Tobias Hill, Julian Gough und Ayad Akhtar.

Michael Innes

Ein Schuss im Schnee

Kriminalroman

Aus dem Englischen
von Karl-Heinz Ebnet

DUMONT

MIX
Papier | Fördert gute Waldnutzung
FSC® C083411
FSC
www.fsc.org

Das bei der Produktion dieses Buches entstandene CO_2 wurde
durch die Finanzierung von Klimaschutzprojekten kompensiert:
climate-id.com/17531-2110-1001/de

September 2024
DuMont Buchverlag, Köln

Diese Ausgabe erscheint mit freundlicher Genehmigung von
International Literary Properties
Die englische Originalausgabe erschien 1942 unter dem Titel
›There Came Both Mist And Snow‹ bei Golancz, London.

Übersetzung: Karl-Heinz Ebnet
Umschlaggestaltung: Lübbeke Naumann Thoben, Köln
Umschlagabbildung: eyewave/istock by GettyImages
Satz: Fagott, Ffm
Gesetzt aus der Dante
Druck und Verarbeitung: CPI books GmbH, Leck
Gedruckt auf säurefreiem und chlorfrei gebleichtem Papier
Printed in Germany
ISBN 978-3-7558-0516-8

www.dumont-buchverlag.de

1

Selten habe ich Basil meinen alljährlichen Besuch abgestattet, ohne mir Gedanken über die irrationalen Gefühle zu machen, die wir Abstammung und Geburt entgegenbringen. Für einen Engländer, der Umgang mit der guten Gesellschaft pflegen möchte, sind Großeltern eine Voraussetzung; Urgroßeltern vermutlich von Vorteil. Damit hat es sich aber auch schon mit dem praktischen Nutzen von Vorfahren. Es war immer schon möglich, innerhalb dreier Generationen einen Gentleman hervorzubringen; heutzutage – da die Familien kleiner werden und die Oberschicht eilends rekrutiert werden muss – gelingt das auch in zwei. Trotzdem werden ferne Ahnen nach wie vor hochgeschätzt; und je ferner, desto stolzer sind wir auf sie. Was nun besonders unlogisch ist. Die Abstammung von unseren Großeltern teilen wir mit nur sehr wenigen Menschen. Aber die Abstammung von einem Vorfahr aus der Herrschaftszeit von, sagen wir, Johann Ohneland teilen wir mit so ziemlich jedem in England. Die Aussage, wir alle seien Söhne Adams, basiert auf fundierten genetischen Erkenntnissen. Was der ganzen Abstammungssache etwas Absurdes verleiht. Etwas Absurdes, an dem man sich erfreuen kann, wie ich feststellen möchte. Und auch wenn sich diese Freude nicht sofort erschließen mag, überkommt sie mich doch jedes Mal, wenn ich die Priorei Belrive besuche.

Mein Name lautet Arthur Ferryman. Gehen Sie kurz in sich, sinnieren Sie darüber nach, und wenn Sie über ein gängiges Vorstellungsvermögen verfügen, sehen Sie jetzt eine Person in leicht abgerissener Kleidung vor sich, die einen

Stechkahn über einen Fluss stakt. Zu diesem Bild wurden Sie aber von einer falschen Etymologie verleitet; meine Vorfahren erwarben sich ihren Namen, weil sie im Mittelalter eine eiserne Faust – *ferreus manus* – schwangen. Wir sind Sklaven der Wörter – Schriftsteller ganz besonders –, und ich glaube, dass diese aristokratische Herleitung zusammen mit der Tatsache, dass ich in der von mir besuchten Privatschule Punt genannt wurde, zum größten Teil verantwortlich ist für den, der ich bin. Abstammung –

ein Titel, welcher sich nach fernen dunklen Zeiten sehnt,
der Noahs schimmeligen Schriften ist entlehnt

– fasziniert mich immer. Genau wie, auf rationalerer Ebene, das ganze Geschichtspanorama. »O trefflicher Gebrauch jener alter Zeiten.« Spenser bringt zum Ausdruck, wovon ich insgeheim zutiefst überzeugt bin. Ich mag ein modischer Gegenwartsautor sein, dennoch glaube ich, dass die Vergangenheit weitaus besser war als die Gegenwart. Und Belrive, wo sich Vergangenheit und Gegenwart unruhig in einem schmalen Bett hin und her wälzen, beflügelt diese rückwärtsgewandte Empfindung noch mehr als die Empfindung, die wir der Abstammung entgegenbringen.

Die Faszination, die von der Vergangenheit ausgeht, liegt nun laut den Psychologen im Gefühl der Sicherheit, die sie vermittelt. Die Vergangenheit ist vorüber; in ihr kann nichts anderes mehr passieren; sie ist daher ein Zufluchtsort aus dem schwierigen Heute und dem problematischen Morgen. Für mich ist die Priorei die Vergangenheit; sie symbolisiert eine Umgebung, in der man sich, um diesen Gedanken auszuführen, nicht unablässig gegen die Erschütterungen des Unerwarteten wappnen muss. Vielleicht lag es am entsprechenden Zustand der Entspannung, dass die Katastrophe in Belrive – die so plötzlich, so unvorbereitet hereinbrach – mich derart fassungslos machte.

Man zieht es vor, die Nachricht von Gewalttaten mehr oder weniger teilnahmslos zur Kenntnis zu nehmen, aber mein Bedürfnis, mich schon im Voraus für mein Verhalten zu entschuldigen, führt dazu, dass ich mich meinem Thema auf Umwegen annähere. Daher wäre allen wohl besser gedient, wenn ich die Abstammung und den *hortus conclusus* der Geschichte zurückstelle und mit einer Beschreibung der Priorei von Neuem beginne.

Hortus conclusus. Genau das ist die Priorei. Denn der Park, das Herrenhaus und die Ruinen sind von einer hohen Mauer umgeben – einer Mauer aus dem frühen neunzehnten Jahrhundert und letzter und kostspieliger Protest gegen die übergreifenden Nachbarn. Als der Honorable John Byng 1792 den Norden Englands bereiste, erfuhren die Baumwollspinnereien von Cambrell und Wimm gleich neben Belrive bereits gewaltigen Aufschwung. Byng vermerkte den bedauernswerten Umstand, dass Mönche und Baumwollhersteller gleichermaßen Wasser benötigten und folglich die Letzteren dazu neigten, dort zu spinnen, wo die Ersteren wuschen, innere Einkehr hielten oder zum Fischen gingen. Ebenfalls vermerkte er regelrecht angewidert – der zukünftige Viscount war ohne Begleitung unterwegs und neigte, wenn allein, zu düsteren Urteilen –, dass in der Umgegend keine Landwirtschaft mehr getrieben und die neue Industriebevölkerung von Liverpool aus mit importiertem Getreide versorgt wurde. Die Baumwollspinnereien haben sich seit den Zeiten der Torrington Diaries weiter ausgedehnt, aber noch immer gehören sie der gleichen Familie; der Wohnsitz der

Cambrells – von Byng als lächerlicher, übergroßer Bürgerkasten im schlechten neuen Stil beschrieben – ist mittlerweile ein nahezu liebliches Herrenhaus in den Außenbezirken der Stadt. Selbst die Baumwollspinnereien, die die Ruinen der Priorei im Süden überragen, sind mittlerweile lieblich zu nennen. Das trifft übrigens auf einen Gutteil dessen zu, was des Teufels ist.

Recht neu und auffällig dagegen ist Cudbirds Brauerei, die im Westen an den kleinen Park angrenzt. Auch Brauer brauchen Wasser; soweit ich weiß, gründen ihr Reichtum und ihr eigentümlich hohes gesellschaftliches Ansehen darauf, dass sie kaum etwas anderes brauchen. Nicht dass die Cudbirds hochstehend sind. Sie sind, offen gesagt, Plebejer. Dennoch erschien es mir unmöglich, Horace Cudbird, der in dieser Erzählung vorkommt, nicht zu mögen. Leider erging es Basil ebenso.

Belrive also, noch vor Jahrhunderten in einem einsamen Tal mit Blick auf die fernen Yorkshire Dales gelegen, ist heute – völlig aus der Zeit gefallen – von einer reinen Industriestadt umgeben. Eine Textilfabrik, eine Brauerei, eine Hauptstraße: davon ist sein dreieckiges Gelände umgrenzt. Die Hauptstraße ist meiner Meinung nach der schlimmste Nachbar. Ja, die Brauerei stinkt. Aber bis vor Kurzem gingen Gerüche und Zivilisation Hand in Hand; tatsächlich gilt das für einige der schönsten mir bekannten Orte bis heute. Ja, die Cambrell'sche Textilfabrik hat die Fische vergiftet – trotz zahlreicher Auflagen, die im Großen und Ganzen, soweit ich weiß, gewissenhaft überwacht werden. Dennoch, mit der Textilfabrik hat der Verbrennungsmotor Einzug gehalten, und mit dessen Hilfe lassen sich innerhalb einer halben Stunde die besten Angelplätze der Umgegend aufsuchen. Textilfabrik und Brauerei stehen hinter der Hauptstraße zurück, auf der sich altersschwache elektrische Trambahnen, Busse und ein steter Strom regen Industrieverkehrs finden, ungeduldige Geschäftsleute, die zweimal am Tag in ihren Autos, und ungeduldige Arbeiter, die zweimal am Tag auf ihren Drahteseln vorbeirauschen, kreischende Kinder und kratzstimmige Frauen von morgens bis abends – daneben Fußballfans in Ausflugskutschen, Betrunkene, Heilsarmeekapellen und elektrische Bohrhämmer, die sich in regelmäßigen Abständen bemerkbar machen. Besonders sträflich sind mir immer die Trambahnen erschienen; sie jagen auf ihren gleichgültigen Gleisen mit gefährlicher Geschwindigkeit dahin, während der Fahrer unablässig mit dem Fuß die schrille Warnglocke betätigt. Ein Schaffner hat mir erzählt, sie müssen ihren Fahrplan einhalten, sonst würden sie ihre Anstellung verlieren, und nur durch diese anhaltende bösartige Folter lässt sich vermeiden, dass es nicht alle paar Meter zu einem tödlichen Unfall kommt; ohne dieses fürchterliche, aufmerksamkeitsheischende Glockenspiel würden die Verkehrsteilnehmer die Existenz von Trambahnen schlichtweg ignorieren. Das mag stimmen. Dennoch kommt es zu Unfällen. Das kleine Pförtnerhaus am Tor zur Priorei wird so oft als Verbandsplatz genutzt, dass es recht und billig wäre, die Gemeinde zur Zahlung einer regelmäßigen Miete anzuhalten.

Ich bin versucht, dem Lärm noch einen weiteren langen Absatz zu widmen. Genannt sei zum Beispiel die merkwürdige Tatsache, dass die menschlichen Bewohner sich am meisten durch jene Lärmkulisse gestört fühlen, die unentwegt zu hören ist, das Rotwild im Park hingegen nur von besonderen und gelegentlichen Geräuschen aufgeschreckt wird; den Trambahnen schenken die Tiere keine Beachtung, die Heilsarmee aber stört sie; elektrische Bohrhämmer rufen ein panisches Auseinanderstieben hervor, das erschütternd mitanzusehen ist.Ich denke, mein Argument ist deutlich genug: die in Ruinen liegende Priorei, die noch klösterliche Ruhe ausstrahlt, das Queen-Anne-Herrenhaus, das augustinischen Frieden atmet – sie sind vom Getöse unserer modernen Welt umgeben.

Diese macht sich auch visuell bemerkbar. So gibt es nachts die neue Neonreklame von Cudbird. Steht man auf der Terrasse des Hauses, kann man sie gerade so über dem verfallenen Turm erkennen. Eine Sekunde noch herrscht Dunkelheit, nur schwer ist der Umriss des Turms vor dem fahlen Schimmer des urbanen Himmels auszumachen. Doch dann materialisiert sich in der Finsternis wundersamerweise eine große grüne Flasche; sie neigt sich wie ein verrückt gewordenes Sternbild am Himmel; hundert flackernde Leuchten simulieren das hervorsprudelnde Getränk; der Turm, der wie ein Pokal darunter ruht, empfängt die Bierdusche. So gibt Horace Cudbird, der neuzeitliche Ganymed, höchstselbst den Mundschenk seiner eigenen obskuren Götter.

Gäste, die mit diesem Schauspiel nicht vertraut sind, verweilen nach dem Essen auf der Terrasse und bestaunen es minutenlang. Es hat zweifellos eine ganz eigene, fantastische Schönheit. Zwischen den Ruinen sorgt Cudbirds Werbeschild für weitere subtile Effekte. Die monströse Flasche ist dort nicht direkt sichtbar, wahrnehmbar ist lediglich eine rhythmische Abfolge von weichen reflektierten Lichtern, die auf die bröckelnden Wände und zwischen die Schatten geworfen werden. Erst die Andeutung eines giftigen Grüns – ein Hauch Licht, der sich auf das Gemäuer legt; die Flasche wird erleuchtet. Als Nächstes streichen roséfarbene Strahlen über die Ruinen wie Finger auf einer Klaviatur; der Stadt wird in riesigen Lettern mitgeteilt, dass Cudbirds Bier das Beste sei. Und plötzlich gerät die Welt ins Wanken, kippt vornüber, stellt sich auf den Kopf; ruckartig dreht sich die Flasche um die eigene Achse. Gleich darauf geht ein matter Bernsteinregen nieder wie ein langsam fallender Vorhang; einen Augenblick lang treibt die Priorei in einem schäumenden Meer aus Bier; dann, für wenige Sekunden, vor dem nächsten Wiederaufleuchten der Flasche, herrscht Dunkelheit. In diesen kurzen Sekunden der Untätigkeit, in denen Cudbird zwischen zwei Trankopfern innehält, ist die Wirkung am seltsamsten. Denn in der Dunkelheit und hervorgerufen durch eine Gaukelei der Netzhaut wiederholen sich die Phänomene; der Verstand ist kurz verwirrt zwischen seiner eigenen flackernden Schöpfung und dem, was, wie er weiß, unbeweglich vor ihm steht. Was eine ganz und gar unheimliche Wirkung hat. Die Bediensteten der Priorei gingen mit ihren Liebsten gern »in die Ruinen«; denn wenn die Reklame zu sehen ist, muss man nachts nur die andere Richtung einschlagen, um peinliche Begegnungen zu vermeiden.

Die feurige Flasche nachts, die Rauchglocke über der Stadt tagsüber, das Getöse, das nur in den frühen Morgenstunden abebbt: sie ergeben die Szenerie, die Folie, den Rahmen für das sehr schöne Zuhause meines Cousins Basil. Die Ropers sind künstlerisch begabt – ich muss anerkennen, dass mein Talent von ihrer Seite kommt – und haben seit Generationen Belrive mit ihrem Geschmack geprägt, der konservativ, aber nie behäbig ist. Das Anwesen vermittelt den Eindruck, als würde es seit Alters her gepflegt, was man üblicherweise mit einigen der großen Häuser in England assoziiert. Die Gärten sind formal, ohne etwas unangenehm Künstliches an sich zu haben; sie verlangen nicht, wie manche überladene Gärten, nach einem anderen als dem nördlichen Himmel. Der Park ist von unaufdringlicher Kunstfertigkeit, ein in Hunderten von Grüntönen illuminierter Saum, der den warmen, aber leider rußgeschwärzten Stein der Ruinen umgibt. Das Haus in seiner äußeren Anmutung ist alt und makellos zugleich; es zeugt von zwei ausgezeichneten Dingen, Kontinuität und einem sehr soliden Kontostand. Drinnen bewegt man sich inmitten der ineinander sich vermischenden und kontrastierenden Geschmäcker einer langen Abfolge von kultivierten Besitzern; es ist diese gemäßigte Diskrepanz unterschiedlicher Persönlichkeiten, die sich einer anerkannten Tradition verpflichtet sehen, die ein Haus lebendig werden lässt. Kurz gesagt, ich erachte Belrive als einen äußerst zufriedenstellenden Ort. Und als ich an dem Tag, an dem diese Chronik einsetzt, auf die Anfahrt einbog, dachte ich vor dem soeben skizzierten Hintergrund über die leicht problematische Persönlichkeit des Hausherrn nach.

Basil Roper, der siebte Baronet, war zu dieser Zeit ein Mann Mitte fünfzig, Junggeselle, berühmt und allmählich zu der Erkenntnis gelangend, dass seine Karriere zum größten Teil hinter ihm lag. Er, Entdecker und Bergsteiger, wusste, dass er nie mehr so hoch über dem Meeresspiegel stehen würde, wie er es schon getan hatte. Mit fünfzig kann man noch auf sechstausend, vielleicht auf siebentausend Meter aufsteigen. Danach arbeitet man am Teleskop und macht Geschäfte. Die höchsten Felszinnen und Gipfel der Erde ergeben sich nur der untadeligen Mechanik eines jugendlichen Herzens.

Wie die meisten Bergsteiger hegte Basil keine besondere Leidenschaft für die Höhe an sich. Dem Central Gully on Lliwedd, eine Tagestour von London entfernt, konnte er genauso viel abgewinnen wie der Querung einer monströsen Felswand im Himalaja. Dennoch birgt das Herz, so wie es als Mechanismus seine Grenzen hat, als Lebensprinzip auch gewisse Ziele. Eines von Basils Zielen war es gewesen, in große Höhen zu streben; diese Möglichkeit war nun dahin und mit ihr auch eine gewisse Spannung, auf die zu verzichten vielleicht nicht so einfach war.

Wer einer Idee gedient hat, zieht sich nur mit Unbehagen auf Praktisches zurück. Aber Basil war von Jugend an auch Wissenschaftler gewesen und hatte jetzt in vielem seine Finger mit im Spiel – in immateriellen Dingen des Geistes, in denen man nach Herzenslust rühren kann, ohne anderen in die Quere zu kommen oder viel Aufhebens zu machen. Auf geologische Diskussionen konnte er sich einlassen wie jemand, der sich auf die Einsamkeit eines arktischen Zelts einlässt. Mit einem Hammer inmitten kargen Felsgesteins die Weltzeitalter zu erkunden, verschaffte ihm die gleiche Befriedigung wie der tatsächliche Anblick unberührten Eises und unbetretener Schneeflächen. Solchen Entbehrungen kann ich nicht viel abgewinnen; ich präferiere die bevölkerte Erde – das Feld der Menschen. Nichtsdestotrotz verlangt es mich, auch den asketischen Typus zu verstehen, und auf der Fahrt zu Basils Anwesen fasste ich erneut meinen alljährlichen Entschluss: meinen Cousin mit professionellem Eifer und Gewissenhaftigkeit zu studieren. Das mag entbehrungsreich klingen, aber der fantasiebegabte Autor ist weit davon entfernt, von Luft allein zu leben. Er hat sich seinen Mitmenschen in demselben Geist zuzuwenden, in dem sich Basil archäischen Gneisen und Eruptivgestein zu widmen pflegte.

Mein Taxi fuhr um eine Biegung, und der kleine Park kam ins Blickfeld. Wie wertvoll dieses Grundstück sein musste, ging mir durch den Kopf. Nur einen Tag zuvor hatte mir ein Freund einen wunderschönen Goldpokal gezeigt, der vor

Kurzem aus einem Wikingerschatz geborgen worden war, ein Gegenstand von beträchtlichem intrinsischen Wert, der als Museumsstück allerdings noch sehr viel kostbarer war. Mit Belrive verhielt es sich ebenso. Seine Lage im Gewerbegebiet einer Stadt, die wirtschaftlich keineswegs stagnierte oder gar im Niedergang begriffen war, gewährleistete, dass jeder Acre eine große Geldsumme wert war; kostbar war es gleichzeitig aber auch in einer anderen, unbestimmbaren Währung – in altertümlicher oder sentimentaler Hinsicht. Ich erinnerte mich, dass Basil sich immer äußerst gewissenhaft um die Priorei gekümmert hatte – aber wie stark empfand er die Verantwortung, die er für diesen Ort als Kulturerbe trug? Mit einigem Entsetzen wurde mir bewusst, dass meinem Cousin die Vergangenheit so ziemlich gleichgültig war. Oder zumindest das, was ich Vergangenheit nenne. Er gehörte zu jenen, die eine Abhandlung über die Geschichte verfassen und sie mit vielen großartigen Illustrationen von Mammuts und Pterodaktylen ausstatten, den Menschen aber in den Appendix verbannen. Mag sein, dass ich ungerecht bin. Basils Geschichtsverständnis war ja alles andere als gewöhnlich oder unausgegoren. Nur, menschliche Einrichtungen jener Art, mit denen wir in vielfältigen Beziehungen stehen, interessierten ihn nicht. Bestimmten fernen Kulturen – Sumerern, Babyloniern und dergleichen – brachte er durchaus die Aufmerksamkeit eines im Feld forschenden Naturkundlers entgegen. Aber an dem Punkt, an dem die richtige Geschichte beginnt – die Anfänge des dorischen Griechenlands –, da verlor sich sein Interesse. Und die Chronologie, die wirklich seine Fantasie und seinen Verstand anregte, zählte die Jahre nach Millionen. Welchen Wert also, fragte ich mich, sah Basil in den Ruinen eines Gebäudes aus dem zwölften Jahrhundert oder dem Grundstück, das seinen Vorfahren gehörte, seitdem sie es vor fast dreihundert Jahren erfolgreich gestohlen hatten? Die Epoche der Tudors musste Basil vorkommen, als wäre sie erst gestern gewesen. Ich warf einen Blick aus dem Taxi und sah noch das Eisenskelett von Cudbirds Reklametafel hinter dem Turm der Priorei verschwinden. Basil musste der Klosterturm als zeitgenössisches Bauwerk erscheinen. Und zum ersten Mal hinterfragte ich die rechtliche Lage hinsichtlich Belrive. War sein Eigentümer berechtigt, damit nach Belieben zu verfahren? Oder waren zumindest die Ruinen vor seiner launenhaften Willkür geschützt?

Diese Überlegungen wurden durch quietschende Bremsen unterbrochen. Erstaunt sah ich Wilfred Foxcroft mit einem hastigen Satz aus dem Weg springen.

Wilfred ist ein Cousin von mir. So wie die meisten Personen in dieser Erzählung.

2

Ich war sehr erstaunt, Wilfred zu sehen; einen weiteren Schock erlitt ich, als er sich mir zuwandte und mit etwas winkte, was eindeutig ein Revolver war. Das Taxi hielt an, und obwohl es das nur tat, weil ich an die Glasscheibe geklopft hatte, war es beinahe, als würde ich Opfer eines Überfalls. Wilfred öffnete die Tür, stieg ein und warf sorglos die Waffe auf den Sitz. »Die ist«, sagte ich, »hoffentlich nicht geladen.«

Mein Cousin lachte und ließ sich gleichzeitig so schwer fallen, dass ich Richtung Wagendach katapultiert wurde. »Mein lieber Arthur«, sagte er, »du bist mit dem Phänomen der Veronesischen Träne vertraut?«

»Ganz gewiss nicht.«

»Die Veronesische Träne ist ein zerbrechlicher Glastropfen, der unter bestimmten Voraussetzungen dem heftigen Schlag eines Hammers widersteht. Der Sicherungshebel an einem Gewehr oder Revolver funktioniert nach dem gleichen Prinzip. Ein Stoß oder ein Ruck« – Wilfred schleuderte den Revolver auf den Wagenboden – »erhöht nur die Sicherheit, mit welcher der Mechanismus gesperrt ist.«

Durch seine Worte ein wenig beruhigt, musste ich feststellen, dass Wilfred Foxcroft sich nicht verändert hatte. Jedenfalls in seinen kleinen Gewohnheiten. Ich erinnerte mich an den Schlag gegen die Wirbelsäule, der einen auf die harte Schulbank niedersinken ließ. Aus seiner Schulzeit stammte auch die irritierende Eigenart, jedes Gespräch mit irgendeinem Bruchstück unnützen Wissens anzureichern; sein Verstand funktionierte wie ein umtriebiges, aber im Grunde einfallsloses Eichhörnchen, und sein Kopf war eine Rumpelkammer voller Venezianischer Tränen und ähnlichem Krempel. Manchmal dachte ich mir, dass sein Zerwürfnis mit Basil – dieses lang anhaltende, alles überlagernde Zerwürfnis, dessentwegen ich so überrascht war, ihn überhaupt in Belrive anzutreffen – ebenfalls auf diese Geistesverfassung zurückzuführen war. In seinen Unterhaltungen glich Wilfred einem Automaten: Man warf eine Münze ein, und heraus fiel ein trockener Keks – immer der gleiche trockene Keks. Basil dagegen hatte mehr von einem Comptometer: Man drückte die Tasten und konnte darauf vertrauen, dass die relevanten Daten berechnet wurden. Diese beiden Veranlagungen kamen sich dabei auf eine gewisse Weise so nah, dass die beiden sich gegenseitig gleichermaßen auf die Nerven gingen. Die daraus resultierende Gereiztheit, verstärkt noch durch den Zwang, die Gesellschaft des jeweils anderen zu ertragen, war, wie ich schon immer mutmaßte, verantwortlich für Basils und Wilfreds Entzweiung. Aber nachdem Wilfred nun wieder in die Priorei gefunden hatte, war es wohl angebracht, meine Freude darüber zum Ausdruck zu bringen. Was ich tat, so schlicht wie möglich. »Wilfred«, sagte ich, »es ist schön, dich wieder hier zu sehen.«

Wilfred stupste mit der Fußspitze gegen den Revolvergriff, bis der Lauf, seinem Ordnungssinn genügend, parallel zum Fahrersitz lag. »Der Vorschlag«, sagte er, »sich mit dem Alten ab- und sich hier einzufinden, war gut. Ein Ortswechsel zu dieser Jahreszeit ist nicht zu verachten. In den drei Wintermonaten ist die Wahrscheinlichkeit, an einer Erkältung zu erkranken, in der Provinz um fast sieben Prozent geringer als in London.«

Ich sah ihn neugierig an. Die Statistik interessierte mich nicht, meine Aufmerksamkeit galt der vorangegangenen

Wendung. *Der Vorschlag, sich mit dem Alten ab- und sich hier einzufinden, war gut.* Wilfred war des gehobenen Englisch vollkommen mächtig, der unbeholfene Satz war daher absichtlich missverständlich formuliert. War der Streit auf sein oder auf Basils Betreiben begraben worden? Unmöglich zu sagen.

»Eine große Familienfeier«, fuhr Wilfred fort. »Hubert und Geoffrey, Lucy, Cecil, Anne. Man hat mir gesagt, es gebe in England nur acht ernsthafte Maler, die mehr als vierhundert im Jahr verdienen. Du kannst von Glück reden, dass die Leute noch Bücher kaufen!«

»Noch Bücher *lesen*«, korrigierte ich – unfreiwillig an dem Keks knabbernd, der aus der Maschine gefallen war. »Nach Bankiers, nehme ich an, herrscht ebenfalls rege Nachfrage?«

Wilfred, ein Bankier und ein wohlhabender dazu, lächelte selbstgefällig. »Hubert, natürlich, geht es ganz gut. Die Porträt-Aufträge reißen nicht ab. Aber Geoffrey, der so gar nicht in die Fußstapfen seines Vaters treten will, verdient nicht einen Penny. Das macht Anne, diesem verhinderten kleinen Feger, gehörig zu schaffen. Weißt du, was eine nicht einmal große Leinwand samt Grundierung kostet?« Und Wilfred, der, wie ich wusste, den schönen Künsten nicht das geringste Interesse entgegenbrachte, fuhr mit der detaillierten Auflistung der Arbeitskosten eines Malers fort. Der Leser wird nicht erwarten, dass ich diesen Monolog wiedergebe, stattdessen werde ich versuchen, diejenigen Verwandten zu beschreiben, von denen ich jetzt wusste, dass ich ihnen in der Priorei begegnen würde.

Man muss mir verzeihen, wenn ich hier keinen Familienstammbaum zeichne; ein Autor hält sich zwangsläufig an die Prosa, und in schlichter Prosa glaube ich alles erklären zu können. Die Älteste aus Basils Generation der Ropers war seine Schwester Margaret. Sie heiratete in die reiche Bankiersfamilie der Foxcrofts ein und hatte zwei Söhne, Wilfred und Cecil. Wilfred ist im Bankgewerbe tätig; Cecil, der Pädagogik zuneigend, Leiter einer Internatsschule. Beide sind nicht verheiratet, und beide sind kaum zehn Jahre jünger als ihr Onkel Basil.

Nach Margaret Roper kam Basil, und ein Jahr später wurde Hubert geboren, der Maler. Huberts einziges Kind, Geoffrey, ebenfalls Maler, ist nun fünfundzwanzig.

Die Jüngste aus Basils Generation ist Lucy, mittlerweile Witwe eines gewissen Charles Chigwidden, eines erfolglosen Anwalts. Lucy Chigwidden ist Romanautorin: Ich darf den Leser vielleicht daran erinnern, dass dieser Begriff sehr dehnbar ist.

Ich selbst bin der einzige Sohn von Basils Tante Mary Roper; mein Verwandtschaftsgrad zu Basil, Hubert und Lucy ist daher der eines Cousins ersten Grades. Anne Grainger, Waisentochter und einziges Kind meiner Schwester Jean, ist jetzt einundzwanzig. Jeans Ehe war finanziell recht unbesonnen geraten; sie und ihr Mann starben bei einem Bootsunfall, als Anne noch klein war; das Kind wuchs unter der Vormundschaft von Wilfred Foxcroft auf, als dessen Protégée sie nun gesehen wurde.

Diese Absätze, sehe ich, lassen sich kaum als Prosa bezeichnen. Aber sie sind klar und entsprechen der Schlichtheit, die diese Erzählung verlangt; unsere genauen verwandtschaftlichen Beziehungen – obwohl sie für alles Folgende kaum relevant sind – können nun also von jedem, den es interessiert, leicht erschlossen werden.

Wir näherten uns dem Haus, und ich unterbrach Wilfred mit der Frage: »Hubert, Geoffrey, Lucy, Cecil und Anne. Verstehe ich recht, es handelt sich um eine große Familienfeier?«

»Genau. Ein nettes altmodisches Weihnachten. Ich werde mit Basil übers Bergsteigen reden; Hubert will mit einem Porträt von Cecil anfangen; Geoffrey und Anne werden miteinander schlafen; und Lucy wird dich überallhin verfolgen und dich um deine Ansichten zum inneren Monolog und zur Kapitelstrukturierung löchern.«

»Kapitelstrukturierung?«

»Ihr neues Lieblingswort. Warum man ein neues Kapitel da anfängt, wo man es eben tut.« Wilfred gluckste über den unwillkürlichen Seufzer, der mir herausgerutscht sein musste. »Aber wenn ich so darüber nachdenke, es gibt auch einen Außenstehenden. Mervyn Wale.«

»Sir Mervyn Wale?«, fragte ich überrascht. »Aber er gehört doch zu denen, die sich nie von der Stadt und seinen teuren Patienten loseisen können. Außerdem wusste ich gar nicht, dass er ein Freund der Familie ist.«

»Ist er auch nicht. Aber er und mein Bruder Cecil sind in letzter Zeit ganz dick miteinander, und Cecil hat Basil anscheinend überzeugen können, ihn einzuladen. Und was das Loseisen anbelangt, er sieht ausgesprochen malad aus und hält es möglicherweise für nötig, etwas kürzerzutreten.«

»Wenigstens einer«, sagte ich leichthin, »der von allen familiären Leidenschaften unbeleckt ist.«

Das war eine taktlose Bemerkung, die ich sofort bedauerte, kaum war sie ausgesprochen. Aber Wilfred ließ sich nicht beirren. »Wale, mein lieber Arthur, hat sowieso keine Leidenschaften. Nur echte wissenschaftliche Neugier. Unter dem modischen Nassauer steckt ein richtiger Wissenschaftler – irgendwas mit Kardiologie, glaube ich. Oder wenn er eine Leidenschaft hegt, dann für den armen Cecil – der sicherlich nie zuvor romantische Gefühle geweckt hat.«

Ich verspürte nicht den Wunsch, Wilfred dabei zuzuhören, wie er seinen Bruder verunglimpfte, ein Mangel in seiner Erziehung, den ich bereits bei früheren Gelegenheiten an ihm bemerkt hatte. Daher wechselte ich abrupt das Thema. »Die Waffe: Was hat sie zu bedeuten?«

Kurz starrte Wilfred mich verständnislos an. Dann ging sein Blick zum Revolver. »Ach, die«, sagte er. »Tatsächlich gibt es mehrere davon. Der ganze Spaß liegt darin, sie bei sich zu tragen.«

»Spaß?«

Wilfred rieb sich die Nase – eine Angewohnheit, wenn er kurz davor war, die Tür zur Rumpelkammer aufzureißen. »Weißt du«, sagte er, »dass die höchste Zahl an Pistolenduellen, die ein einzelner Mann je ausgetragen hat, bei neunundachtzig liegt, ein Rekord, der 1880 vom Comte de Marsan aufgestellt wurde – der damals, was für ein Zufall, gerade am Beginn seines neunundachtzigsten Lebensjahres stand?« Er hielt inne. »Während bei Degen ...«

Glücklicherweise kam unser Taxi rumpelnd zum Halt. Ich sprang aus dem Wagen und sah die Stufen hinauf, die zur Eingangstür führten. Basil stand ganz oben. Als ich den Fuß auf die Treppe setzte, winkte er mir zu, und bestürzt erkannte ich, dass auch er einen Revolver schwang.

Lucy Chigwidden war ebenfalls bewaffnet, allerdings mit Korrekturfahnen. Sie hatte sie auf Basils Teetisch um sich herum ausgebreitet. Gelegentlich musste sie einzelne Blätter von der Sahnetorte retten; sie fielen zu Boden, flatterten um die vortrefflichen Knöchel des Zimmermädchens, und kurz herrschte typisch englische Verlegenheit, als der junge Geoffrey Roper sie einen Hauch zu geflissentlich auflas. Lucy hatte noch nie Korrekturfahnen gehabt. Dass sie nun welche bei sich hatte, war das Ergebnis ihrer gegenwärtigen intensiven Beschäftigung mit der Kapitelstrukturierung. Wenn man sich nicht recht entscheiden konnte, wo ein Kapitel zu Ende ist, durfte man von seinem Verleger keine druckfertigen Fahnen erwarten. Lucy schien sich vage bewusst zu sein, dass entsprechend dem wechselvollen Diktat ihrer Inspiration irgendwo schwitzende Männer Umbrüche vornehmen und Bleilettern hin und her schieben mussten. Dennoch war der Inspiration Folge zu leisten. »Arthur«, sagte sie – und die Tülle der Teekanne schwankte so bedrohlich wie ihr eigener schlingernder Verstand – »*Ein einzelner Pistolenschuss knallte durch den erschreckten Raum.* Würdest du sagen, dieser Satz ist zu dramatisch, um an dieser Stelle abzubrechen?«

Ich verspürte das Unbehagen, das Schriftsteller befällt, wenn sich das Faktische und das Imaginäre zu vermischen drohten. Pistolen waren eine feste Größe in Lucys Romanen; nun schienen sie aus ihren Seiten herauszukriechen und in den Händen ihrer Verwandten aufzutauchen. In einer Ecke des Salons fummelte Cecil Foxcroft ebenfalls an einem Revolver herum.

»Das«, antwortete ich, »ist schwer zu sagen; es hängt vom Ton deines Werks ab.« Ich war sehr darum bemüht, mir den Anschein zu geben, als würde ich die Frage sehr sorgfältig abwägen. »Aber für mich scheint es in Ordnung zu sein – höchst wirksam sogar. *›Ein einzelner Pistolenschuss knallte durch den erschreckten Raum.‹* Was könnte dramatischer sein? *Jahrmarkt der Eitelkeiten* enthält irgendwo eine sehr ähnliche Wendung.«

Lucy wirkte erfreut. Ich nahm mir ein weiteres Stück Torte.

»Ein einzelner Pistolenschuss?«, rief der junge Maler Geoffrey, der neben Anne Grainger in einem Fensteralkoven saß, quer durch den Raum. »Was ist der Unterschied, Tante Lucy, zwischen einem einzelnen Pistolenschuss und einem Pistolenschuss?«

Lucy verlangte durchaus nach literarischer Kritik, jedoch nicht in diesem Punkt. Kapitelstrukturierung war alles, was sie beschäftigte, weshalb dieser Angriff von der Seite sie irritierte.

»Und warum« – nahm meine Nichte Anne das Stichwort von Geoffrey auf – »war der Raum erschreckt? Knallte der Schuss wirklich durch den erschreckten Raum, oder knallte er durch den Raum und erschreckte alle?«

Geoffreys Vater, Hubert Roper, der missmutig in den großen Kamin gestarrt hatte, drehte sich zu seiner Schwester inmitten ihres Papierwusts um. »Hast du *knallte* gesagt, Lucy? Wenn es draußen im Freien passiert, jetzt, und in der Kälte, hast du möglicherweise einen klaren, scharfen akustischen Effekt. Aber in einem Raum, da bin ich mir nicht so sicher. Hast du es mal ausprobiert?«

»Nach dem Tee«, sagte Anne, »können wir nach oben in die Galerie gehen und einen Schuss abfeuern. Ich wette Sixpence, dass das richtige Wort ›hallte‹ lautet.«

Basil, der Sir Mervyn Wale im hinteren Ende des Raums eine große Karte zeigte, drehte sich nun um. Ich nahm an, er wollte zugunsten seiner Schwester Lucy intervenieren, aber ihn beschäftigte etwas anderes. »Ganz sicher nicht, Anne. Wenn dieser neue Zeitvertreib sicher und gefahrlos sein soll, dann wird nirgendwo geschossen außer auf dem Schießstand. Wir sollten es uns zur Regel machen, dass auch jede Munition dort unter Verschluss gehalten wird.«

Murmelnde Zustimmung war zu hören, wobei meine eigene Äußerung sicherlich nicht zu jenen gehörte, die am wenigsten überzeugt klang. Die Marotte mit den Revolvern, der ich mich so unerwartet gegenübersah, kam mir kindisch vor und war ganz und gar untypisch für die in Belrive ausgerichteten Hausgesellschaften. Selbst Cecil Foxcroft, der die gängige Begeisterung des Schulleiters für mechanische Dinge zur Schau stellte, fasste die von ihm inspizierte Waffe nur mit spitzen Fingern an. Warum hatte Basil – wenn es denn Basil gewesen war – so einen Unfug ausgeheckt?

Lucy hatte weitere Blätter zu Boden fallen lassen und ihren Füllfederhalter in das Sahnekännchen getunkt. »Das zeigt nur«, sagte sie, »wie sorgsam man mit Adjektiven umgehen muss. Ich meine, dass man sie nur dann gebrauchen sollte, wenn sie absolut notwendig sind.« Vorwurfsvoll sah sie zu mir, als hätte ich sie im Stich gelassen, weil ich sie nicht als Erster stilistisch verbessert hatte. »Und meinst du, der Pistolenschuss sollte nicht lieber ›schallen‹?«

»Auch das ist unnötig«, wandte Geoffrey ein. »Natürlich schallt er, sofern die Waffe nicht über einen hochgradig wirksamen Schalldämpfer verfügt.«

Lucy überlegte, nahm ihren Füller und schrieb mit einer vermutlich sehr merkwürdigen Mischung aus Sahne und Tinte. »*Im Raum*«, las sie schließlich laut und bedrückt vor, »*war ein Pistolenschuss zu hören*. Aber damit kann man doch unmöglich das Kapitel beenden.«

Es folgte ein Moment des Schweigens – ein Schweigen, mit dem sich gedrückte Stimmung verbreitete. Die gemeinschaftlich geäußerte Kritik an Lucy machte allen klar, dass es sich in der Tat um eine Familienfeier handelte.

Es war der Außenstehende, Sir Mervyn Wale, der sich der unangenehmen Pause annahm. Alt, hager, in Gedanken eher bei dem inneren Labyrinth, zu dem er unbedingt den Schlüssel finden musste, sprach er uns mit der seinem Berufsstand eigenen oberflächlichen Gefälligkeit an. »Ich bin überzeugt«, sagte er, »dass Mrs Chigwiddens Pistole, gleichgültig, welchen Ton sie abzugeben gedenkt, uns eines Tages sehr viel mehr Vergnügen und Aufregung bereiten wird als die echten Waffen, die gegenwärtig auf Sir Basils Schießstand vor sich hin knallen.«

Das Kompliment – elegant, wenngleich vielleicht einen Hauch zu gedrechselt – traf auf Anwesende, die sich unruhig auf ihren Plätzen wanden. Mir schwante, dass Weihnachten in Belrive kein Erfolg werden würde.

3

Um fünf Uhr vertiefte sich die Abenddämmerung zur Dunkelheit. In einer Ecke des Raums schlug eine weichtönende holländische Uhr die Stunde, deren fünfter Schlag vom schnell anschwellenden und schließlich anhaltenden Kreischen der Cudbird-Sirene unterbrochen wurde. Sekunden später, mit noch durchdringenderem Ton, erklang die Cambrell-Sirene, als wäre sie zu Unrecht der Säumigkeit bezichtigt worden. Weiter entfernte Sirenen stimmten in den Chor mit ein, und eine Minute lang konnte man meinen, die Stadt wäre von einer Herde unfreundlicher Ungeheuer umgeben, die trompetend die aufziehende Nacht begrüßten.

»Warum?«, fragte Cecil Foxcroft, »kann man keine wohlklingende Glocke anschlagen? Sirenen mit ihrem herrischen, unschönen Klang schienen mir schon immer ein so unverblümter Ausdruck von Arroganz zu sein, wie man es sich nur vorstellen kann. Wer würde sich schon willentlich mit derart brutalem Getöse an seine Mitmenschen wenden?« Cecil nahm seine Brille ab, hob das Kinn und ließ langsam den Blick über die Versammelten schweifen. Genau so, eindrücklich, war er es anscheinend gewohnt, vor seiner versammelten Schule für das Wahre und Gute einzutreten.

Cecil war etwas über vierzig; er hatte eine brillante Laufbahn hinter sich und war seinem Alter immer weit voraus gewesen. In den gelehrten Kreisen muss das nicht immer ein Unglück sein. Ein fähiger Kopf kann mit dreiundzwanzig zum, sagen wir, Fellow eines Colleges in Oxford aufsteigen und dabei ein umgänglicher Dreiundzwanzigjähriger bleiben. Allerdings ist es so gut wie unmöglich, mit Mitte dreißig zum Leiter eines großen Internats ernannt zu werden, ohne nicht sofort um dreißig Jahre zu altern. Cecil war seit gut zehn Jahren ein solcher fiktiver Fünfundsechzigjähriger und verkörperte ihn ganz großartig; so wagte sich Cecil nie an Dinge heran, die er nicht wirklich beherrschte; nur wenn ein wahrer Fünfundsechzigjähriger anwesend war, konnte man im Vergleich dazu die Fiktion erkennen. Hier nun hatte Cecil unmittelbar nach dem wahrhaft älteren Mervyn Wale das Wort ergriffen, was zur Folge hatte, dass ein leiser Hauch von Mimikry in der Luft lag.

»Und dennoch«, fuhr Cecil fort – und man konnte sich vorstellen, wie er nicht mehr vor seinen Schülern, sondern vor deren Eltern stand – »gebührt niemandem mehr meine Bewunderung als dem britischen Unternehmer. Nehmen wir Ralph Cambrell. Seine Sirene mag infernalisch klingen, sein Herz aber hat er am rechten Fleck. Wie gut er die Sache mit den Wohnsiedlungen gemeistert hat! Man sagte mir, er habe wie ein Löwe für groß angelegte Gärten gekämpft und sich durchgesetzt.«

»Ralph Cambrell kontrolliert Balltrop's«, entgegnete Geoffrey knapp.

»Balltrop's?« Cecil setzte sich argwöhnisch die Brille wieder auf die Nase.

»Der größte Samenhändler«, erwiderte Anne. »Im Wahlbezirk.«

Wieder senkte sich unangenehmes Schweigen über den Raum, ein Schweigen, dessen Qualität durch den stetig zunehmenden Verkehrslärm auf der Hauptstraße noch unterstrichen wurde. Von den Fabriken und Büros in der Stadt strömten Tausende von Arbeiter in die Vororte, um dort begierig Balltrop's Primeln und Immergrün zu pflanzen, sofern die Strenge der Jahreszeit dies erlaubte.

Wale murmelte etwas über den Ausgleich legitimer Geschäftsinteressen. Ich sprach aufs Geratewohl vom nervenaufreibenden Trubel der modernen Stadt und stellte sie dem angenehmen Gemurmel der Menschen gegenüber, das im Mittelalter geherrscht haben musste. Wilfred griff mein Wort auf. »In Shakespeares London«, verkündete er und schritt zielgerichtet über den Teppich zum Muffinteller, »gab es einhundertvierzehn Kirchen, von deren Mehrzahl Tag und Nacht unregelmäßiges Glockengeläut erklang. Dazu hatte jeder Ladenbesitzer einen Burschen in Anstellung, der draußen auf der Straße schrill schreiend seine Waren anpries.« Wilfred hielt inne, einen Muffin vor dem Mund, und war sichtlich zufrieden mit der alliterativen Qualität seines Satzes. »Arthurs goldenes Zeitalter war im Grunde ein Zeitalter des Eisens und der Bronze, die sinnlos zur unablässigen Hervorrufung von Glockenschlägen eingesetzt wurden.«

Hubert Roper, hochgewachsen und lässig, einer Generation entstammend, in der sich Künstler noch durch die Eigenart ihrer Haarpracht oder Kleidung auszeichneten, hatte in seine eingehende Betrachtung des Feuers nun den vor dem Kamin sitzenden Cecil mitaufgenommen. »Wenn die Glocke der Mitternacht«, sagte er, »mit eh'rner Zunge Ruf die Nacht an ihre träge Laufbahn mahnte.« Er sah sich auffordernd um, als wollte er uns dazu einladen, Wilfreds Worte mit denen von Shakespeare zu vergleichen. Dann verlor er das Interesse und wandte sich wieder Cecil zu. Wahrscheinlich war das Licht des Kamins, das sich auf der Brille seines Neffen spiegelte, in diesem Moment wichtiger für ihn, und ich erinnerte mich, dass er ein Projekt angesprochen hatte, ein Porträt oder eine Skizze, die es anzufertigen galt.

»Shakespeares Glocken«, sagte Lucy Chigwidden, »wir sollten ein Gesellschaftsspiel daraus machen!« Angetan von dieser glorreichen Idee, räumte sie ihre Korrekturfahnen zur Seite. »Wer kann Shakespeares Glocken am längsten erklingen lassen? Ich fange an. *Misstönend wie verstimmte Glocken jetzt.*« Sie nickte Wilfred Foxcroft zu.

Wilfred dachte nach. »Wenn Cecil wie ein Schulleiter spricht«, sagte er, »*klingt's wie geborstne Glocken.*« Er grinste seinen Bruder an.

Ich war an der Reihe und deutete zu den Fenstern und der Hauptstraße.

»Solch' Lärm nie machten die Glocken zu den Zeiten der Pest,
Noch war'n sie in solch steter Bewegung.«

Leise vom großen Tisch, wo er immer noch seine Karte studierte, sagte Basil: »Das ist nicht von Shakespeare, Arthur.« Kurzes Nachdenken bestätigte mir, dass er recht hatte; mir waren die Verse eines anderen elisabethanischen Dramatikers in den Sinn gekommen. Es war charakteristisch für Basil. So tief in seinem Verstand verstaut, dass zumindest ich es bislang nie wahrgenommen hatte, war sein Gelehrtenwissen über Shakespeares Texte. Von Basil musste man immer Unerwartetes gewärtigen.

»Onkel Arthur ist raus, weil er geschummelt hat«, sagte Anne. Es war beiläufig dahingesprochen, dennoch lag in ihrer Stimme eine Härte, die ich ihr übelnahm und die ihren launigen Kommentar im besten Fall zu etwas Ungehobeltem machte. Lucy beeilte sich, das spontane Spiel wiederaufzunehmen. Die Suche nach Glocken bei Shakespeare ging der Reihe nach im Kreis herum und kehrte zu Wilfred zurück. Basil fungierte mittlerweile als eine Art Schiedsrichter.

Wilfred zögerte; Basil begann langsam bis zehn zu zählen. Plötzlich schnippte Wilfred mit den Fingern.

»Wenn ich gestorben, traure länger nicht
Als dumpfer Grabeglocken Trauerton
Der Welt von meinem Scheiden gib Bericht.«

Es folgte eine Pause; jeder schien überrascht, dass Wilfred die zweite Runde überstanden hatte. Nun aber nahm Lucys mühsames Spiel eine düstere Wendung. Denn die meisten Glocken bei Shakespeare – oder zumindest die meisten, an die wir uns erinnern konnten – ertönten wegen eines Todesfalls. Geoffrey erzählte uns von *»der süßen Helena Geläut'«*; Cecil zitierte *»und jetzt dem Kranken gleicht er, der verstört vor seiner Tür des Priesters Glöcklein hört«*; Anne erinnerte an *»eine dumpfe Glocke, die einst den abgeschiednen Freund geläutet«*. Und dann – denn es war ein Spiel, das selbst ein gutes und informiertes Gedächtnis nicht lange überstehen konnte – waren nur noch Lucy und Wale übrig.

Lucy war an der Reihe; sie runzelte die Stirn, während Basil wieder zählte. »Nein«, sagte sie, »ich geb mich Sir Mervyn geschlagen.« Aber dann änderte sich ihre Miene. »Halt! Eins fällt mir noch ein: *Meine Brust soll das Geläut dem Toten seufzen.*« Triumphierend sah sie zu Wale. *»Meine Brust«*, wiederholte sie mit Nachdruck, *»soll das Geläut dem Toten seufzen.«*

Wale öffnete den Mund; dann sah ich ihn mit seltsam finsterer Miene zögern.

»Sieben«, sagte Basil. »Acht …«

Ich sah zu Lucy, die sich bereits in kindlicher Freude auf ihren Triumph vorbereitete.

»Neun …«

Wale hob den Kopf. »*Dieser Todesanblick*«, sagte er mit klarer Stimme, »*mahnt wie Grabgeläut' mein Alter an die Grube.*«

Sein Blick schweifte über die Anwesenden und verharrte schließlich auf Cecil, der erneut am Revolver herummachte, mit dem er zuvor schon beschäftigt gewesen war. Etwas verlegen sagte Lucy: »*Romeo und Julia* – natürlich.« Kaum war sie verstummt, drehte sich Wale abrupt um und verließ das Zimmer.

Peinlich berührt sahen wir anderen uns an. Dann kam Leben in Geoffrey Roper. »*Ein Grabgeläut*«, sagte er, »*mahnt sein hohes Alter an die Grube.*« Seine Miene erhellte sich. »Bei Gott, das inspiriert doch zu einem Gemälde!«

Beim Dinner drei Stunden später waren seltsamerweise alle in bester Stimmung. Ich sage »seltsamerweise«, und wenn es mir gelungen ist, das diffuse Unbehagen bei der vorherigen kulinarischen Erfrischung zu vermitteln, wird der Leser mich verstehen. Lucys Spiel hatte etwas Betrübliches an sich gehabt. Und etwas Pedantisches. Ich selbst hege natürlich den Widerwillen des berufsmäßigen Schriftstellers gegenüber dem Ergötzen, das ein literarischer Wettbewerb bietet, aber auch die anderen spürten wohl, dass es mutwillige kulturelle Kurzweil war, sein Gedächtnis nach Shakespeare-Versen zu durchforsten. Es sagte doch einiges aus, dass Basils Konversation beim Essen, obwohl unvermindert gelehrt, weit davon entfernt war, einen ähnlichen Eindruck zu erzeugen. Regengebiete, mittlerer jährlicher Bedeckungsgrad, Kotidenlinien, zyklonale Rotation und dynamische Tiefdruckgebiete sind per se nicht unbedingt reizvolle Sachverhalte. Aber Basil war von ihnen fasziniert und vermittelte deren Faszination. Meine eigene Aufmerksamkeit, zunächst so oberflächlich, dass mir kaum auffiel, wie sich das Vokabular von der Geologie zur Meteorologie verschoben hatte, war zum Ende voll und ganz geweckt. Nichts auf der Welt ist langweiliger als das Hobby anderer Leute – eine Aussage, die durch das Revolverschießen in Belrive hinreichend illustriert wurde. Aber die Meteorologie, die einige Jahre zuvor für Basil noch ein Hobby gewesen sein musste, gehörte nun offensichtlich zu einer ganz anderen Kategorie. Basil hatte sich mehr als nur damit beschäftigt; es wurde klar, dass er selbst einiges zu dem Fachgebiet beitragen konnte. Vor Kurzem hatte er eine Theorie formuliert – das bestätigten auch andere –, die ich nur unzureichend verstand, die sich aber anscheinend als ein nicht ganz unwichtiger Beitrag zu diesem sich schnell entwickelnden Bereich der wissenschaftlichen Forschung erwies.

Das alles war beeindruckend und sagte viel über Basils Verstand aus. Bemerkenswerter und bezeichnend für die Kraft seiner Persönlichkeit, die meinen Cousin zu einem führenden Vertreter des organisierten Alpinismus machte, aber war seine Fähigkeit, dieses abseitige Wissensgebiet dazu zu nutzen, uns alle zusammenzubringen und gute Laune zu verbreiten. Mit Ausnahme von Wale hatte keiner von uns irgendwelche naturwissenschaftlichen Neigungen; einige unter uns waren in einen öden Familienzwist verwickelt gewesen, bevor wir uns hier eingefunden hatten, aber jetzt lauschten wir und stellten Fragen und verstanden. In einem Zustand milder Berauschtheit, der nichts mit Belrives ausgezeichneten Weinen zu tun hatte, brachten wir sogar Vorschläge ein, die eventuell hilfreich sein könnten. Wir standen unter dem Zauber von etwas Neuem, das uns durch meisterhafte Erläuterung zugänglich gemacht wurde und durch fantasievolle Begeisterung anregte. Nur Wale gab sich etwas reserviert. Aber ich sah, dass er allem aufmerksam folgte und beeindruckt war.

Von diesen erhellenden Gesprächen ist mir sonderbarerweise nur ein höchst allgemeiner Eindruck geblieben. Ein Aspekt des Themas hat sich mir allerdings im Gedächtnis festgesetzt. Basil hatte viel über Zugbahnen zu erzählen, und über Zugbahnen könnte ich wohl immer noch einen umfangreichen und halbwegs korrekten Absatz verfassen. Anscheinend gibt es einen Tropensturm, dessen Bahn so gut wie nicht vorhersehbar ist. Versucht man die Gründe dafür nachzuzeichnen, scheint die Logik außer Kraft gesetzt; denn man findet Ausgangsbedingungen vor, die nicht zu einem Sturm, sondern zu Windstille führen sollten. An das allein kann ich mich noch deutlich erinnern, und ich erinnere mich daran wegen der impliziten Ironie. Es schien, als sorgten Basils Ausführungen für gutes Wetter in Belrive. In Wirklichkeit braute sich bereits der Sturm zusammen, der uns alle fortriss.

Es war eine schöne Nacht, trocken und frostig. Nach dem Kaffee schlüpfte ich in einen Mantel und schlenderte auf die Terrasse. Cecil stand an der Ecke und betrachtete Cudbirds riesiges Reklameschild. Er drehte sich um, als ich mich näherte, und mir schien, dass er selbst in der Einsamkeit der Dunkelheit das fantastische Spektakel mit einem Blick bedachte, der zu gleichen Teilen von weiser Duldung und unbeugsamer Verdammung sprach. »Man muss sich davor hüten«, sagte er, »solche Dinge nüchtern nach den Maßstäben des eigenen guten Geschmacks zu bewerten. Denn es liegt doch große Kraft in ihnen. Shelley hätte an der Flasche seine helle Freude gehabt.«

Wenn es jemanden gab, dachte ich, dessen mutmaßliche Reaktionen zu erraten völlig sinnlos war, dann Shelley. Ich murmelte etwas Unverständliches.

»Oder nimm Lucys Geschichten«, fuhr Cecil fort. »Einem Jünger von Henry James müssen sie überspannt und geschmacklos vorkommen.« Dabei tippte mir Cecil auf die Schulter – was, ich muss es gestehen, Groll in mir weckte. Bei James, weiß Gott, gibt es zehnmal mehr, als ich mir jemals erhoffen kann herauszulesen; dennoch bin ich über das Alter hinaus, in dem man es genießt, als Jünger dieses oder jenes Autors einsortiert zu werden. »Und trotzdem, mein lieber Arthur, bieten Lucys Liebesromane ein hohes Maß an unschuldiger Zerstreuung. Zerstreuung, die, wie man zurecht sagen muss, zudem mit intellektuellem Anreiz aufwartet, und das ist doch höchst schätzenswert in einer Zeit, die so gnadenlos gefühlsbetont ist wie unsere.« Cecil nahm seine Brille ab. »Manche unter uns, fürchte ich, führen heutzutage ein mehr als ungeregeltes Leben.«

Das war der Punkt, an dem ich merkte, dass Cecil auf etwas hinauswollte, und dass Shelley, James, Lucy und ihre Bücher nur als Einleitung für etwas dienten, was seinerseits durch ein besonderes Beispiel illustriert werden sollte. »Ungeregeltes Leben?«, fragte ich. Was immer es sein mochte, ich wollte es hinter mich bringen.

Cecil nahm mich am Arm; man hätte das als den Griff des Internatsleiters beschreiben können. »Zu den Ruinen«, sagte er, »wollen wir.«

Es war halb elf, als wir zurückkehrten, und ich hatte beschlossen, sofort ins Bett zu gehen. Auf dem Weg durch den Salon fand ich Basil erneut über die Karte gebeugt vor. Hubert hatte es sich neben ihm bequem gemacht, den musternden Blick nicht auf die große quadratische Leinwand gerichtet, sondern auf seinen Bruder. Ich blieb stehen und wollte herausfinden, welcher Winkel der Erde ihrer Begutachtung unterzogen wurde. Aber die Konzentration, die beide Männer ausstrahlten, ließ mich weitergehen. Alles, was ich hörte, war ein neues Vokabular: der Ross-Quadrant, der Viktoria-Quadrant, die Ross-Barriere.

Die Worte sagten meinem wachen Verstand nichts. Im Schlaf aber wusste ich es besser. In der Nacht träumte ich von großen Schneemassen, von Schnee, der sich bis an den fernen Horizont erstreckte. Ich träumte von Basil, der davon umgeben war, allein, die Karte vor sich auf einem Tisch aus Eis ausgebreitet. Ich träumte von meiner Nichte Anne Grainger, die einen Revolver in der Hand hielt und mit strenger Stimme sagte: »Onkel Arthur wird erschossen, weil er geschummelt hat. Onkel Arthur wird erschossen.«

4

»Heute Morgen wird geschossen.«

Wilfred Foxcroft, der eingehend die Frühstücksnierchen begutachtete, legte eine Betonung in jedes Wort, die mich stutzen ließ. Sein Bruder Cecil, der sich – typisch für ihn – einem gekochten Ei widmete, sah ebenfalls abrupt auf. »Hat das nicht Zeit bis zum Nachmittag?«, fragte er. »Wir sind im Urlaub, ja. Aber ich dachte, es stünden auch dringende Familienangelegenheiten an.«

Wilfred schüttelte den Kopf. »Familienangelegenheiten – vor allem wenn sie dringend sind – sollte man am besten immer aufschieben.« Er lächelte glücklich über sein geistreiches Bonmot, das mir mehr Wahrheit zu enthalten schien als Cecils wohl abgewogene Weisheiten. »Basil und ich haben einmal auf sechstausendsiebenhundert Metern Höhe Familienangelegenheiten besprochen – mit kläglichem Erfolg.«

Alle waren erstaunt. Die Zusammenkunft in Belrive war wirklich ein Urlaubstreffen, augenscheinlich aber auch eine Gelegenheit zur Versöhnung. Ein alter Streit, dessen Ursprung mit Ausnahme der beiden Beteiligten für alle im Dunkeln lag, sollte beigelegt werden. Basil und Wilfred waren tatsächlich zusammengekommen. Es war kaum zu erwarten gewesen, dass sich einer der beiden über die Vergangenheit auslassen würde. Deshalb waren wir alle verblüfft von Wilfreds Bemerkung und hofften gleichzeitig natürlich, mehr zu hören. Zehn Jahre zuvor waren die beiden Männer, Onkel und Neffe, mit einer kleinen Trägerkolonne zu einem Berggipfel aufgebrochen – zu diesem Zeitpunkt waren beide eng befreundet gewesen. Herunter kamen sie auf getrennten Routen und mit hastig geteiltem Proviant. Einen Monat später hatten sie sich in Darjeeling getroffen und sich im Beisein von Freunden schweigend die Hand gereicht. Sie hatten sich nicht nur als bloße Individuen entzweit, sondern als Bergsteiger, die einem berühmten Club angehörten; den Statuten gemäß trafen sie sich nicht mehr. Ende der Geschichte. Und jetzt schien Wilfred bereit, darüber zu reden.

Doch weit gefehlt. »Die unverträgliche Höhe«, sagte er. »Noch mal tausend Meter, und man würde selbst seinem liebsten Feind nur halbherziges Missfallen entgegenbringen. Vor allem, wenn man sich noch nicht akklimatisiert hat. Ich weiß nicht, wie Wale es sieht, aber ich glaube, wenn das Hämoglobin im Blut zunimmt ...« Und schon war Wilfred wieder inmitten einer seiner belehrenden Tiraden.

Basil beobachtete ihn – mit leicht zusammengekniffenen Augen, wie ich meinte – und unterbrach ihn beim ersten Innehalten. »Um auf Cecil zurückzukommen«, sagte er ernst, »es stehen für manche von uns tatsächlich einige Themen an.« Er wählte seine Worte mit Bedacht. »Familienangelegenheiten mögen mühselig sein, und häufig ist man gut beraten, zu warten, bis sie sich von selbst lösen. Zuweilen aber ist man durchaus berechtigt, die Sache offiziell und unverzüglich in die Hand zu nehmen. Das würde ich gerne anmahnen.«

Hubert Roper stellte seine Tasse ab. »Anmahnen?«, sagte er. »Wohl eher mehr als das. Du exemplifizierst es.«

Ich hatte so eine Ahnung, worauf Basil hinauswollte; ich musste an mein Gespräch mit Cecil während des Spaziergangs am Abend zuvor denken. Huberts Worte aber – oder vielmehr sein Ton – verblüfften mich, denn sie hatten etwas

Rätselhaftes an sich, womit sie sich eigentlich Lucy anempfohlen hätten. Lucy hörte ebenfalls zu, allerdings nicht richtig. Dabei hängt das Verfassen von Romanen doch einzig davon ab, ob man ein Ohr für die Worte hat.

»Offiziell in die Hand nehmen?«, griff Wilfred Basils Wortwahl auf. »Was für eine unheilschwangere Formulierung. Und ich weiß wirklich nicht, ob wir uns damit beeilen müssen. Geoffrey, du stimmst mir sicherlich zu.«

War das Boshaftigkeit oder Ausdruck guter Laune in seiner Stimme? Ich musste zugeben, im Moment fehlte mir ebenfalls das Ohr dafür. Geoffrey, wie immer an Annes Seite, entschied sich für die gute Laune – vielleicht aus Prinzip. »Oh, gewiss«, sagte er. »Warum sich beeilen? Beeilen ist nur etwas für die Jugend.«

»Und welches Interesse«, fragte Anne, »kann mein Vormund schon an der Jugend haben? Gar keines, hoffe ich.«

Boshaftigkeit oder Ausdruck guter Laune – ich konnte es nicht sagen. Mein Gehör versicherte mir nur, dass Anne und Wilfred einander verstanden. Aber woher dieses Verständnis rührte oder welche Haltungen und Gefühle damit einhergingen, davon wusste ich nichts. Eine beinahe tödliche Auseinandersetzung oder ein letztlich doch gutmütiges Kräftemessen: Beides war möglich. Cecil natürlich konnte den Stand der Dinge bezeugen. Aber dass er einen *verlässlichen* Zeugen abgab, konnte ich mir nicht so recht vorstellen. Nichts war offensichtlich, außer dass Anne und Geoffrey ineinander verliebt waren; dass keiner der beiden auch nur einen Penny besaß; und dass Wilfred eine Rolle in ihrer Zukunft zugedacht war. Das, und dass Basil versuchte, Einfluss zu nehmen. Warum? Er war Wilfreds Onkel, aber doch kaum in einer Position, die ihm Einflussnahme erlaubte. Außerdem hatte er zu Anne ein distanziertes Verhältnis – sehr viel distanzierter als meines zu ihr. Was im komplexen Familiengefüge konnte ihn dazu bewegen, die Zukunft der jungen Leute regeln zu wollen? Und was, noch einmal, hatte Hubert, den Erben von Belrive, veranlasst, Basil in diesem angespannten Tonfall vorzuwerfen, er exemplifiziere die offizielle und unverzügliche In-die-Handnahme der Familienangelegenheiten? Das Nachdenken über diese Frage erfüllte mich nun zum ersten Mal wirklich mit Sorge darüber, was in der Priorei vor sich ging.

Sir Mervyn Wale bat um die Marmelade – so ruhig, dass allen sofort peinlich bewusst wurde, dass es eben keine reine Familienzusammenkunft war. Seltsam, dass dieser Fremde eingeladen war, falls wirklich heikle Verhandlungen anstanden. Ich erinnerte mich an Wilfreds Aussage – ohne dass diese freilich irgendetwas erhellt hätte –, derzufolge Wale auf Betreiben Cecils hier sei, der mit ihm eine enge Freundschaft eingegangen war. Bislang hatte ich nicht erkennen können, welche gemeinsamen Interessen die beiden verbanden. Wale war Arzt; Cecil ein klassischer Gelehrter. Vielleicht war Wale ein einflussreicher Gönner an Cecils Internat.

Die Familienangelegenheiten jedenfalls wurden daraufhin abrupt fallen gelassen. Die Gespräche widmeten sich dem Übungsschießen, und allmählich erfuhr ich, was geschehen war. Irgendwo zwischen den Ruinen hatte sich Basil als Freiluftvergnügen an Wintertagen einen Schießstand eingerichtet. Den Grund dafür konnte ich noch nicht einmal erahnen, aber das lag zweifellos daran, dass ich wie Lucy Pistolen nicht unbedingt als harmlos ansehe. Basil aber war anscheinend so etwas wie ein Experte, und der Sport erforderte weder den Platz noch die umfangreichen Sicherheitsmaßnahmen wie ein Schießstand für Gewehre. Bevor sich der Reiz des Neuen in wenigen Tagen gelegt haben würde, erfreuten sich die Handfeuerwaffen großer Beliebtheit. Ich kam zu dem Schluss, dass es gesellschaftlich angeraten wäre, mich selbst mit ihnen vertraut zu machen. Lucy Chigwidden wurde nun zum Ziel einiger launiger Kommentare aufgrund des offensichtlichen Umstands, dass sie so gut wie nichts von Handfeuerwaffen verstand, obwohl ihnen in ihren gewalttätigen Erzählungen eine so herausragende Rolle eingeräumt wurde. Lucy nahm das alles gleichmütig hin; im Bett war ihr ein Licht zum Thema Kapitelstrukturierung aufgegangen, und sie war gelassener Stimmung ... Und dann fragte Geoffrey seinen Onkel, ob noch jemand Fremdes zum Schießen kommen würde.

Basil betrachtete uns mit zusammengekniffenen Augen, so wie er kurz zuvor auch Wilfred betrachtet hatte; dieser Blick wurde von etwas begleitet, was man nur selten an ihm wahrnahm: einem leicht spöttischen Lächeln.

»Warum? Ja«, sagte er. »Horace Cudbird wird sicherlich kommen.«

In der folgenden Pause waren Tassen, Messer und Gabeln zu hören, die abrupt abgesetzt wurden. Cecil ergriff als Erster das Wort. »Cudbird? Wirklich, Basil, ich hätte mir nie vorstellen können ...«

»Vergessen wir nicht«, sagte Geoffrey. »Cousin Cecil bewundert niemanden mehr als den britischen Unternehmer.«

»Wiewohl er hier auch eine Grenze zieht«, sagte Anne.

»Sich doch wohl eher bemüht, für Onkel Basil die Grenze zu ziehen«, sagte Geoffrey.

»Hoffen wir lieber, dass er damit nicht Kritik auf sich zieht.«

»Und Streit befeuert?«

»Hat Onkel Basil überhaupt Feuer? Oder besteht er gar nur aus Eis?«

Letztere Bemerkung wurde mit ausgiebigem Lachen quittiert, in das ich nach Kräften einstimmte. Denn der schnelle Wortwechsel zielte auf mich ab; er war eine Parodie – keine hinreichende, hoffe ich – der Dialoge, die ich in den letzten Jahren entwickelt hatte. Mein Augenmerk galt dem abschließenden Wortspiel mit Eis; es erinnerte mich an Basil inmitten der arktischen Ödnis in meinem Traum. War es möglich, dass sich mein Cousin für eine Polarexpedition rüstete? Aber vielleicht hatte Geoffrey nur andeuten wollen, dass Basils Temperament endgültig erkaltet war.

»Werden wir diesmal auch Ralph Cambrell zu Gesicht bekommen?«, fragte Wilfred. »Ich fand ihn immer ganz nett.«

»Cambrell? Ja, der kommt zum Lunch. Wir müssen etwas besprechen«, beschied Basil nüchtern. »Cudbird ist ein Mann der Ideen.«

Basil warf nur selten mit Lob um sich, und ich erinnerte mich, dass er erst kürzlich eine kategorische Ansicht zur großen elektrischen Reklametafel der Brauerei vertreten hatte. Jeder schien zu spüren, dass seine Worte Stoff zum Nachdenken lieferten. Der Kaffee wurde größtenteils schweigend eingenommen, bevor Geoffrey sagte: »Noch jemand?«

Basil nickte. »Mr X.«

Wir starrten ihn an.

»Mehr«, sagte Basil in gespieltem Ernst, »kann ich euch nicht verraten. Außer: Für einen unter euch ist Mr X eine ganz besondere Überraschung. Er wird zum Dinner kommen.«

Mein morgendlicher Spaziergang wurde kaum durch die rätselhaften Entwicklungen beeinträchtigt, die sich in der Hausgesellschaft meines Cousins allmählich abzeichneten. Es hatte geschneit, eine zarte Schneeschicht bedeckte den

Park, und die nackten, rußgeschwärzten Bäume glichen gefrorenen Springbrunnen aus Ebenholz. Überall sah das Auge Stille; der jenseitige Trubel, zu dieser Stunde nur abgeschwächt zu hören, war ein Einbruch in diese Stille, und ein unrechter dazu: Eine einzelne Misteldrossel sang trotzig und eintönig dagegen an. Ein Gärtnerjunge, aus der zufriedenen Betrachtung seiner frisch angelegten, frostbedeckten Beete gerissen, rollte seine Schubkarre zu mir herüber und begrüßte mich; ich hatte seinen Vater gekannt und konnte mich noch vage an seinen Großvater erinnern.

Ich fühlte mich zu Hause. Viele meiner Schulferien hatte ich in Belrive verbracht; tatsächlich war es für mich der einzige Fixpunkt, den ich gekannt hatte. Mein Vater war Ingenieur, der häufig in Südamerika beschäftigt gewesen war; seine Begeisterung aber gehörte dem europäischen Festland. Wenn er nicht in Brasilien Brücken baute, streifte er mit einem Baedecker durch die Straßen Bonns oder stritt sich mit einem Fremdenführer über die beste Strecke von Modena nach Montagnana. Und wie jeder wohlhabende Engländer zu jener Zeit hielt er es für ganz natürlich, *en famille* zu reisen: Kindermädchen, Erzieherinnen, Hauslehrer wechselten sich im Lauf der Jahre ab. Meine Schulausbildung war oberflächlich; meine frühen Eindrücke waren die eines Europas in ständiger Bewegung: Die Felsen und Olivenbäume an der dalmatinischen Küste zogen am Deck eines übelriechenden, aus Triest ausgelaufenen griechischen Dampfers vorbei; Holland flog an den Fenstern eines Pullman-Waggons vorüber, und was für eine Aufregung, auf einem Deich die unglaubliche Novität einer elektrischen Straßenbahn zu erblicken; die Weinberge um Wien, die sich behäbig um uns herumzogen, während sich die Kutsche den Berg hinaufmühte – neben mir eine ältliche Engländerin, eine Zufallsbekanntschaft, die Aquarellskizzen aus ihrem Portfolio zog und meiner Mutter zeigte. Als Ausbildung war dies unvergleichlich; mit siebzehn hatte ich mir erworben, was sich jeder Romancier von den Göttern erflehte: eine hinlänglich vertraute Kenntnis dreier Hauptstädte. Ich wüsste nicht, dass Scheherazade mit mehr hatte aufwarten können.

Aber ein solcher Lebenswandel hatte nicht zur Herausbildung eines lokalen Zugehörigkeitsgefühls beigetragen, und wäre Belrive nicht gewesen, wäre ich vollkommen wurzellos aufgewachsen. Eine Villa in Ventimiglia oder San Remo, eine Wohnung in Paris, ein Londoner Club als Ausgangspunkt zu den Häusern diskret kultivierter Bekanntschaften: Davon, glaube ich, hatte Belrive mich weggeführt. Es hatte mich auf den Geschmack nach eigenem Grund und Boden gebracht; es war der Anlass, warum ich jetzt ein Haus in Chelsea besaß, das angenehm angefüllt war mit über die Jahre angesammelten Besitztümern. Diese Gedanken, denen ich nachhing, während ich zuweilen über Schnee, zuweilen über frostig sprödes Gras spazierte, machten mich nicht weniger zufrieden mit meiner Umgebung. Die Einsamkeit, die in Belrives kleinem Park zu finden war, hatte eine ganz besondere Anziehungskraft. Der Ort, so seltsam abgesondert von der Stadt, verfügte über die Eigenheit einer Zufluchtsstätte, wie man sie kaum für möglich halten würde: der Hohlraum, der sich manchmal hinter einem Wasserfall auftut, eine Höhle, die einen unerwartet vom Tosen und Glitzern des Meeres erlöst. Ich war etwas verstimmt, als ich, nachdem ich um einen Strauch bog, plötzlich Cecil und Mervyn Wale vor mir sah.

Sie hatten von einem umgedrehten Rindertrog die feine Schneeschicht weggewischt und kauerten nicht sehr würdevoll auf der so geschaffenen niedrigen Sitzgelegenheit.

Mir fiel ein Rotkehlchen auf, das nahebei auf einem Zweig saß – und es war das Rotkehlchen, das mich innehalten ließ. Denn der Vogel schien sich die Szene mit der neugierigen und abwägenden Haltung seiner Art zu betrachten; er schien sich zu fragen, was hier vor sich ging; im rätselhaften Einklang mit ihm tat ich es ihm gleich. Kurz verharrte ich, und in diesem Augenblick setzte sich in mir die Überzeugung fest, dass ich in eine ärztliche Konsultation geplatzt war.

Hätte Cecil die Zunge rausgestreckt oder Wale sein Stethoskop gezückt, es hätte mich wenig verwundert – doch die beiden Männer unterhielten sich lediglich in aller Ernsthaftigkeit. Es musste Cecil gewesen sein, der sich verriet. Er war ein *Poseur* und nahm sich selbst mehr als nur ein wenig zu wichtig; einem wie ihm fehlte es an Gelassenheit, wenn er das unergründliche Schicksal in Gestalt eines Arztes aus der Harley Street konsultierte. Verlegen blieb ich stehen, als wäre ich durch ein Missverständnis seitens einer Krankenschwester oder eines Mitarbeiters in ein Behandlungszimmer geführt worden, wo gerade ein anderer Patient auf der Liege abgetastet wurde.

Das Rotkehlchen, scheinbar zufrieden, dieses verhängnisvolle Zögern verursacht zu haben, spreizte die Schwanzfedern und flog davon. Im gleichen Moment wurde mir bewusst, dass ich nicht bemerkt worden war, und hielt es für angebracht, seinem Beispiel zu folgen. Ich zog mich hinter den Strauch zurück und sah mich nach einem anderen Weg um. Und überlegte, ob hier der Grund für Wales Anwesenheit in Belrive zu finden wäre. War Cecil, ohne dass wir es wussten, so hypochondrisch veranlagt, dass er, wohin er auch ging, einen vertrauenswürdigen Arzt an seiner Seite haben musste? Es erschien mir eher unwahrscheinlich. Ohne viel über die Ökonomie des Arztberufs zu wissen, nahm ich an, dass es eine astronomische Rechnung nach sich ziehen musste, wenn man Wale derart für sich beanspruchte.

Meine Spekulationen – die, ich gestehe es gern, die eines Wichtigtuers waren – wurden erst durch einen, dann durch einen schnell darauffolgenden zweiten Widerhall aus der Richtung der Ruinen unterbrochen. Das Übungsschießen hatte begonnen. In der Absicht, diese Richtung einzuschlagen, drehte ich mich halb um und sah Cecil mit einem Mal allein durch den Park gehen. Die Konsultation – sofern es denn eine gewesen war – war vorüber. Ich kehrte zu meinem ursprünglichen Weg zurück.

Wale saß allein, kauernd und seltsam konzentriert, auf dem Trog. Erneut blieb ich in meiner Verlegenheit stehen. So allein er auch war, ihn schien etwas zu umgeben, was ich nur ungern stören wollte. Er blickte Cecil hinterher; sein Gesicht war nur etwas mehr als im Profil auszumachen, trotzdem war seine Miene unmissverständlich.

Oder hätte es jedenfalls sein sollen. Denn dieser Gesichtsausdruck war mir nicht unbekannt. Als ich nun auf ihn zuging – ich konnte aufgrund dieser flüchtigen Eindrücke unmöglich länger herumschleichen –, überlegte ich: Wenn ich nur wüsste, bei wem und bei welcher Gelegenheit mir diese Miene schon einmal untergekommen war, würde mir das etwas sehr Sonderbares über Sir Mervyn Wale sagen.

5

Die holländischen und flämischen Maler arbeiteten sitzend auf einem Hocker; die alten italienischen Meister arbeiteten im Stehen. Mir ist aufgefallen, dass die Mehrzahl der modernen Maler in meinem Bekanntenkreis der italienischen Tradition folgt, was seit den Impressionisten wohl zur allgemeinen Gewohnheit wurde. Der Maler steht vor seiner Leinwand, tritt wie ein Höfling vor Seiner Majestät zurück, betrachtet das Motiv, nähert sich eilig der Leinwand, vollführt schnelle Pinselstriche und tritt erneut zurück. Der junge Geoffrey Roper jedenfalls malte so. Und deshalb war ich überrascht, dass er ein so schlechter Schütze war. Von jemandem, der sich auf eine Staffelei stürzen konnte, um dort, wo es nötig war, in aller Schnelle einen Farbspritzer oder ein Pigmentpünktchen anzubringen, mochte man doch erwarten, dass er sich als zielsicherer erwies als nun auf dem Schießstand seines Onkels Basil.

Anfangs war ich selbst ein nahezu hoffnungsloser Fall. Mit einer Waffe in der Hand demonstriere ich nichts anderes als bescheidene Mittelmäßigkeit; meine Bemühungen weckten den freundlichen Spott der anderen, wenngleich sie nicht für die Verlegenheit sorgten, die komplette Stümperei heraufbeschworen hätte. Ein Revolver war ein mir nicht vertrauter und, wie mir schien, unnützer Gegenstand. Ist man nicht versiert in seinem Gebrauch, muss man so nah an sein Ziel heran, dass sich der Eindruck aufdrängt, es wäre einfacher, noch einen Schritt zu tun und gleich die Fäuste zu gebrauchen. Und wäre Wilfred nicht gewesen, hätte ich kaum den Ehrgeiz verspürt, mich zu verbessern.

Wilfred unterhielt uns ausgiebig mit Revolverkunde, wenn man es so nennen möchte: die Entwicklung der Waffe von ihren primitiven Anfängen bis heute, ihre Funktionsweise, die damit einhergehenden ballistischen Gesetze. Um dem zu entkommen, konzentrierte ich mich auf meine Treffsicherheit, und je länger sich die ziellose Morgenzerstreuung hinzog, desto größere Fortschritte machte ich. Geoffrey hingegen stellte sich inzwischen noch weniger geschickt an als zu Anfang. Auf acht Schritt Entfernung gelang es ihm nicht, zwei Schüsse in einem Fuß Abstand zu platzieren. Anne lachte ihn aus, was ihm – vielleicht weil sie sonst selbst in kleinsten Dingen einer Meinung waren – gehörig zu missfallen schien. Zornig und genervt nahm er weiterhin an der Übung teil, sicher zum Entsetzen jener, die jedwedem Sport mit einer eher orthodoxen Einstellung begegneten.

Zu denen gehörte, wie konnte es anders sein, Cecil. Cecil gefiel sich in seinem Außenlinien-Habitus, wie ich es nennen möchte. Genau so würde er am Spielfeldrand stehen, um (mittels eines sinnreichen, sowohl Würde als auch Leidenschaft ausstrahlenden Anfeuerungsrufs) seine Schüler bei ihren plumpen Manövern im Schlamm zu ermuntern. Er selbst hatte nie in seinem Leben ein Rugby-Feld betreten; ich erinnerte mich, dass er zu seiner Schulzeit kraft eines schwachen Herzens die meisten Nachmittage in der Schulbibliothek verbracht hatte. Aber es war schwierig, solche Mutmaßungen über einen Internatsleiter anzustellen, der sich so begeistert gab vom Spiel. Es war schwierig für alle, außer natürlich für die Schüler. Wilfred hatte mir erzählt, wie man Cecil auf die Schliche gekommen war. Einige Wochen lang hatte er die Bedeutung des Rufs »*all on*« nicht verstanden.

Den Ruf, anscheinend ein Terminus technicus, der mit dem Abseits zu tun hat, hatte Cecil sorglos als einen simplen Ausruf der Anfeuerung verwendet – zum Entsetzen aller, sodass der Vorfall schnell in die Annalen der Schule einging. Man kann sich denken, dass sich Cecil dieses Missverständnisses nur ungern erinnerte. Hier nun aber trat er in seiner besten Verkörperung des Sportbegeisterten auf, rief mit mannhaftem Eifer »bei Gott!« und »oh, guter Schuss!«, als würde ein Volltreffer den Passierschein zu seiner höchsten Hochachtung lösen.

»Cousin Cecil ist mit wahrem Feuereifer bei der Sache«, sagte Anne.

»Er lässt den Pfeil schnellen«, sagte Geoffrey. »Er drückt den Abzug durch. Er ermutigt die Krieger. Er ruft die Götter an. Und sicherlich wird er auch Preise verteilen.«

»Aber Cousin Wilfred verteilt Noten. Besonderes Augenmerk liegt auf guter Führung, an zweiter Stelle steht Allgemeinwissen. Am Ende des Jahres könnte ein Preis folgen.«

Sie konnten es nicht lassen. Cecil und Wilfred waren nicht in Hörweite; die Parodie galt also einzig und allein mir. Mir wurde bewusst, dass sie mein letztes Buch, *Der Verwandte*, gelesen hatten – zweifelsohne hatten sie sich das Exemplar ausgeliehen, das ich Basil geschickt hatte. Ihre erneute Spöttelei ärgerte mich; vielleicht lag es daran, dass ich die beiden mit einem Mal als zwei Schmarotzer sah. Offensichtlich hatten sie es darauf abgesehen, Wilfred Geld – eine Rente, eine einmalige Zahlung, was auch immer – abzuschwatzen. Und sie meinten, dieses unlautere Ansinnen hinter einem Schleier von feingeistigen Worten verstecken zu müssen. *Meinen* Worten, im Moment jedenfalls. Ich wandte mich an Anne. »Seid ihr euch sicher«, fragte ich, »dass ihr euer Vorhaben wirklich richtig angeht?«

Ich hätte mich nicht einmischen sollen; es ging mich nichts an. Außerdem hatten sie mein Verständnis. Als Maler verfolgte Geoffrey bestimmte Prinzipien und hielt an ihnen fest. Ich selbst hatte einmal Literatur verfasst, bei der ein Jahr Arbeit vierzig Pfund eintrug. Wer war ich, um es zu missbilligen, falls auf einen wohlhabenden Verwandten ein wenig moralischer Druck ausgeübt werden sollte? Und auch Anne ging einer hoffnungslos unrentablen Tätigkeit nach: Sie, gebildet, von sonderbarem Wesen, besprach schmale Gedichtbände, die niemand lesen würde. Würde sie notfalls ein Ei kochen können? Ich bezweifelte es. Sie war, höchst unüberlegt, in einer Umgebung aufgewachsen, in der es zu den Naturgesetzen zählte, dass man für ein Ei eine Glocke läutete. Sie waren von Natur aus Schnorrer; unbedeutende Mitglieder einer Gesellschaftsschicht, die sich das Leben fantasievoll versüßte. Ich wiederholte meine Frage in einem freundlicheren Ton.

Anne lachte. »Wilfred«, sagte sie, »wird die Angehörigen um sein Totenbett versammeln. Und dann wird er sich als sehr viel spendabler erweisen als heute.«

Geoffrey sah sie nachdenklich an und nickte. »Er wird nur die *Encyclopaedia Britannica* behalten wollen. Und darin wird er nachlesen, welche letzte Riten an ihm zu vollziehen sind, und hoffen, sich Wissen anzueignen, das man im Himmel längst vergessen hat.«

»Darf ich, Sir, mit einem interessanten Faktum zu dem Thron aufwarten, auf dem Sie gerade sitzen?« Anne hatte ihre Hände wie zum Gebet gefaltet. »Er besteht zu gleichen Teilen aus Chrysopras, Chrysoberyll, Beryll und Topas und wurde nach einem Originalentwurf des Moloch höchstselbst erbaut.«

Eine Waffe knallte. Ich konnte die beiden nicht zur Vernunft bringen. Aber Anne war meine Nichte, also wandte ich mich an Geoffrey und versuchte es erneut. »Aber solltet ihr euch nicht noch etwas in Geduld üben? Und können die Dinge denn nicht anders geregelt werden? Dein Vater, der so handfeste Erwartungen hat …«

Geoffrey warf den Kopf zurück. »Schau dir meinen Vater an.«

Ich sah zu ihm. Hubert Roper stand etwas abseits vom Schießstand und sah, tief in Gedanken versunken, zum Haus. Seine ganze Haltung strahlte außergewöhnliche Tristesse aus.

»Und dann«, fuhr Geoffrey fort, als führte er das Argument weiter, »sieh dir Horace Cudbird an.«

Ich drehte mich um. Über das frostbedeckte Gras näherte sich ein kleiner stämmiger Mann in einem neuen, sehr billigen Anzug. Zwischen den knallenden Revolvern hörte man das laute Knarzen von Stiefeln. Es war tatsächlich Horace Cudbird, der reichste Mann der Stadt.

»Ferryman?«, begrüßte Cudbird mich, als wir einander vorgestellt wurden. »Sie gehören zur Familie. Das sehe ich gleich.« Er blickte erst zu Basil, dann wieder munter taxierend zu mir. Ich kam mir vor, als wären mein Cousin und ich zwei Bottiche mit Malz oder zwei Hopfenladungen. »Kanarienvögel eignen sich hervorragend, um für so etwas den Blick zu schärfen.«

Das Schießen war unterbrochen worden, ein kleiner Kreis hatte sich um ihn versammelt, damit sich alle vorstellen konnten. Cudbird sah sich freundlichst um und redete weiter. »Will man Abstammungslinien verfolgen, gibt's nichts Besseres als Kanarienvögel. Sir Basil, ich halte die Vögel, solange ich mich erinnern kann. Und mach mir Notizen über ihre Zucht. Und da ist mir doch was Komisches passiert.«

Wir gaben ein höfliches Murmeln von uns.

»Auslöser war der Wunsch meines Jungen nach einer elektrischen Eisenbahn. Er hat gespart und sich gedacht: ›Warum sich nicht Dads Notizen zu den Kanarienvögeln schnappen und sie dem *Fancier* schicken?‹ Sie wissen es vielleicht nicht, können es sich aber denken, das ist eine Zeitschrift für Leute, die Vögel halten.«

Cudbird machte eine kurze Pause. Seltsamerweise, wie mir auffiel, waren wir alle interessiert, wie die triviale Anekdote weiterging.

»Hat sie also eingeschickt, der Knirps. Und einige Wochen später wurde alles gedruckt, und er war seiner Eisenbahn zwei Guineen näher.«

Cudbird hatte eine sehr alte Pfeife herausgezogen, hielt erneut inne, um sich ihrer Reinigung zu widmen – ganz offensichtlich eine simple rhetorische Pause, um Spannung zu erzeugen.

»Und als Nächstes klingelt an der Tür ein Professor aus Cambridge, hat den *Fancier* in der Tasche und jagt mich ins Büro. Wir holen eine Stenografin, die den ganzen Vormittag alles aufzeichnet, was ich über Kanarienvögel weiß.«

Wahrhaft beeindrucktes Schweigen. Was uns wohl vorrangig verblüffte, war der Umstand, dass er keineswegs prahlte. Das Ereignis hatte nicht seinen Stolz geweckt, sondern seine Fantasie angeregt. Dass er und ein Professor aus Cambridge sich über Kanarienvögel unterhielten, war für ihn völlig normal; die Besonderheit lag darin, wodurch das Treffen ausgelöst worden war.

»Schon seltsam«, fuhr Cudbird fort, der, ins Metaphysische abdriftend, diese Interpretation damit bestätigte, »wie sich das eine aus dem anderen ergibt. Man weiß nie« – er hob den Kopf, sein Blick verließ uns und schweifte über die

Ruinen – »was man nicht alles in Bewegung setzen kann. Dieses Gespräch mit dem Professor war ein Beitrag zur Genetik – worüber ich mir bis dahin kaum Gedanken gemacht, worüber ich seitdem aber eine ganze Menge gelesen habe. Aber das wäre nie passiert« – sein Blick kehrte zu uns zurück, humorvoll oder auch nur ironisch – »wenn Jim Meech eben nicht seine Kartoffeln ausgeliefert hätte … Aber, Sir Basil, ich halte Sie von Ihrem Morgensport ab.«

Einige unter uns wollten sich zweifellos weiter ertüchtigen. Ich jedoch hatte anderes vor; es war dringend geboten, über einige Dinge nachzudenken, die sich seit meiner Ankunft in Belrive ereignet hatten. Dennoch war ich froh – und damit war ich nicht alleine –, als Wale den neuen Gast charmant ermunterte: »Ich bin doch recht neugierig, Mr Cudbird, was es mit diesem Jim Meech auf sich hat.« Keiner hätte Coleridges Alten Matrosen weniger gleichen können als dieser wohlhabende, fröhliche, proletenhafte, aber keineswegs vulgäre kleine Brauereibesitzer. Aber in einem war er dem Alten Matrosen doch sehr ähnlich: Er zog unweigerlich alle Aufmerksamkeit auf sich. Jede Revolverknallerei hätte über uns ebenso wenig Macht gehabt wie das laute Fagott über den Hochzeitsgast.

»Schon als kleiner Junge wollte ich Kanarienvögel haben. Nicht einen, sondern eine ganze Voliere, damit ich sie beobachten kann. Die Frage lautete, wie sie bekommen; natürlich gab es kein Geld.« Wieder streifte uns ein leicht ironischer Blick.

»Am unteren Ende des Marktes, wo man von Stonegate reinkommt, da gab's einen Händler, der hat welche verkauft; ich hab ihn eine Weile beobachtet und gesehen, dass er nicht viele losschlug. Also bin ich mit ihm einen Handel eingegangen. Für zehn Kanarienvögel, die ich für ihn verkaufe, bekomme ich einen für mich. Mittlerweile würde ich ihn auf einen Vogel für fünf verkaufte runterhandeln – aber damals war ich in solchen Dingen noch nicht so bewandert.«

Basil, der sich ganz offensichtlich über Horace Cudbird freute, gab ein seltenes Glucksen von sich. »Ich wage zu behaupten, dass Sie seitdem einiges dazugelernt haben.«

»Ja, Sir Basil, habe ich. Das müssen wir alle, es sei denn …« Sein Blick ging irritiert zu Geoffrey Roper, der sehr offensichtlich den Eindruck zu erwecken bemüht war, eine der Lilien auf dem Felde zu sein. Dann fuhr er fort. »Die Frage dann aber war: Wie kann ich mehr Kanarienvögel verkaufen als der Händler? Da hab ich von Jim Meech gehört, der hatte nämlich gerade angefangen, seine Kartoffeln auszuliefern. Jim hatte einen Gemüsestand ganz in der Nähe, und ihm war aufgefallen, dass die Körbe der Frauen, wenn sie mit ihren Einkäufen fertig waren, ziemlich schwer wogen. So kam ihm der Gedanke, er könnte den Verkauf seiner Kartoffeln – die so ziemlich das Schwerste waren, was es am Markt zu kaufen gab – ankurbeln, wenn er sie ihnen nach Hause liefert, gerade so, als hätte er einen richtigen Laden. Also nahm er Bestellungen entgegen, und wenn der Markt zu Ende war, holte er seinen Esel, und los ging's. Das war harte Arbeit, aber sie zahlte sich aus.«

»Auch Mr Meech«, sagte Cecil ein wenig zu huldvoll, »hatte einiges gelernt.«

»Keine Frage. Nun, ich hab also Jims Lieferungen übernommen – für nüscht.« Cudbird hielt inne und sah zu Cecil. »Das heißt, für nichts.«

Cecil war leicht verwirrt, wie ich freudig zur Kenntnis nahm. Cudbird, die Freundlichkeit in Person, ließ sich nichts anmerken.

»Und so hab ich also die Frauen im ganzen Stadtteil kennengelernt. Ich hab mitbekommen, wann ihre Männer in der Arbeit waren und was sie machen, ich hab von ihren Kindern gehört und hab die gelegentlich im Eselskarren mitfahren lassen. Und ich hab mir eine Mütze geborgt.«

»Eine Mütze?«, fragte Anne.

»Ja, Miss Grainger. Ich hab mir eine Mütze von einem Burschen geborgt, der eine tragen sollte, aber sie nicht tragen wollte. Und dann bin ich in meiner Freizeit durch die Straßen gestreift, als wäre ich auf einem Botengang, und wann immer mir eine der Frauen begegnet ist, hab ich mir schüchtern an die Mütze getippt, als hätte ich besonderen Gefallen an der Dame gefunden. Wie ein Bursche, der auf eine Ersatzmutter aus ist. Und dann bin ich meiner Arbeit am Kanarienvogelstand nachgegangen. Die Frauen sind zu Jim für die Kartoffeln gekommen, und wenn sie mich bei meiner neuen Arbeit sahen, sind sie herübergeschlendert, um ein paar Worte zu wechseln. Nach zwei Monaten haben mir vier Kanarienvögel gehört.«

»Und jetzt«, sagte Basil, »haben Sie die größte und hellste Flasche der Welt.« Er sagte es gänzlich ohne Groll.

Horace Cudbird nickte ernst. »Das mag sein«, sagte er. »Aber die Brauerei wird mir nie so viel bedeuten wie die vier Kanarienvögel damals. Sie waren der Anfang.« Er wandte sich an mich. »Wie das erste Manuskript, das die Verleger nicht mehr zurückschicken, Mr Ferryman.«

Hier war jemand, der sich auskannte in der Welt. Schweigen. Cudbird trat zurück und ließ erneut den Blick über Belrive schweifen. »Man kann nie sagen«, äußerte er in seinem gnomischen Präsens, »was aus einer Idee werden kann.«

6

Ich stelle fest, dass eine Erzählung dieser Art technische Schwierigkeiten mit sich bringt, mit denen ich beim Schreiben eines Romans nicht konfrontiert bin. Diese Feststellung ist durchaus interessant; am liebsten würde ich zurückgehen und ein James'sches Vorwort über die Probleme des Romanciers verfassen, der sich in der Rolle des Chronisten wiederfindet. Aber welcher Leser würde so etwas nicht überblättern? Es ist also besser, unvermindert fortzufahren.

Eine Schwierigkeit allerdings sollte vermerkt werden. In diesem einleitenden Stadium – das nun fast vorüber ist – sind eine geraume Anzahl von Ereignissen und Personen zu arrangieren, deren bedeutsame Beziehungen, sofern der Logik Genüge getan werden soll, sich erst später erweisen werden. Von diesen hier erwähnten Beziehungen gibt es wahrscheinlich keine einzige, die ich bislang nicht mit der einen oder anderen kryptischen Bemerkung versehen habe. Mag das Kryptische, maßvoll eingesetzt, durchaus betörend sein, es kann sehr schnell auch langweilen. Sir Mervyn Wale zum Beispiel zitiert aus obskuren Gründen Shakespeare – schön und gut. Aber wenn sich alle in ähnlicher Weise hervortun, könnte das für den Leser recht ermüdend werden. In meinen Romanen verbiege ich meine Fakten daher derart, dass ich dieses Stilelement auf ein vernünftiges Maß beschränken kann, sodass es beim Leser Interesse weckt. Hier aber werden mir die Fakten von Gott – oder, möglicherweise, vom Teufel – vorgegeben. Ich muss also mit der Aufzeichnung scheinbar unzusammenhängender Vorfälle geradewegs so fortfahren, bis ich aus dem Gröbsten heraus bin. Was bald der Fall sein sollte. Dennoch müssen noch einige Dinge ihren Platz finden, bevor es zur Katastrophe kommt. Wie Ralph Cambrell, der Textilfabrikant, sich letzten Endes doch noch am Schießen beteiligt; wie er einen peinlichen öffentlichen Streit mit Basil austrägt; wie Hubert Roper sich an das Porträt seines Neffen Cecil macht; wie Basil weiter über den mysteriösen Mr X scherzt, der zum Dinner kommen soll: Das sind die wichtigsten Elemente des Prologs, die noch zu behandeln sind. Ich verspreche, darüber nicht zu viel von der niemals versiegenden Tinte des Berufsschreibers zu verschwenden.

Ich war Cambrell schon einmal begegnet. Da ich anders als Cecil unfähig bin, Individuen anhand ihres Berufs oder ihrer Interessen mit schwammigen Attributen auszustatten – weil ich tatsächlich nicht an ein Abstraktum namens »britischer Unternehmer« glaube –, bewertete ich ihn nach dem, was er meiner Ansicht nach war. Ich hielt Ralph Cambrell für einen gewieften Halunken.

Die Betonung liegt dabei auf *gewieft*. Das war er mehr als ein Halunke. Aber noch einmal: Das Gewiefte als Wesensmerkmal bezog sich lediglich auf sein Denken. Es wäre völlig irreführend, ihn eines arglistigen – oder selbst eines willfährigen – Verhaltens zu bezichtigen. In seinem Auftreten wirkte er aufrichtig und kaschierte so seine Absichten, die er intuitiv für sich behielt: Für solche Heimlichkeiten sind seine Geschäfte um die Wohnsiedlungen und den Samenhändler Balltrop's charakteristisch – wobei der Profit weniger substanziell sein dürfte als seine Freude an den eigenen undurchsichtigen Machenschaften. Vielleicht war ich mit einem ablehnenden Urteil zu schnell bei der Hand. Er war ein Gentleman – wiederum ein Abstraktum, ja, das für mein Denken aber von einiger Bedeutung ist –, und ich habe ein Vorurteil (das in England seit mindestens drei Jahrhunderten aus der Mode ist) gegen Gentlemen, die sich ganz dem Geldwechsel, der Profitmacherei und jener Idee verschrieben haben, die die Viktorianer Fortschritt der Fabrikation nannten. Ich bin keineswegs der Meinung, dass diese Tätigkeiten völlig inakzeptabel wären. Aber wer in eine privilegierte Stellung hineingeboren wurde und eine liberale Erziehung genossen hat, sollte in der Lage sein, sie zu meiden. Wilfred, musste man anerkennen, konnte das; er konnte Zweck und Mittel trennen; er verstand den Müßiggang. Cambrell dagegen lebte in seinen Fabriken; er trug sie immer mit sich herum. Wenn er sich für irgendetwas anderes einsetzte, dann war dieses andere nur vorgeschoben – ein Schwindel im Interesse eines übergeordneten Plans.

Das alles war mehr, als ich tatsächlich über den Mann wusste. Ich schätzte ihn lediglich so ein. Aber unweigerlich führte ich diesen Gedanken noch einen Schritt weiter, als er während der Schießübungen über das Gras auf uns zukam. Ich verglich Cambrell mit Horace Cudbird.

Cudbird, der darauf wartete, dass die Reihe an ihn kam, lauschte Lucy Chigwidden, die sich wortreich über Kapitelstrukturierung ausließ. Vielleicht ging es auch um den inneren Monolog. Worauf es jedoch ankam: Cudbird, eine unkultivierte Person, hörte Lucys Fachsimpeleien zu, und Lucy war trotz ihrer beträchtlichen intellektuellen Naivität so weit Frau von Welt, um ihre Fachsimpelei nicht völlig ins Leere laufen zu lassen. Dass Cudbirds Bier das Beste sei, war zweifellos die grundlegende Aussage im Leben des Bierbrauers; dennoch war er bereit, sich auch für andere Aussagen zu interessieren, die nicht einmal entfernt mit dieser in irgendeiner Beziehung standen. Hingegen konnte man in jeder Plauderei mit Cambrell, trotz seines lokalen Idioms, die Eloquenz des Tuchhändlers vermuten, der offensichtlich darauf spekuliert, dass man sich das Wechselgeld von ihm in Bändern oder Borten ausgeben lässt. Und vielleicht kann man die Gegensätzlichkeit der beiden Männer noch ein wenig weiterführen. Cudbird fehlte Cambrells aufrichtiges Auftreten. Er hatte, auf unverfängliche Weise, etwas Durchtriebenes an sich – sicherlich besaß er die Skepsis desjenigen, der sich alles selbst erarbeitet hatte. Aber der Verstand, der dahintersteckte, war eigenartig einfach und direkt.

»Ich dachte mir«, sagte Cambrell aufgeräumt, »warum nicht früher kommen, damit ich ebenfalls mitmischen kann?« Er hielt etwas hoch, was zweifellos ein Pistolenkasten war. »Ich habe die Knallerei gehört und konnte nicht widerstehen, für heute die Arbeit niederzulegen und es selbst mal zu versuchen.«

Basil sah auf seine Uhr. Das war nicht die höflichste Art, einen zu früh eingetroffenen Gast zu begrüßen, was mir – da Basil dezidiert kein Rüpel war – zu denken gab. Nach Cambrells Worten zu schließen, war er schon einmal auf dem Schießstand gewesen. Ebenso wurde deutlich, dass er nur zum Mittagessen und einem Geschäftsgespräch geladen war. Ich glaubte die Bänder und Borten aus seinen Taschen spitzen zu sehen.

Wie als Antwort auf Basils Geste sah Cambrell nun seinerseits auf die Armbanduhr. »Gleich zwölf«, sagte er. »Ich fürchte, in wenigen Sekunden müssen Sie sich wegen unserer schrecklichen Sirene die Ohren zuhalten. Anders als Cudbirds überwältigende Flasche beglückt sie einen allerdings nicht stundenlang am Stück. Guten Morgen, Mrs Chigwidden. Und Ihnen auch einen guten Morgen, Cudbird.«

Diesem letzten Gruß wurde ein gespenstisches »mein Gutster« angehängt, das bei uns allen ein leises Unbehagen auslöste. Cecil, dessen Bewunderung zweifellos immer noch niemandem mehr gehörte als solchen wie Cambrell, präsentierte Cudbird sein Zigarettenetui – so entschieden nüchtern, wie man es einem Nachbarn im Club hinhält. Der Brauer schüttelte den Kopf und nahm die symbolische Geste mit einem leichten Grinsen eher amüsiert als dankbar zur Kenntnis. »So, so, Cambrell«, sagte er, »wenn das mal keine Überraschung ist: zu sehen, dass Sie derart die Bedürfnisse Ihrer Konsumenten vernachlässigen.« Sein Akzent war breiter geworden. Er sah zum Pistolenkasten. »Ein Schuss ins Blaue hinein, denke ich mir, danach steht Ihnen heute Morgen der Sinn.« Er beäugte uns verschmitzt, und bevor wir seinen Satz überhaupt erfassen konnten, fuhr er schon fort: »Und wie geht's der großen Kantine? Die Wohltätigkeit belastet das Unternehmen doch nicht zu sehr?« Er wandte sich an Basil. »Was die Wohltätigkeit betrifft, Sir Basil, geht doch nichts über ein alteingesessenes Unternehmen. Manche Personalleiter wenden sich sogar an Unternehmenspsychologen, damit sie sich neue Programme zum Wohl der Angestellten ausdenken. Aber ich gehe davon aus, dass sich Cambrell die Kantine ganz allein ausgedacht hat.« In offenkundig vorgetäuschtem Neid schüttelte er den Kopf. »Das nennt man Bildung. Würde mich nicht wundern, wenn schon Plato oder Cicero, jedenfalls einer von denen, gesagt hätte, dass Bildung die Mutter aller Wohltätigkeit ist.«

Ich dachte bei mir, dass die Karriere, die Cudbird durchlaufen hatte, ihn eingehend in der Streitlust geschult hatte, jedenfalls genoss er es, Cambrells leicht anmaßender Haltung mit seiner Schlagfertigkeit zu begegnen. Was immer auch der letzte Hieb im Einzelnen zu bedeuten hatte, Cambrell schien es nicht zu gefallen. Er wandte sich an Basil. »Wie machen Sie sich, Roper, auf fünfzig Schritt?«

Geoffrey und Anne jedoch wollten sich ihren Spaß noch nicht nehmen lassen. »Eine Kantine?«, fragte Geoffrey. »Sie betreiben eine Kantine, Sir?« Er rieb Cambrell die Frage respektvoll, aber bestimmt unter die Nase.

»Aber bestimmt doch eine ohne Alkohol«, sagte Anne. »... eine, die den Grundsätzen von Unserem Ford folgt?«

Cambrell lachte unsicher über diese schamlos geklaute Witzelei. »Eine ohne Alkohol, sicher«, sagte er. »Würde man in einer Fabrik ein Pub eröffnen wollen, würden die Bürokraten einen Anfall bekommen – angefangen von der örtlichen Verwaltungsbehörde bis rauf nach Whitehall. Also eine ohne Alkohol, dafür mit einem wissenschaftlich ausgearbeiteten Speiseplan und so weiter. Eine ausgezeichnete Sache für die Gesundheit der Arbeiter.«

»Die Cambrell-Kantine«, sagte Geoffrey, »hat Erfolg verdient. Aber ist sie auch erfolgreich?«

Cambrell runzelte die Stirn, und seine eben noch lockere Art bekam etwas Aufgeblasenes. »Es gibt Vorurteile«, erwiderte er. »Es gibt Vorurteile, wie immer. Aber die Idee wird sich durchsetzen, im Moment müssen wir nur alles eine Nummer kleiner machen.«

Cudbird, der aufsah, nachdem er die Trommel eines Revolvers nachgeladen hatte, lachte auf. »Nie gab man sich wohltätiger«, sagte er, »als zur Zeit der Autokraten. ›Der aufgeklärte Absolutismus‹, die ›wohltätigen Autokraten‹: Ich erinnere mich noch gut daran in meinem Geschichtsbuch der Burton Road School.« Er hob die Waffe hoch. »Man kann nicht wohltätig sein, solange man die anderen nicht da hat, wo man sie haben will. Cambrell hat das sehr geschickt gemacht. Hat alle Imbiss-Läden im Umkreis von einer Meile aufgekauft –

wer sollte ihn auch daran hindern? Und dann gibt's da noch die Rentenkasse. Cambrell sagt, wer in der Rentenkasse sein will, muss sich auch um seine Gesundheit kümmern, und das tut man nicht, wenn man nicht in seiner Kantine speist.« Wieder lachte Cudbird – sehr bösartig, wie mir diesmal schien. »Aber es funktioniert nicht. Wie sagt man? Der Bogen wurde überspannt. Die Arbeiter zwingen, auch noch die Würstchen und den Kartoffelstampf des Arbeitgebers zu verdrücken, das ist nichts anderes als Bezahlung in Naturalien. Mag alles noch so wissenschaftlich gekocht sein, es ändert nichts.« Er legte eine jahrhundertealte Verbitterung in seine Worte. »Und Naturallohn ist etwas, was für einen Wohltäter schon lange nicht mehr infrage kommt. Cambrell muss noch mal von vorn anfangen.«

Das alles war sehr unangenehm. Und skurril. Die Umgebung ließ es skurril erscheinen. Um uns herum warf die winterliche Sonne die Schatten der Priorei-Ruinen auf die frostigen Böden – warf sie zart und ungleichmäßig, Schatten, die sich so langsam veränderten wie hochstehende Wolken an einem windstillen Tag. Zu unserer Linken, an der gesamten Länge des Schießstands, war eine lange Mauer mit blinden Arkaden, die sich zu den zerbrochenen Fenstern des Laien-Dormitoriums erhoben. Vor uns und jenseits der Erdaufschüttung, vor der unsere Zielscheiben aufgereiht waren, befand sich die hohe nackte Wand des Pförtnerhauses – der einzige Teil des alten Gebäudes, der noch fast intakt war und jeder Gefahr vorbeugte, sollte ein Schuss zu hoch angesetzt sein. Rechts von uns lag der offene Park, an den sich ein Gewirr von Schieferdächern anschloss und wo das Klirren und Scheppern der elektrischen Trambahnen zu hören war. Es war kurz nach Mittag, und Belrive stand in seinem eigenen schmalen Schattenband; wenn die Sonne allmählich versank, würde es von anderen, von außen einfallenden Schatten verfolgt werden. Das Gerüst von Cudbirds Flasche würde sich mit dem immer länger werdenden Turm vereinen; der große Schornstein der Textilfabrik würde wie ein stochernder Finger knapp vor den fernsten eingefallenen Stützpfeilern der Westmauer entlangstreichen. So standen wir, während die diskordanten Jahrhunderte über uns schwebten, eine kleine Menschenansammlung, die hier, am schmalen Parkdreieck, einem Schlagabtausch der Vertreter jener beiden Unternehmen beiwohnte, die beharrlich Belrives Existenz zu bedrohen schienen. Cambrells alkoholfreie Kantine, Cudbirds kaskadierende Flasche, die Ruinen in ihrer Beschaulichkeit und der Park in seinem winterlichen Schleier: Einen Augenblick lang schienen sie mir alle in einer dramatischen, angespannten Beziehung zu stehen. Aber dann verlor sich jegliche Bedeutung, die Spannung löste sich. Ein Revolver knallte. Dünner, beißender Rauch wehte vorüber. Das Schießen ging weiter.

Wilfred Foxcroft hatte eine Lupe hervorgeholt und sich eine Handvoll Patronenhülsen gesichert; er saß mit Lucy Chigwidden auf einem steinernen Sarg in einer schwach von der Dezembersonne erwärmten Ecke und wollte sie davon überzeugen, dass er erkennen könne, aus welcher Waffe die Patronen abgefeuert worden waren. Geoffrey und Anne hatten sich entfernt; gelegentlich waren aus der Richtung des Hauses ihre überdrehten Stimmen zu hören, als ergingen sie sich in irgendwelchen Albernheiten. Rechts des Schießstandes, im offenen Park, schritten Sir Mervyn Wale und Horace Cudbird, in einem scheinbar für beide Seiten befriedigenden Gespräch begriffen, auf und ab. Hubert Roper und Cecil Foxcroft hatten sich ebenfalls abgesondert: Hubert stand seinem Neffen gegenüber und gestikulierte ausladend; Cecil wirkte gereizt und ungehalten. Man konnte sich vorstellen, dass das geplante Porträt Gegenstand der Diskussion war. Ich selbst kehrte nach einem gedankenschweren Spaziergang zum Schießstand zurück. Basil und Cambrell befanden sich vor mir und wetteiferten darin, wechselseitig auf relativ kurze Entfernung Schüsse abzugeben. Über eine Minute lang, fiel mir auf, sprachen sie dabei kein Wort. Basil war auf die Zielscheiben konzentriert; Cambrell paffte an seiner Pfeife. Gerade, als ich mich näherte, kam es zwischen ihnen zu einem Wortwechsel, von dem und dessen unmittelbarem Nachspiel ich anscheinend der einzige Beobachter war. Cambrells verblüffender Trick war später Thema allgemeiner Spekulationen. Basil und ich waren die Einzigen, die ihn gesehen hatten.

Sie hatten das Anvisieren des Ziels geübt, das Zukneifen der Augen, das Abfeuern, nachdem man bis fünf oder zehn gezählt hatte – anscheinend eine Übung, die einen ruhigen Arm erforderte. Cambrell war dran. Er hatte den Blick aufs Ziel gerichtet, die Hände am Körper. Plötzlich machte er mit militärischer Präzision auf dem Absatz kehrt, sodass sich die Schießbahn in seinem Rücken befand. Er hob den rechten Arm und legte ihn quer über die Brust; der Revolver verschwand unter dem erhobenen linken Oberarm. Später würde davon berichtet werden; ich hörte Basil rufen; ich sah Cambrell noch immer starr vor sich hin blicken, bis sich ein dünner Rauchfaden vom Revolver mit dem Rauch seiner Pfeife vermischte, die er in der linken Hand hielt. Basil schlenderte zur Zielscheibe, und fast erwartete ich – vermutlich hatte ich noch Cecil im Kopf –, dass er kundtat: »Ah, guter Schuss!«

Aber Basil sagte: »Ein Kunstschützentrick! Ich glaube, das kann ich auch.«

7

Vom Mittagessen an diesem Tag blieb mir nur im Gedächtnis, dass Cecil Foxcroft die gebratene Ente nahm.

Vermutlich gibt es keinen Grund, warum gebratene Ente nicht auf den Mittagstisch kommen sollte, vor allem bei kühler Witterung wenige Tage vor Weihnachten. Ganz sicher gab es keinen Grund, warum Cecil nicht dieses Gericht wählen sollte, wenn es angeboten wurde. Einzig die Anspielung auf die sabinische Kost hätte er sich verkneifen können.

Cecil saß neben Horace Cudbird. Cudbird war, wie ich feststellen durfte, wie geschaffen zum Romancier. Er konnte, was in einem Menschen steckte, aus diesem herausholen und noch dazu beurteilen. Lucy Chigwidden hatte er den inneren Monolog abgetrotzt und dabei zweifellos sehr genau einschätzen können, in welchem Maß Lucy ihr Thema durchdrungen hatte. Cecil rang er eine Reihe von Aussagen über Internate ab. Charakterbildung, Gemeinschaftsgefühl, Vertrauen in die Jugend, gesunder Geist in einem gesunden Körper: Diese altehrwürdigen Gemeinplätze – die Cudbird vielleicht ebenso unvertraut waren wie Lucys ebenso abgehangene Dikta über das Handwerk der Romanliteratur – wurden von Cecil heruntergebetet, als wären es die Früchte seines eigenen mühseligen Denkens. Es war angenehm, zu spüren, dass er dabei übers Ziel hinausschoss; dass er ohne jeden künstlerischen Sinn war. Allerdings fragte ich mich, ob das wirklich die Erklärung war oder ob Cecil sich einfach nur zu so jemandem entwickelt hatte. Manchmal habe ich den Verdacht, dass ein klassisch gebildeter Verstand ganz besonders anfällig ist für diese beängstigende Atrophie. Und während ich mich gegen die Ente entschied, überlegte ich, ob Cudbird für sich nicht ebenfalls diesen Verdacht formulierte. Mich – vielleicht sogar den meisten von uns – beschlich das Gefühl, dass Cudbird ein sehr kluger Mann war.

Sabinische Kost. Cecil befürwortete, sie den Jungen in seinem Internat im Übermaß zu verabreichen. Eine übermäßig bescheidene Verpflegung, so schien sein Argument zu lauten. Cecil hielt kurz inne, um seinen Gedanken zusammenzufassen. Er runzelte die Stirn, sichtlich bemüht, vom jungfräulichen Felsen der Rede den letztlich bedeutungsschwangeren Satz herauszubrechen. »Einfaches Leben und erhabene Gedanken, Mr Cudbird«, sagte er, »bringen das Ideal am besten zum Ausdruck.«

Meine Gedanken schweiften ab. Als sie zurückkehrten, widmete sich Cecil gerade dem heiklen Thema des Gefühlslebens. »Zu Beginn des Frühlingstrimesters«, sagte er, »denn da scheint es mir *ganz besonders* notwendig zu sein, halte ich ihnen eine kleine Rede, die unter dem übergeordneten Thema der Selbstbeherrschung steht.« Er hielt inne. »Und zum Frühstück gibt es auch keine Würstchen mehr und solche Dinge.«

Anne Grainger, die Cecil am Tisch gegenübersaß, war wenig geneigt, diese Gelegenheit zu einem anstößigen Kommentar verstreichen zu lassen. »Cecil und seine Erzieher«, sagte sie mit klarer Stimme über den Tisch hinweg, »machen sie es sich nicht sehr bequem? Jedes Pfund Wurst, das von der Metzgerbestellung gestrichen wird, kommt also der Jungfräulichkeit zugute.«

Ich war schadenfroh genug, um die Ansicht zu vertreten, dass Cecil es geradezu herausgefordert hatte, und ich war alt genug, um die Ansicht zu vertreten, dass junge Frauen so nicht reden sollten. Was Cudbird dachte, wusste ich nicht; zum ersten Mal machte er auf mich den Eindruck, als wäre ihm unbehaglich zumute. Aber Anne war zufrieden mit dem von ihr provozierten Schweigen. Sie wandte sich an Wale. »Meinen Sie nicht auch, Sir Mervyn? Meinen Sie nicht auch, dass Cecil ganz meisterhaft über die physiologischen Tatsachen gebietet?«

»Ich denke«, sagte Wale, »dass es in der Pädagogik viele falsche Annahmen über den Zweck gibt und die Mittel oft auf mindestens ebenso falschen Informationen beruhen.«

Die Unfreundlichkeit dieses Satzes wurde kaum dadurch verhehlt, dass er als allgemeine Aussage formuliert wurde. Die Worte selbst hätten genügt, um mich erneut über die problematische Beziehung zwischen Cecil und Wale nachdenken zu lassen. Aber in den Worten, ausgesprochen mit dem unangestrengten Ernst eines kultivierten Einwands, schwang noch etwas anderes mit. Hass ist wohl die seltenste Emotion, die an die Oberfläche des zivilisierten Miteinanders gespült wird. Zorn, Entrüstung, Abscheu, Verärgerung, Boshaftigkeit – die hingegen allgegenwärtig sind – kommen dem keinesfalls gleich. Ich war ratlos, warum Wale zuließ, dass sich ausgerechnet Hass in einen Kommentar über seinen vermeintlichen Intimus Cecil einschlich. Aber Hass war es – und ich ertappte mich dabei, wie ich zu Lucy sah. Es war doch eigentlich genau ihr Fall; ein unversehener Ausbruch von ungewöhnlicher Grobheit, der ihre Figuren, denen in Kürze ein Mord zur Last gelegt würde, so gern befällt. Aber Lucy, typisch für sie, hörte gar nicht zu. Sie war in sich versunken, lauschte tonlosen Weisen oder Stimmen, die in ihr und zu ihr sprachen und die nicht menschlichen Ursprungs waren. Ich widmete mich wieder meinem Problem. Hatten sich Wale und Cecil wegen einer Geliebten gestritten, wegen einer Summe Geldes – oder eines anderen Preises, dessentwegen Männer sich überwarfen? Es erschien mir äußerst unwahrscheinlich. Und ich musste an ein Gedicht von Yeats denken, in dem mit großer Eindringlichkeit gesagt wird, dass intellektueller Hass am schlimmsten sei. Es war denkbar, dass Cecils schwammiger und moralistischer Verstand Wales wissenschaftliches Naturell beleidigt hatte. Denkbar war das durchaus. Dennoch blieb es rätselhaft.

Ich wandte mich Cecil zu. Der zivilisierte Mensch, überlegte ich, hat ein gefährlich schwach ausgeprägtes Bewusstsein für Gefahr. Aber vielleicht hatte er einfach kein Ohr dafür. Es hätte mich sicherlich erschreckt, wäre ich von einer solchen Stimme angesprochen worden. Aber Cecil hatte es gar nicht gehört. Tatsächlich schien er nicht nur taub zu sein für den impliziten Affront, sondern auch für die schlichte prosaische Aussage; er zeigte keinerlei Groll, nachdem ihm auf seinem ureigensten Feld konfuse Ansichten vorgeworfen wurden. Derartige Ungeheuerlichkeiten drangen schlichtweg nicht zu seinem Verstand vor. So ließ er sich während des Essens weiterhin über die in eine feste Ordnung gefasste Freiheit, über die Vorbereitung auf den Kampf des Lebens, über Fairplay aus. Und ich bemerkte, dass Wale mit dem Instinkt desjenigen, der fürchtet, sich selbst verraten zu haben, hin und wieder die Gelegenheit ergriff, höfliche und nichtssagende Bemerkungen einzustreuen.

Das Mittagessen ging zu Ende; es sollte das letzte friedliche Mahl sein, das Belrive genießen durfte. Basil führte Ralph Cambrell in sein Arbeitszimmer, vermutlich für das Geschäftsgespräch, dessentwegen er in die Priorei gekommen war. An der Tür drehte sich mein Cousin noch einmal um. »Ihr amüsiert euch alle, ja? Und, Lucy, du kümmerst dich wieder um den Tee? Ich habe viel zu tun – ein Einspruch muss noch raus – und werde wahrscheinlich bis zum Dinner durcharbeiten. Cudbird, könnten Sie uns dann wieder beehren?«

Es sei ihm eine Ehre, uns alle wieder zu beehren, erwiderte Cudbird. Damit verschwanden Basil und Cambrell, und wir Übrigen gingen unserer Wege. Ich verzog mich in die Bibliothek, wo sich bald auch Lucy einfand, erneut mit Korrekturfahnen bepackt. Wegen meiner nicht unbegründeten Besorgnis, dass der innere Monolog wieder zur Sprache kommen könnte, und meines nicht unbeträchtlichen Widerwillens, mich darauf einzulassen, griff ich mir einen schweren, reich illustrierten Band über die Geschichte Belrives – mein Lieblingswerk unter Basils Schätzen – und widmete mich ihm an einem der Lesetische. Eine Zeit lang irrte Lucys Bleistift über die Korrekturfahnen, während ich schweigend las.

»Arthur«, sagte Lucy plötzlich. »Ich habe einen Verdacht.«

Ich glaube, ich zuckte leicht zusammen; auch in meinem Kopf hatten sich bereits gewisse seltsame Spekulationen herausgebildet. »*Einen* Verdacht?«, erwiderte ich. »Glaub mir, es muss ein ganzes Füllhorn sein. Was wäre dein Leben ohne sie?«

»Ich habe«, sagte Lucy mit fester Stimme, »*einen Verdacht*.«

»Du meinst« – zögerlich wandte ich mich von meinem Folianten ab – »zu Basils Einspruch?«

»Basils Einspruch?« Lucy suchte nach ihrem Stift und fand ihn schließlich an seiner üblichen Stelle hinter ihrem Ohr. »Einspruch wogegen?«

Wir redeten komplett aneinander vorbei. »Du hast einen Verdacht?«, entgegnete ich. »Worüber?«

»Über das Rätsel des heutigen Abends natürlich. Basils Mr X.«

Ich hatte Basils Mr X ganz vergessen, den Unbekannten, der als Überraschung für uns zum Dinner erscheinen sollte. »Du vermutest?«, sagte ich, »dass dieser Mr X eine Überraschung für dich sein wird.«

Lucy suchte erneut ihren Bleistift. »Wie bist du denn darauf gekommen?«, fragte sie.

Das nun brachte mich in Verlegenheit. Lucy war offenkundig die Einzige unter uns, die für eine solche Überraschung infrage kam – als würde man etwas Verführerisches in buntes Papier einwickeln und für die Kinder unter den Weihnachtsbaum legen.

Während ich noch nach einer ausweichenden Erwiderung suchte, wechselte Lucy bereits das Thema. »Arthur«, sagte sie, »ich habe über *Die goldene Schale* nachgedacht.«

Hätte Lucy verkündet, sie habe über den *Hund von Baskerville* oder die *Frau in Weiß* nachgedacht, wäre ich geblieben. So aber erhob ich mich eilends und sah auf meine Uhr. »Halb drei schon«, sagte ich. »Ich habe versprochen, bei Hubert im Atelier vorbeizuschauen.«

Auch Lucy stand auf, wobei sie ihre Fahnen auf dem Boden verteilte. »Wie interessant! Ich glaube, ich komme mit.«

Auch das brachte mich in Verlegenheit. Eine solche Zusage gemacht zu haben, war eine Lüge, spontan ersonnen, damit mir eine Diskussion über die höhere Literatur erspart blieb. Darüber hinaus gab es keinen Grund zu der Annahme, dass Hubert eine solche Begutachtung seiner Wirkungsstätte gutheißen würde. Aber hier kam ich nicht mehr raus. Lucy fand ihren Stift in den Tiefen eines großen Sessels, platzierte ihre Tasche an einer Stelle, an die sie sich bestimmt erinnern würde, hinter der Uhr, brachte ihre Papiere brillanterweise in einer Kohlenschütte in Sicherheit und folgte mir aus dem Raum.

Wir trafen die Maler, Vater und Sohn, auf dem großen Dachboden an der Nordseite des Hauses an – und bei ihnen Cecil, der sich inmitten der rätselhaften Vorbereitungen wohl etwas verloren vorkommen musste. Geoffrey Roper stand oben auf einer Trittleiter und verhing mit einem großen Laken aus gazeartigem Gewebe das Oberlicht. Hubert baute, in Gedanken versunken, eine überraschend große Leinwand auf einer Staffelei auf; immer wieder unterbrach er sein Tun und ging zu einem Tisch, auf dem Skizzen verstreut lagen. Er betrachtete sie eine Zeit lang und sah dann düster zu Cecil herüber. Lucy und mir, die wir in der Tür standen, schenkte er nicht die geringste Beachtung.

»Natürlich«, sagte Hubert, »ist Cecil an sich nicht uninteressant.« Er ließ seinem Neffen ein flüchtiges Lächeln zukommen, das, nahm ich an, ein gewisses Taktgefühl zum Ausdruck bringen sollte.

»Ja, ja.« Geoffrey auf seinem Hochstand klang wie jemand, der dem entschieden widersprach. »Nichts gegen Cousin Cecil. Er hat ein ganz ordentliches Knochengerüst. Vor allem aber ist es kein Auftrag, oder? Das wäre doch eine Chance.«

Mit Cecil, schlussfolgerte ich, der ein Verwandter und kein vornehmer Kunde war, konnte im Stil eines lockeren – oder vielleicht auch sehr ernsten – Experiments verfahren werden. Diese Mutmaßung wurde durch eine Reihe lauter Geräusche von draußen und dem Eintreten von Basils Butler, seines Chauffeurs und seines Gärtnerjungen bestätigt, die unter dem Gewicht eines riesigen goldgerahmten Spiegels ächzten. Dieser wurde auf Huberts Anweisung gegen die Wand gelehnt, woraufhin die Männer wieder von dannen zogen. Einige Minuten später erschienen Butler und Chauffeur erneut, und diesmal trugen sie einen Drehspiegel; hinter ihnen kam ein Hausmädchen mit einem dieser runden

Hohlspiegel, die immer noch beliebter Zierrat in den Salons waren.

Hubert sah sich auf dem kahlen Dachboden um. »Später werde ich noch etwas Dekor einarbeiten müssen. Ein Schlafzimmer, glaube ich – überbordend, aufwendig möbliert, feminin.«

»Ein großes Bett«, sagte Geoffrey, »mit Grautönen in der Decke. Und eine Latsche …«

»Eine Latsche?«, unterbrach Cecil – er sah sich wohl schon mit einer stacheligen Kiefer im Bett dargestellt.

Geoffrey nickte. »Einen Frauenpantoffel. Und Viridiangrün, meine ich, um die ganze Komposition farblich zu kräftigen.«

»Die ganze Bewegung«, sagte Hubert, »geht vielleicht von der Latsche aus.«

»Wie wäre es, wenn Cecil die Latsche in der Hand hielte?«, fragte Geoffrey, als hätte ihn plötzlich die Inspiration ereilt. »Die viridiangrüne Latsche und seine ziemlich teigige Hand: Was bekommt man dadurch? Einige ziemlich interessante Kontraste, würde ich sagen.«

Cecil rutschte unruhig auf einem Holzstuhl herum, dem einzigen Sitzmöbel im Raum. »Wirklich«, sagte er. »Ich halte es für wenig angemessen, einen unverheirateten Mann mit einem Frauenschuh …«

»Im Moment aber« – Hubert beachtete ihn gar nicht – »ist die Schärfe das Interessanteste. Der große Spiegel reflektiert das Bild von Cecil, der im Drehspiegel gespiegelt wird. Damit ergeben sich sehr seltsame Unschärfen.«

Geoffrey schüttelte den Kopf. »Dad, ich denke wirklich, es sollte andersherum sein. Der große Spiegel als wirksame Diagonale …«

Mit einem Mal entbrannte eine heftige Diskussion zwischen Vater und Sohn. Das Dienstpersonal, immer noch anwesend, um die Spiegel in ihre endgültige Position zu schieben, starrte vor sich hin; Cecil wand sich unvermindert auf seinem Stuhl; Lucy und ich waren als Künstler auf unserem ganz eigenen Gebiet bemüht, dem Gespräch zu folgen. Und auf einmal wedelte Hubert mit seinen Skizzen vor Geoffreys Gesicht herum. »Du eingebildeter Grünschnabel«, rief er, »ist dir klar, dass ich seit Monaten an dieser Sache arbeite – dass ich mich abrackere, bis ich mir wie Alice zwischen den Spiegeln vorkomme? Und dann tauchst du mit deinem geschmacklosen geometrischen Humbug auf und machst mir Vorschriften! Raus!« Mit weit ausholender Geste drehte er sich zu uns um. »Und ihr auch. Ihr bringt hier alles durcheinander.«

Wir gingen – Lucy, Geoffrey und ich die eine Treppe hinunter, das Dienstpersonal die andere. Die Zurschaustellung künstlerischen Temperaments hat ja nichts Bedrohliches an sich, wenn überhaupt, dann war die kleine Vorstellung von Hubert und Geoffrey recht erheiternd. Was sich von dem Streit, in den wir unten in der Halle platzten, nicht sagen ließ. Streit ist vielleicht auch das falsche Wort, denn es gab nur einen aktiven Teilnehmer. Das Ganze könnte vielleicht als der Cambrell-Vorfall bezeichnet werden. Später bot er viel Stoff für Spekulationen. Zu jenem Zeitpunkt war er lediglich peinlich.

Eine Stimme sagte: »Vierzig vielleicht?« Der Tonfall ließ auf entspannte Verhandlungen schließen; die Stimmen wurden begleitet von Schritten, die schnell einen teppichlosen Boden überquerten. »Fünfundvierzig«, sagte die Stimme, nun lauter – zum Teil wohl deshalb, weil sie sich dem Ende der Halle näherten, wo sich Basils Arbeitszimmer anschloss, zum Teil aber auch, weil sich eine gewisse Dringlichkeit eingeschlichen hatte.

Es folgte eine einsilbige Erwiderung; die Schritte verstummten. Ralph Cambrell, dämmerte mir, war dabei, Basil eine Art Geschäft vorzuschlagen. Und Basil wies ihn ab.

Als wir die letzte Treppenflucht hinuntergingen, kamen sie ins Blickfeld. Basil war auf dem Weg zum Vestibül; Cambrell wandte sich ab, um Mantel und Hut zu nehmen. Er schlüpfte in den Mantel, hielt inne und ging durch die Halle, um ein Bild zu betrachten. »Ich habe schon immer Ihren Guardi bewundert«, sagte er beiläufig. »Er steht nicht zufällig zum Verkauf?«

»Doch«, sagte Basil trocken. »Er steht zum Verkauf.«

»Fünfzehnhundert?«

»Ja. Wollen Sie ihn gleich mitnehmen?«

Cambrell lachte unschlüssig. »Ich schicke jemanden und schätze mich glücklich – ich bin Ihnen wirklich dankbar. Nun, fünfundvierzig sind doch mehr als ...«

Basil hatte sich Cambrells Hut bemächtigt. Jetzt reichte er ihn ihm. Und weil es Basil war, hatte seine Geste nichts Unhöfliches an sich und war trotz allem unmissverständlich. »Ich ziehe den anderen Vorschlag vor«, sagte er. »Und das ist mein letztes Wort.«

Sein Gast vollführte mit der Stirn eine Bewegung, die als das angelsächsische Äquivalent von hochgezogenen Schultern und gestikulierenden Händen aufgefasst werden kann. »Mein lieber Roper, natürlich müssen Sie tun, was Sie für richtig halten. Ich wünsche Ihnen viel Glück.«

Nichts hätte angemessener sein können als diese kleine Rede; sie befreite uns von einigem Unbehagen, nachdem wir in etwas geraten waren, was uns nichts anging. Und nichts, dachte ich mir, könnte darauf noch folgen, doch dann geschah der kleine Vorfall mit dem Hut.

Cambrell ließ ihn fallen – eine Ungeschicklichkeit, die

unterdrückte Gefühle verriet. Er beugte sich zum Boden, hob ihn auf, und als er sich wieder aufrichtete, war sein Gesicht knallrot. »Sie verfluchter Dummkopf«, presste er hervor. »Sogar dieser klecksende Idiot von Ihrem Bruder hat mehr Verstand!«

Und damit verschwand er. Basil trat vor den Guardi, betrachtete ihn kurz, dann drehte er sich zu mir um, als ich mich gerade in die Bibliothek davonstehlen wollte. »Arthur, glaubst du, dass sich Cambrell für Kunst interessiert?« Und während ich mir eine genuschelte Erwiderung abrang, zog er ein Notizbüchlein und einen Stift aus der Tasche. »Fünfzehnhundert«, sagte er, »und du bist mein Zeuge.« Er lächelte verhalten und machte sich eine Notiz. »Jeder kleine Betrag hilft.«

8

Auch ohne intellektuellen Zeitvertreib, der einen das Fürchten lehren konnte, verlief der Tee unruhig. Er wurde in der Bibliothek serviert und hatte keinerlei sedierende Wirkung. Wir balancierten die Tassen auf zu schmalen Vorsprüngen aufragender Bücherstapel; wanderten ruhelos durch den langen düsteren Raum und hinterließen schneckengleich Krümelspuren auf dem Boden.

Cecil bildete das Zentrum der Unruhe. Die gebratene Ente, mutmaßte ich, verleidete ihm eine weitere Stärkung vor dem Dinner, der Anblick der Belrive-Muffins bereitete ihm Verdruss. Er hatte Laws *Ernster Aufruf zu einem frommen und heiligen Leben* verlegt, jetzt sorgte er selbst dafür, dass dieser moralische Unannehmlichkeiten nach sich ziehende Fauxpas ja nicht in Vergessenheit geriet. Auch Lucy war auf der Jagd – zuallererst nach ihren Korrekturfahnen in der Kohlenschütte, dann nach ihrer Tasche hinter der Uhr und schließlich nach einem großen Stoß Notizpapier. Mit dem Letzteren machte sie sich daran, ein Blindmuster mit leeren Seiten zu erstellen, wie es Verleger mysteriöserweise für nützlich erachten, bevor sie mit dem Druck beginnen. Lucys Ansinnen war es, die Kapitelüberschriften einzutragen, damit sie, wenn sie die Seiten durchblätterte, ein körperliches Gespür für die einzelnen Kapitel bekam. Dieses körperliche Gespür war ein neuer Aspekt ihres Problems, der ihr soeben erst in den Sinn gekommen war. Wir alle halfen mit, die Blätter zu falten, damit sie den Anschein eines Buches erweckten; als wir damit fast fertig waren, ließ Lucy alles aus den Händen gleiten, und der Boden war übersät mit den einzelnen Bestandteilen ihres Projekts. Infolgedessen kam es zu einem höflichen Gerangel und einigen bissigen Kommentaren – Wale führte das Gerangel an, Anne die Kommentare, und Wilfred beteiligte sich lebhaft an beidem.

»Hat denn wirklich *niemand* meinen *Ernsten Aufruf* gesehen?«, fragte Cecil leicht vorwurfsvoll, nachdem diese Zerstreuung ein Ende gefunden hatte.

»Apropos *Ernster Aufruf*«, sagte Wilfred, »ich muss jemandem noch wegen seiner Margins schreiben.« Suchend ging er durch den Raum und spähte in die Tintenfässer.

»Auf dem Gemälde«, grübelte Geoffrey laut, »sollte Cousin Cecil die Latsche in der einen und Laws *Ernsten Aufruf* in der anderen Hand halten. Und der Hohlspiegel hinter ihm könnte eine verzerrte Version von Tizians *Heilige und profane Liebe* zeigen. Das ergäbe ein Problembild in der ehrwürdigen Manier der alten Meister und würde zum Erfolg des Jahres werden.« Er nickte seinem Vater zu. »Die verblüffende Vision eines altgedienten Malers.«

Anne setzte ihre Tasse ab. »Sir Mervyn sollte ebenfalls einen Platz in der Komposition finden. Wohin sich Cecil auch wendet …«

Wale bedachte, wie ich sah, diese unmögliche Person mit einem mehr als bestürzten Blick, daher hielt ich es für angebracht, eilig dazwischenzugehen. »Ich war schon immer der Meinung, dass der Tee den Wendepunkt des Tages markiert.«

Die Bemerkung war eher beschwichtigend als tiefsinnig gedacht, aber Anne ging allen Ernstes darauf ein. »Zeichnet dieser Standpunkt«, fragte sie nach reiflicher Überlegung, »Onkel Arthur nun als jemanden aus, der eher wendet oder der gewendet wird?«

»Der Tag«, sagte Geoffrey, »trägt ihn auf seinem großen Bogen vom Morgenrot zur Abendstund'. Und müßig murmelt er dabei Aphorismen wie diese.«

Das Geschwätz der jungen Leute wurde allmählich ermüdend. Ich wollte meinen Geist bereits mit der nicht allzu anspruchsvollen Aufgabe betrauen, zur Erwiderung mit einem etwas überzeugenderen Bonmot aufzuwarten, als Anne ihren Part im verbalen Wechselspiel übernahm. »Aber was«, fragte sie, »macht Onkel Arthur, wenn Hesperus ihn allabendlich aus dem Bett seiner Braut Belrive verbannt?«

»Das Schwert«, sagte Geoffrey, »wird Punkt zehn Uhr abends zwischen die Laken gestoßen.«

»Beeil dich, Onkel Arthur, gleich ist's so weit. Beeil dich, beeil dich, gleich ist's so weit.«

Cecil, der in einer dunklen Ecke nach William Laws Meisterwerk gestöbert hatte, drehte sich abrupt um. »Was für einen himmelschreienden Blödsinn redest du da, Anne?«

»Hast du es nicht mitbekommen? Cousin Basil verkauft Belrive an Horace Cudbird, damit der das weltgrößte Pub daraus machen kann.«

»Ganz im Gegenteil« – Geoffrey schüttelte den Kopf – »er verkauft das Anwesen an Ralph Cambrell, damit Cambrell noch wohltätiger werden kann. Cambrell-Häuser, Cambrell-Läden und ein Kino. Die Woche beginnt dann mit einem Gottesdienst in einer Cambrell-Kirche und endet mit Fußball und Hockey auf Cambrell-Plätzen unter Cambrell-Regeln. Eine glückliche, in sich geschlossene Gemeinschaft, voll und ganz von Cambrell finanziert. Und für das Studium der Ruinen wird Cambrells Archäologische Gesellschaft gegründet.«

Cecil ließ sich abrupt auf einen Stuhl plumpsen. »Warum sollte Basil so etwas Abscheuliches tun?«

»Um auf den Mond zu kommen«, antwortete Anne. »Noch einmal, hast du's nicht gehört? Es soll eine große Rakete durchs All fliegen. Und Geoffrey und ich bewerben uns als Piloten. Wie das interstellare Schmuseduo in Wells' Film. Wenn man den Mond betrachtet, hat man das Gefühl, aus diesen silbernen Gefilden muss doch etwas herauszuholen sein.«

»Eigentlich«, sagte Geoffrey, »geht es um eine meteorologische Station in der Antarktis. Dafür ist viel Geld nötig. Darauf hat Basil es abgesehen. Was sehr lobenswert ist, da hiervon die ganze Menschheit profitiert.«

»Aber« – verwundert blickte sich Cecil um – »Basil ist doch sicherlich nicht berechtigt …«

Sein Bruder Wilfred gab ein muffinersticktes Schnauben von sich. »Ich glaube kein Wort davon. Doch wenn es stimmen sollte, dann wüsste ich durchaus, wer ihn stoppen könnte.«

»Lucy, könnte ich trotzdem noch eine Tasse Tee haben?«

Es war Basil, der im Türrahmen stand; die Wirkung auf die Versammelten in der Bibliothek war größte Fassungslosigkeit.

»Das heißt, wenn ihr erlaubt, dass ich mich damit zurückziehe.«

»Der *Ernste Aufruf*«, sagte Cecil laut. »Hat denn keiner meinen *Ernsten Aufruf* gesehen?«

Wilfred legte seinen Muffin ab. »Die Margins meines Kunden«, sagte er. »Ich muss wirklich ein Schreiben aufsetzen.« Er spähte in das nächststehende Tintenfass.

Ich zog mich früh für den Abend um und war um sieben wieder in der Bibliothek. Ich blieb eine halbe Stunde, bevor die Glocke ertönte, die zum Umkleiden rief. Aber niemand war da, weshalb ich annahm, dass sich alle frühzeitig auf ihre Zimmer begeben hatten. Ist man umfassend in eine Familie eingebunden, ist ein wenig Einsamkeit nicht hoch genug zu schätzen. Und ein großes Haus kann auf diese Weise seltsam unbewohnt anmuten. In Lucys Geschichten ist immer etwas in Bewegung. Eine Tür – die der Küche, des Billardzimmers, des Boudoirs, der Speisekammer – wird geöffnet, und unweigerlich lauert dahinter jemand, der das Geschehen vorantreibt. In Wahrheit schweift man in diesen Momenten umher wie die Wolke, *die einsam zieht hoch übers Land.* Besonders lässt sich das bei Familienzusammenkünften sagen, bei denen nur das Dienstpersonal mitbekommt, wie viel Zeit die Menschen damit verbringen, sich in ihrer eigenen Festung zu verschanzen.

Das alles sind relevante Überlegungen. Später an diesem Abend hatte ich gegen ein großes Maß an insgeheimer Skepsis zu versichern, dass mir zwischen sieben Uhr und zehn vor acht in Belrive keine Menschenseele begegnet war.

Natürlich ging ich hinaus. Und dass ich hinausging, erschien höchst verdächtig. Wir sind alle sentimental – aber wie unerklärlich kann ein Hauch von Sentimentalität in unseren Handlungen ebendiese erscheinen lassen.

Ich mag diesen Ort in der Dunkelheit. Und besonders – ein trauriges Eingeständnis – mag ich die Ruinen im phantasmagorischen Licht von Cudbirds Flasche. Kneifen Sie in einem von einem offenen Kamin beleuchteten Raum etwas die Augen zusammen, und Sie sehen in den Ecken und über die Decke huschende Gestalten flirren; wandern Sie im schwankenden Dämmerlicht einer Reklametafel zwischen den Ruinen umher, entdecken Sie im Kreuzgang und Dormitorium, auf der Nachttreppe und im Kalefaktorium jene, die an diesem urdenklichen Ort einst Stein auf Stein gelegt hatten. Was das Tageslicht als verfallene Kapelle und zerstörten Chorraum zeigt, kann man sich in der Dunkelheit als wunderbaren, noch im Bau befindlichen Entwurf erträumen.

Etwa gegen zehn nach sieben öffnete ich die Eingangstür und trat hinaus auf die Terrasse. Es war eisig kalt: Früher am Tag war es kühl gewesen, jetzt war die Temperatur weiter gefallen, und ich wusste, wir würden wieder Frost bekommen. Ich zögerte, dann ging ich erneut nach drinnen und holte mir einen dicken Mantel, den ich in der Garderobe im Vestibül gelassen hatte. Ebenfalls fand ich meine Galoschen – der Besitz solcher Dinge sagt einiges über mein Alter aus, fürchte ich – und zog sie über die Halbschuhe. Ich überquerte die Terrasse und stützte mich kurz auf die hohe Balustrade. Ebenfalls will ich auch gleich gestehen, dass ich beträchtlich aufgewühlt war.

Beim Durchqueren der Halle hatte ich den kleinen quadratischen Guardi betrachtet, den Basil so unversehens an Ralph Cambrell veräußert hatte. Der Maler interessiert mich wenig – er ist ein Manierist, meiner Meinung nach –, aber das bevorstehende Verschwinden selbst dieses unscheinbaren Erbstücks erschreckte mich. Auf die gleiche Weise hätte ein Red Setter oder ein Gebrauchtwagen verkauft werden können.

Und Basil mochte die Schule; er hatte einmal, fiel mir ein, einen Canaletto gekauft. Was immer er vorhatte, er meinte es ernst. Wenn er Belrive veräußern konnte, würde er es tun. Und mir erschien es sehr unwahrscheinlich, dass Basil nicht wusste, was er tun und was er nicht tun konnte. Ich starrte in die Dunkelheit und versuchte mir einen Reim darauf zu machen. Es passte zu ihm. An seinem Plan war nichts Vulgäres oder Unziemliches, er hatte seinen Wert an sich. Wollte man in der modernen Welt etwas suchen, was auch nur ungefähr der klösterlichen Idee entspricht, würde man mit einem Projekt, das vorsieht, sich auf der Suche nach Wissen in eisiger Einsamkeit zurückzuziehen, dem so nahe wie möglich kommen. All das wurde mir klar.

Ich richtete meine Gedanken von Basil auf seinen Bruder Hubert, den rechtmäßigen Erben von allem, was mich umgab. Er war sicherlich in Kenntnis gesetzt worden: Das hatte er gemeint, als er von Basils Handeln und seiner Expedition gesprochen hatte. Wie musste er sich fühlen? Ließ ich den zurückliegenden Tag Revue passieren, kam ich zu dem Schluss, dass ihn tatsächlich Gefühle umtrieben; seine trübselige Stimmung hatte mit dem zu tun, was hier vor sich ging. Meine Intuition sagte mir, dass Hubert Roper nicht einen Hektar des Grundstücks verkaufen würde, das seine Vorväter ihm vermacht hatten, selbst wenn er dadurch die Energie des Atoms anzapfen oder mit einem Mal wie Giorgione oder Cézanne malen könnte. Aber würde er protestieren, wenn sein Bruder es tat? Würde er sich mit aller Leidenschaft dem entgegenstellen? Würde er es klaglos hinnehmen? Oder würde seine Reaktion irgendwo dazwischen liegen? Ich machte die disziplinierende Entdeckung, dass mir zur Lösung dieses Rätsels meine professionelle Menschenkenntnis eine Mutmaßung keineswegs erlaubte. Maler – weit mehr als Musiker – zeichnen sich durch eine absolute Undeutlichkeit aus; sie kommunizieren allein durch Farbpigmente; und das trägt vielleicht dazu bei, dass sie unergründlicher sind als die meisten anderen.

Wieder fröstelte mich. Ich stampfte mit den Füßen auf den Steinplatten auf und eilte die Treppe in den Garten hinunter. Licht unbestimmbarer Herkunft – von der fernen Flasche, von den Laternen in der Anfahrt, von einem flüchtigen Sichelmond – lag auf dem gefrorenen Seerosenteich;

ich prüfte das Eis und schätzte, dass es beinahe tragfähig war. Der Verkehrslärm, gewöhnlich ein unentwirrbares Rauschen, erklang in der Nacht als Sinfonie unterscheidbarer Klänge: das dumpfe Trappeln von Holz oder Leder auf Beton; das Knacken einer Eisschicht unter einem Reifen; in der Ferne und so schwach, wie ihre Beschwörungen markant waren, eine Blaskapelle, die *Hört den Sang vom Himmel her* spielte. Eine vorbeiratternde Tram übertönte die Musik; ein Funkenschlag, knisternd entlang der Oberleitung, als sie um eine Kurve bog, erleuchtete wie ein schwacher Blitz die Terrasse, und in diesem unerwarteten Lichtschein erkannte ich einen Mann, der mit dem Rücken an der Balustrade lehnte. Meine Neugier ließ mich hoffen, dass ein weiterer Funkenschauer mehr enthüllte. Noch eine Tram fuhr vorüber, allerdings ohne eine zufällige Illuminierung zu erzeugen. Ich zündete eine Zigarette an und blickte, an eine Steinbank gelehnt, hinauf zum Haus: Im Schlafzimmergeschoss brannte in fast jedem Fenster Licht.

Einige Minuten später drehte ich mich um und trat in den Park. Die Blaskapelle war jetzt näher; ihr Widerhall ging auch kaum im plötzlichen Aufröhren eines Motorrads unter, das ganz in der Nähe des Tors angelassen wurde. Ich hatte vorgehabt, lediglich eine Viertelstunde besinnlich herumzuspazieren. Aber mir ging vieles durch den Kopf – noch immer beschäftigte mich das Schicksal Belrives –, sodass ich erst um etwa zehn vor acht wieder zur Eingangstür kam. Auf der Terrasse stand nun ein junger Mann in einem dunklen Mantel und in Abendkleidung. Er war eben einen Schritt zurückgetreten, nachdem er geläutet hatte.

Ich denke, ich war verwirrt. Man ist doch immer wieder verlegen, wenn man auf diese Weise auf einen unbekannten Mitgast stößt. In der Stadt ist es für viele, die angeblich die

Vorzüge einer Erziehung genossen haben, sehr häufig üblich, so jemanden einfach zu ignorieren – wie man es wohl auch tun würde, wenn man zusammen mit den Fackelträgern und Barbieren und Essenslieferanten eintrifft. Aber wenn ich verwirrt war, dann nicht nur aufgrund meines schmählichen Verhaltens. Mir fiel nämlich ein, dass dies Mr X sein musste.

Basil, dachte ich, hätte das Rätsel vor der Ankunft seines Gastes auflösen sollen. Es war nicht sehr höflich gegenüber dem jungen Mann, der sich zweifellos als ein Mr Smith oder ein Mr Brown sah, wenn man ihn an der Türschwelle in Gestalt eines Rätsels auftreten ließ …

Bis ich diese unnötigen Reflexionen hinter mich gebracht hatte, hatte der junge Mann mir schon einen guten Abend gewünscht. Ich erwiderte den Gruß, währenddessen die Tür aufging. Ein vertrautes Zimmermädchen, das vertraute Vestibül, die Halle mit dem großen Kamin an der Rückseite – das alles hatte ich noch Zeit wahrzunehmen. Und dann geschah es – geschah mit der Geschmeidigkeit eines großen Melodrams. Eine Frau schrie auf, einen Moment später kam eine zweite Bedienstete in die Halle gelaufen. Der junge Mann neben mir – der, wie ich annahm, im Begriff gewesen war, den Namen seines Gastgebers zu nennen –, machte einen schnellen Schritt nach vorn, hielt dann aber abrupt inne; und im selben Moment fand das atemlose Mädchen in der Halle ihre Stimme wieder. »Hilfe!«, rief sie. »Hilfe! Sir Basil ist umgebracht worden!«

Es folgte ein Auftritt wie aufs Stichwort. Eine Tür wurde aufgerissen, die Silhouette eines Mannes zeichnete sich vor dem Kamin ab. Es war Basil höchstpersönlich. »Jane«, sagte er in mildem Ernst, »was hat das zu bedeuten?«

Jane zeigte das allseits bekannte Verhalten derjenigen,

die ein Gespenst zu sehen glaubte. Sie kreischte, schwankte, sank zu Boden. Gleich darauf erschien Richards, Basils Butler. Er war die Ruhe selbst: »Es ist Mr Wilfred, Sir Basil. Er scheint angeschossen worden zu sein – schwer verwundet. Soll ich …«

Das alles hatte ich sprachlos mit angehört. Jetzt, glaube ich, schrie auch ich auf und wäre beinahe selbst zu Boden gesunken. Der junge Mann, der immer noch neben mir stand, griff mich am Arm. »Ein Verwandter von Ihnen?«, fragte er leise.

Wir begaben uns in die Halle. Ich schüttelte den Kopf. »Nur ein entfernter Verwandter. Aber …«

Richards war am Telefon. Basil, der, blass und ernst, schnellen Schrittes die Halle durchquerte, umkurvte die auf dem Boden liegende Jane. Das Zimmermädchen, das die Tür geöffnet hatte, gab ein unterdrücktes Schluchzen von sich. Und die Treppe heruntergeeilt, mit baumelnden Hosenträgern, kam Sir Mervyn Wale, der in der Tat sehr beunruhigt aussah.

All das beobachtete der junge Mann. Dann, fast unmerklich, seufzte er.

»Speist man aushäusig«, murmelte er, »erwartet man kaum, dass einem so prompt die eigene Spezialität aufgetischt wird.«

9

Wir fanden nie heraus, wie Basil John Applebys Bekanntschaft gemacht oder wie Appleby in unseren Teil der Welt gefunden hatte. Wir mussten uns mit der Tatsache abfinden, dass nur wenige Minuten nach dem Schuss auf Wilfred Foxcroft ein junger Detective Inspector von Scotland Yard an der Tür klingelte und sich besonnen der Sache annahm. Es hätte uns alle beruhigen können – wie die unauffällige Person, die sich, nachdem jemand in Ohnmacht gefallen war, in einer Ecke des Eisenbahnwaggons von seinem Platz erhebt und sagt: »Ich bin Arzt.« Tatsächlich wühlte die Enthüllung von Applebys Tätigkeitsfeld uns aber auf.

Nicht dass er den Eindruck erweckte, er wolle sich in den Vorfall einmischen; er hielt sich an seinem Hut fest, bis klar wurde, dass die Situation keine war, in der er sich mit den gemurmelten Worten eines unzeitigen Gastes lieber wieder empfohlen hätte. Aber er war von Anfang an ein professioneller Beobachter. Die Hausgesellschaft versammelte sich, einer nach dem anderen, in der Halle – still, lärmend, gefasst, wie das jeweilige Temperament es vorgab. Appleby stand in einer Ecke und schenkte jedem die kursorische, aber ausreichende Aufmerksamkeit eines kompetenten Kunstkritikers, der vorläufige Betrachtungen in einer ihm unbekannten Galerie vornahm. Er gab sich teilnahmslos, nur ein- oder zweimal wurden seine Augen etwas größer. Ich musste an die Freude eines kleinen Jungen denken, der herausfindet, wie etwas funktioniert.

Wales Stimme drang aus dem Arbeitszimmer. »Ein Verletzter«, sagte er. »Ein Verletzter … Dr. Mervyn Wale … zur Priorei Belrive, sofort. Und ich möchte den Chefarzt der Chirurgie … Ich sagte Sir Mervyn Wale … den Chefarzt …«

Basil, der ins Feuer starrte, rührte sich. »Die Polizei«, sagte er. »Ich denke, wir müssen die Polizei rufen.«

»Ashton? Nie von ihm gehört. Ich muss Badger sprechen.« Wales kühle Stimme am Telefon. »Es interessiert mich nicht, wer Ihr Chefarzt ist. Ich bin Mervyn Wale … Badger.«

Wale hatte hörbar Gefallen an der Situation. Er würde Badger in die Leitung bekommen. Und ich nahm an, dass auch der junge Mann, dass auch Appleby Gefallen daran fand. Ich fragte mich, wen er in die Leitung bekommen wollte.

»Ich rufe wohl lieber selbst an«, sagte Basil, »wenn Wale fertig ist.« Fragend sah er zu seinem neuen Gast.

»Oh, auf jeden Fall«, sagte Appleby. Er klang leicht nervös und zurückhaltend: War das die professionelle Art der höheren Chargen in seinem Beruf? »Vielleicht kann ich Ihnen das abnehmen?«

Erstaunlicherweise hatte das Zimmermädchen, das die Tür geöffnet hatte, aufgehört zu weinen. »Die andere Leitung, Sir«, sagte sie zu Basil. »Sie ist gleich frei.«

Basil nickte und führte Appleby in das Vestibül. Wieder war Wale zu hören: »Ich möchte mit Mr Badger sprechen. Sollte er beim Essen sein, dann seien Sie so gut und sagen Sie ihm, dass Sir Mervyn Wale am Apparat ist.«

»Detective Inspector Appleby«, kam es aus dem Vestibül. »Ist Inspector Leader noch im Dienst? Haines? Nein, ich will nicht Haines. Stellen Sie mich zu Inspector Leader nach Hause durch …«

»Mein lieber Badger, wie geht es Ihnen? Ja … ja … aber meine Partie ist leider in die Brüche gegangen … Könnten

Sie vielleicht sofort ins Krankenhaus kommen? Eine sehr heikle Sache ...«

»Leader, könnten Sie vielleicht sofort zu Sir Basil Roper kommen? Eine Schussverletzung ... Ja, aber ich bin eher der Meinung, dass Haines ... Großartig. Ja, ich sehe mich um.«

Das alles war sehr effizient. Nur war ich aus unerfindlichem Grund etwas aufgebracht, dass wir der Dienste von Ashton und Haines beraubt werden sollten; im Moment war ich bar jeder Vernunft überzeugt, dass Badger und Leader geringere Geister waren. Das Ziel des Lebens ist die Tat, und instinktiv rebellieren wir gegen Entscheidungen, die ohne unser Zutun getroffen werden. Ich dachte über dieses Zeugnis menschlicher Beschränktheit nach – es gab sonst nichts Besseres zu tun –, als die Eingangstür aufging und Horace Cudbird hereinkam.

»Ist jemand krank?«, fragte er ganz nüchtern. »In der Einfahrt steht ein Krankenwagen.«

Wir speisten gegen Viertel vor neun. Inspector Leader war im Arbeitszimmer und erging sich in Beobachtungen, die er für nützlich erachtete. Der junge Mr Appleby dagegen saß wie geplant neben Lucy Chigwidden – ein Arrangement, das uns entschieden vor Augen führte, dass der Abend eine erschütterndere Überraschung bereitgehalten hatte, als jeder Mr X es vermocht hätte. Richards hatte, zweifellos im wohlwollenden Kalkül des Taktgefühls, Wilfreds und Wales Plätze unberührt gelassen. In Abwesenheit der immer noch aufgelösten Jane reichte er auch den Fisch; diese unbedeutende Abweichung von den üblichen Gepflogenheiten an Basils Tafel erschien mir in meinem leicht benommenen Zustand als der außergewöhnlichste Umstand überhaupt.

Jederzeit mochten vom Krankenhaus Neuigkeiten eintreffen, gute oder schlechte: Nichtsdestotrotz gebot es die Vernunft, etwas zu essen. Was uns keine Schwierigkeiten bereitete; wir verzehrten, was uns vorgesetzt wurde. Unsere Gesprächsthemen aber mussten wir selbst wählen, und einige Zeit fiel es schwer zu entscheiden, wo wir beginnen wollten. Mir kam der Gedanke – in meinem, fürchte ich, Hang zum Makaberen –, dass es einfacher gewesen wäre, wenn Wilfred rundweg getötet worden wäre. Dann hätten wir schweigen oder uns knapp und lakonisch über andere Dinge austauschen können. So aber blieb uns nur zu raten, sowohl hinsichtlich der Schwere dessen, was vorgefallen war, als auch seiner Bedeutung. Cecil wagte es als Erster, das Terrain zu sondieren.

»Das«, sagte er – und er sah sich am Tisch um, als wollte er die allgemeine Aufmerksamkeit für eine wichtige Äußerung einfordern – »das ist sehr erschütternd.«

Erschüttertes Schweigen.

»Äußerst erschütternd und verstörend.«

»Cousin Cecil«, sagte Anne, »bringt höchst eloquent unser aller Gefühle zum Ausdruck.« Sie hielt inne. »Getragen natürlich von der warmen Herzlichkeit, die nur ein Bruder empfinden kann.«

Appleby ließ meiner schrecklichen Nichte einen flüchtigen Blick zukommen. Er schien einiges auf dem Teller vor sich zu finden, das seiner Aufmerksamkeit wert war.

»Ich möchte sagen« – Cecil war alles andere als fassungslos – »dass ich meine Vorahnungen hatte, für den Fall, dass so etwas geschehen sollte. Schusswaffen bergen *immer* eine gewisse Gefahr in sich.«

Dem war nichts hinzuzufügen; niemand sagte etwas.

»Wir haben einen Schießstand für die Offiziersausbildung. Ich erlege den Jungen strengste Vorschriften auf.«

Appleby, so glaubte ich an dessen Miene zu erkennen, schien diese Aussage wohlwollend aufzunehmen.

»Beide Ausbilder sind stets anwesend, und nie sind mehr als fünf Jungen gleichzeitig zugange.«

Geoffrey Roper setzte sein Glas ab. »Ausgezeichnet«, sagte er. »In der Tat, höchst vernünftig. Wäre nur Cousin Wilfred zugegen, dann könnte er jetzt davon profitieren.«

Appleby, der mit seinem Fisch fertig war, schien Basils Silberbesteck einer diskreten Begutachtung zu unterziehen. »Geoffrey«, kam es von Basil entschiedener, als ich ihn jemals gehört hatte. Es wäre zu einer sehr unangenehmen Pause gekommen, hätte Cecil nicht ungerührt weitergesprochen.

»Die geringste Achtlosigkeit kann zu einem tödlichen Unfall führen. Wilfred hat doch ständig mit diesen Revolvern herumgespielt.«

»Ich meine«, sagte Basil, »dass nichts zu gewinnen ist, wenn wir uns in Spekulationen ergehen. Wir wissen zu wenig. Nach dem Essen – dem etwas überstürzten – werden wir Inspector Leader zur Verfügung stehen, der alle notwendigen Untersuchungen vornehmen wird.«

Das war als abschließendes Wort gedacht – und nur Anne konnte noch etwas zu dessen Ausschmückung anbringen. »Es ist ziemlich kindisch«, sagte sie, »anzunehmen, dass sich Wilfred versehentlich selbst angeschossen hat.« Sie streute eine ihrer tückischen Pausen ein. »Oder dass er sich gar erschießen wollte.«

»Oh, aber sicherlich wissen wir doch *einiges.*« Das nun kam von Lucy; bestürzt stellte ich fest, dass sie ihre Diskretion zugunsten eines sozusagen professionellen Blickwinkels hintangestellt hatte. »Zum Beispiel, *wo* ist er getroffen worden?«

»In meinem Arbeitszimmer.« Basils geflissentliches Missverstehen war höchst abstoßend.

»Im rechten Lungenflügel.« Anne erhob ihre Stimme. »Das habe ich Sir Mervyn am Telefon sagen hören.«

»*Ha!*«, rief Lucy triumphierend. »Und dazu in einem Smoking. Wenn der Schuss aus geringer Entfernung abgegeben wurde, müsste das Hemd ganz schwarz vom Schießpulver sein. Ist dem nicht so, Mr Appleby?«

Appleby war vollauf damit beschäftigt, sich ein Stück Steak aufzulegen – er war so versunken darin, dass die Frage wiederholt werden musste. Was für eine Ironie, dass Mr X einzig und allein zu diesem Zweck nach Belrive eingeladen worden war. Mit Wohlwollen nahm ich zur Kenntnis, dass Mr X als Erwiderung nur ein höfliches Lächeln anzubieten hatte.

Der junge Mann befand sich hier in einer offenkundig kniffligen Situation. In der Tat wurde ihm in Belrive seine eigene Spezialität aufgetischt; allerdings nicht an dem Tisch, zu dem er als Gast geladen worden war. Am Ende des Dinners konnte er natürlich einfach gehen. Nur vermutete ich, dass er das keineswegs vorhatte. Mich beschlich der mulmige Verdacht, dass wir als Ansammlung von Menschen schnell Applebys großes Interesse geweckt hatten; ich argwöhnte sogar, dass das kleine Manöver wegen Inspector Haines und Inspector Leader ein erster Zug in einem Plan war, um unsere Verwirrung und Ratlosigkeit auszuloten. Und darin erfuhr er nun eine gewisse Bestätigung. Richards, der den Raum verlassen hatte, tauchte unsicher an der Tür auf und ging auf Basil zu; dann, seine Meinung ändernd, wandte er sich an Appleby. »Den Police Inspector, Sir«, sagte er, »würde es freuen, wenn Sie sich zu ihm ins Arbeitszimmer begeben könnten.«

Appleby sah zu Basil. Sein Gesichtsausdruck – zusammengesetzt aus Entschuldigung, Überraschung und der Bereitschaft, tätig zu werden, sofern sein Gastgeber dies wünschte – war dem Anlass höchst angemessen.

Es kam zu einem kurzen Schweigen. »Mr Appleby«, sagte Basil förmlich – es war ersichtlich, dass die beiden Männer nur flüchtig miteinander bekannt waren –, »wenn Sie Ihrem Kollegen behilflich sein könnten, erweisen Sie uns damit einen ebenso großen Gefallen wie ihm.«

Das alles zeugte von einer gewissen Förmlichkeit. Appleby gab sich geziemend zögerlich. »Leader«, sagte er, »ist ein ausgezeichneter Mann. Sie können ihm vollauf vertrauen, Sir Basil.« Er legte seine Serviette neben den Teller. »Aber vielleicht sollte ich alles tun, was mir möglich ist.« Er erhob sich und verließ mit plötzlich sehr langen Schritten den Raum.

»Der Bluthund ist von der Leine gelassen.« In der Hoffnung auf weiteren Rotwein bemühte sich Geoffrey Roper, Blickkontakt mit Richards aufzunehmen. Aber Richards, der sehr richtig entschieden hatte, dass er – der Anlass gebot es – nur auf das Nicken seines Dienstherrn nachschenkte, hatte seine gesamte Aufmerksamkeit auf einen *café filtre* gerichtet. »Ein sehr präsentabler Bluthund. Für Lucy der Sitte Spiegel und der Bildung Muster. Eine ganz neue Sorte von Bluthund. Mit unzähligen Onkeln im Foreign Office und selbst Mitglied in mindestens einem halben Dutzend Clubs.«

Horace Cudbird, der während des angespannten Mahls geschwiegen hatte, sah plötzlich auf, als wäre er gewillt, für jemanden eine Lanze zu brechen. »Es kann nicht geleugnet werden«, sagte er, »dass ein Stipendium der Grafschaft den Burschen dazu verleitet hat, sich die Sitten der Hauptstadt anzueignen. Aber sein Großvater hat das beste Brot in Stonegate gebacken.«

»Und war gut mit Jim Meech und den Kanarienvögeln bekannt.« Anne lächelte Cudbird frech zu. »Der Bluthund ist tatsächlich der *Canaille* entsprungen. Solche waren schon immer gerissener als die von reinrassiger Abstammung. Schauen Sie sich Cousin Cecil an. Könnte er Wilfred rächen? Sagen Sie, könnte er es?«

»Würde er?«, fragte Geoffrey und leerte betrübt den letzten Rest seines Glases.

»Muss er?« Zum ersten Mal sagte Geoffreys Vater etwas. »Die Annahme, es liege ein Verbrechen vor, ist doch sicherlich übertrieben. Wilfreds Umgang mit Revolvern war so sorglos, wie Cecil es beschrieben hat.«

»Sicherungshebel«, sagte ich. »Und Veronesische Tränen.«

Hubert nickte. »Seine Begeisterung für triviale Fakten. Unter anderem sah er sich gern als Büchsenmacher.«

»Mir ist aber nicht bekannt« – Basil schob seine Kaffeetasse von sich – »dass sich Wilfred je als Magier oder Naturgeist gesehen hat.«

»Obwohl man ihn sich leicht als einen Kobold vorstellen könnte«, sagte Geoffrey.

»Oder als einen Satyr«, sagte Anne.

»Ich meine«, fuhr Basil nüchtern fort, »er könnte sich sehr wohl angeschossen haben, absichtlich oder unabsichtlich. Aber er konnte doch wohl kaum bewirken, dass die Waffe fortgezaubert wurde. Jedenfalls ist keine Waffe gefunden worden. Lucys Schlussfolgerung, selbst wenn vielleicht nicht zum günstigsten Zeitpunkt geäußert, ist berechtigt. Wegen der Pulverspuren. Wilfred ist nicht aus besonders geringer Entfernung angeschossen worden.«

Zum ersten Mal wurde allen klar, womit wir es hier zu tun hatten. Cecil reagierte sofort und auf seine typische Weise. »Raubüberfall«, erklärte er. »Es handelt sich zweifellos um Raubüberfall oder einen versuchten Raubüberfall.« Er wirkte aufrichtig besorgt. »Das Haus muss durchsucht werden.«

»Ich halte es für wahrscheinlicher«, sagte Hubert, »dass sie mehr als nur das Haus durchsuchen werden.«

»Sie werden in der Familiengeschichte herumschnüffeln«, sagte Geoffrey.

»Sie werden das Haar in der Suppe finden wollen«, sagte Anne.

»Sie werden«, sagte Geoffrey, »jeden auf Herz und Nieren prüfen.«

»Fragen, ob es Feindschaften gab.«

»Erpressung … die Vergangenheit.«

»Nutznießer.«

»Frauen … Eifersucht.«

»Wo waren *Sie*, als der Schuss abgegeben wurde?«

»Wer hat ihn zum letzten Mal gesehen …«

Im Vestibül schrillte das Telefon.

10

Es hatte etwas Überhastetes, als die über das übliche Maß hinaus sportliche Anne Grainger aus dem Zimmer stürzte. Unweigerlich fragte ich mich, ob sich Geoffrey in seiner unverfälschten, allumfassenden Gefühllosigkeit, wie Künstler sie gelegentlich entwickeln, bewusst war, wie sehr sie auf dieses Schrillen gewartet hatte? Ich war nämlich überzeugt, dass Anne, ganz gleich, wie sie sonst zu ihrem Vormund stand, das Essen in einem Zustand unerträglicher Anspannung hinter sich gebracht haben musste. Und diese Anspannung hatte ihren – nie besonders wohlwollenden – Worten eine übertriebene Abschätzigkeit verliehen.

Sehr langsam kam sie zurück, ihr Mund stand leicht offen, was ihr einen Ausdruck verlieh, den ich noch nie an ihr gesehen hatte. »Die Kugel ist entfernt worden«, sagte sie. »Er ist noch nicht bei Bewusstsein. Wale ist auf dem Weg zu uns. Sie glauben« – sie zögerte – »er könnte durchkommen.«

Cecil quittierte die Nachricht mit einem Stoßgebet – so laut, als wollte er sich unbedingt in den richtigen Kreisen Gehör verschaffen. Wir Übrigen blieben stumm, und in der Stille versuchte ich Annes Tonfall zu deuten. Schwach schwang darin ein Anflug von Ungläubigkeit mit. Vielleicht hatte sie Wilfred bereits tot gesehen. Vielleicht hatte sie im Gegenteil bis zu diesem Augenblick aber auch nur verdrängt, dass die Möglichkeit seines Ablebens überhaupt bestand. Ich versuchte mir vorzustellen, unter welchen Umständen ich so aussehen und so reden würde … vermutlich dann, wenn ich feststellen musste, dass entweder ein Traum oder ein Albtraum wahr geworden war.

Wir alle hatten den Speisetisch verlassen; Basil war auf dem Weg zur Tür. »Man sollte es auch denen im Arbeitszimmer mitteilen«, sagte er. »Außerdem ist es an der Zeit, dass ich selbst mit ihnen rede. Ja, Richards?«

Der Butler hatte den Raum betreten; er war ein alter Bediensteter der Familie, den ich sehr mochte. Überrascht bemerkte ich, dass er mich leicht missbilligend ansah.

»Sir Basil, Inspector Leader wäre Ihnen sehr verbunden, wenn Mr Ferryman ins Arbeitszimmer kommen könnte.«

Das war ebenso seltsam wie unangenehm. Die Bitte an sich war unverständlich und noch dazu gerade in dem Augenblick aus Basils Arbeitszimmer erfolgt, als der Besitzer dieses Arbeitszimmers die Absicht geäußert hatte, sich selbst dort einzufinden. Mit einem Mal wurde uns deutlich, dass Belrive keine selbstbestimmte Gemeinschaft mehr war. Der Polizei oblag es nun, sich unserer Belange anzunehmen. Und diese bediente sich dafür ihrer ganz eigenen Methoden.

»Ich gehe dann mal lieber«, sagte ich. Die Bemerkung klang ziemlich albern; als wäre ich ein kleiner Junge, der vor die Obrigkeit zitiert wurde und dazu eine kecke Miene aufsetzte.

»Leader muss natürlich mit jedem sprechen, es steht ihm frei, die Befragungen nach eigenem Gutdünken zu arrangieren«, sagte Basil. »Wir sollten vielleicht lieber in die Bibliothek umziehen.«

»Und wenn Cecil an der Reihe ist«, fragte Geoffrey, »hält er dann einen kleinen Vortrag über seine sogenannte Selbstbeherrschung?«

Bei diesem Kommentar verließ ich den Speisesaal, und ich gebe zu, ich hatte selbst ein wenig Selbstbeherrschung nötig. Ich stehe der Polizei eher skeptisch gegenüber. Das mag dumm klingen – in der Tat würde ich, sollte ich überfallen werden, sehr beherzt nach dem nächsten Constable rufen. Ich meine damit, dass ich keine große Lust verspüre, menschlichen Gesetzen Gültigkeit zu verschaffen. Nemesis finde ich in dieser Beziehung beeindruckender. Zumindest hege ich einen unüberwindlichen Widerwillen gegen die Art des Herumschnüffelns, die Geoffrey und Anne heraufbeschworen hatten, bevor das Telefon schrillte. Auf dem Weg ins Arbeitszimmer spürte ich, dass ich auf der Hut sein musste, um mir nicht den Anschein irrationaler Feindseligkeit zu geben.

Leader und Appleby standen beide, als ich eintrat; Leader besah sich etwas auf Basils Schreibtisch, Appleby starrte zu Boden – mit einem Stirnrunzeln, das hoffentlich davon zeugte, dass er sich auch weiterhin seiner heiklen Stellung bewusst war.

»Die Ärzte meinen, Mr Foxcroft werde überleben«, sagte ich.

Leader griff nach einem Notizbuch, so, als wäre die Bemerkung es wert, zu Papier gebracht zu werden. Appleby wirkte, wenn überhaupt, leicht enttäuscht; man hätte glatt meinen können, er befürchtete, dass sich durch Wilfreds mögliche Genesung, vermutlich einhergehend mit der schnellen Enttarnung des Täters, ein nettes Problem in Luft auflöse. Auch darin zeigte sich seine professionelle Herangehensweise.

»Mr Ferryman?«, sagte Leader.

»Ja.«

»Mr Ferryman, Mr Foxcroft ist Aktienhändler?«

»Bankier.«

Leader sah auf den Schreibtisch vor sich. »Margins«, sagte er. »Er verfasste einen Brief über Margins. Das klingt, als hätte es etwas mit dem Finanzwesen zu tun. Um was genau handelt es sich dabei?«

Ich schüttelte den Kopf. Das waren entschieden sprunghafte Ermittlungsmethoden. »Ich habe keine Ahnung.«

»Man hinterlegt sie«, kam ihm Appleby zu Hilfe. »Sie haben mit dem Finanzwesen zu tun, und man hinterlegt sie. Notieren Sie sich das, Leader. Und jetzt wollen wir mit den Lichtern experimentieren.«

Leader kratzte sich am Kinn. »Sie vergessen Mr Ferryman, Appleby.«

»Ganz und gar nicht.« Appleby schien eindeutig das Sagen zu haben. »Mr Ferryman wird uns helfen. Sie haben doch keine Einwände, oder? Kommen Sie herüber. Und treten Sie nicht ins Blut. Bitte nehmen Sie am Schreibtisch Platz.«

»Sie sind mir an diesem Abend bislang eher als zurückhaltend aufgefallen«, sagte ich.

Appleby lächelte das leicht geistesabwesende Lächeln, mit dem ein Zahnarzt die schlagfertige Antwort seines Patienten pariert. »Mit dem Gesicht zum Fenster, Mr Ferryman. Ja, so ist es richtig. Leader, die Schalter an der Tür. Nur möchte ich auf keinen Fall die Vorhänge bewegen. Es macht Ihnen doch nichts aus, etwas zu warten? Sollte nicht allzu lange dauern.«

Er verschwand. »Ihr Kollege«, sagte ich, »hat eine etwas forsche Art an sich.«

In Leaders Augen glaubte ich ein verständnisvolles Schimmern zu erkennen. Er begnügte sich jedoch mit einem Nicken, dann wandte er sich wieder seinem Notizbuch zu. Ich hatte Muße, mich umzublicken. Es war ein großer Raum, der, mit unvoreingenommenem Auge betrachtet, am besten als eleganter Wohnraum beschrieben werden könnte. Das bemerkenswerteste Möbelstück war der große Schreibtisch, an dem ich nun saß. Direkt vor mir befand sich eine im Moment hinter Vorhängen verborgene Laibung, in der, wie ich wusste, eine hohe Tür auf die Terrasse hinausführte: Nach dem eisigen Wind zu schließen, der mich umwehte, musste die Tür weit geöffnet sein. Leicht links hinter mir befand sich eine Stehlampe, an der Wand zu meiner Linken der offene Kamin mit einem Sofa und Stühlen; an der gegenüberliegenden Wand fand sich die einzige Tür zum Vestibül. An den Wänden standen Basils Bücher; es gab einige Vitrinen und Gleitschränke mit geologischen Proben; über einen großen Tisch in der Ecke waren Karten ausgebreitet.

»Mr Ferryman ist unzweideutig zu erkennen.« Applebys Stimme, die direkt vor mir erklang, ließ mich zusammenzucken. Er war nach draußen gegangen, hatte den Raum über die Terrassentür betreten und stand jetzt, hinter den Vorhängen verborgen, nur wenige Meter von mir entfernt – und beobachtete mich durch den Vorhangspalt. »Und jetzt, Leader, die Lichter.«

Leader ging zur Tür und betätigte die Schalter. Kurz war der Raum, mit Ausnahme des tanzenden Lichts vom offenen Kamin, in Dunkelheit getaucht. Dann ging die Stehlampe hinter meiner Schulter an.

»Mr Ferryman«, sagte Appleby, »stellen Sie sich vor, Sie verfassen einen Brief über Margins. Ist das Licht dafür ausreichend?«

»Perfekt.« Der weiche Lichtschein legte sich bogenförmig über den Schreibtisch.

»In gewisser Weise«, sagte Appleby – und für mich klang er enttäuscht – »ist es nicht schwierig, einen Schuss abzugeben.« Es folgte eine Pause. »Aber nur in gewisser Weise. Dann, wenn man nichts weiter tun muss, außer einen Schuss abzugeben.«

Rascheln war zu hören, dann seine Schritte auf der Terrasse; Leader und mir blieben einige Augenblicke der Reflexion; dann war Appleby wieder im Zimmer.

»Es besteht kein Zweifel«, sagte er. »Wir wissen, dass Mr Wilfred angeschossen wurde, allerdings haben wir keinen Anhaltspunkt für die Annahme, dass auch auf *ihn* geschossen wurde.«

»Wir haben«, sagte ich, »nur einen Anhaltspunkt: dass er angeschossen wurde.«

Appleby musterte mich. Dann lächelte er. »Mr Ferryman, ich weiß seit Jahren, dass Sie über einen scharfen Verstand verfügen. Nun zeigt er sich.«

Leader, der wohl kaum als großer Leser bezeichnet werden konnte, sah verwirrt auf und leckte an seinem Bleistift.

»Danke. Aber das ist ja nun offensichtlich.«

»Ja. Die Tatsache, dass er angeschossen wurde, beweist, dass auf ihn geschossen wurde. Aber wie brauchbar ist dieser Beweis? Feuern Sie mit einem Revolver in der Dunkelheit in eine Menge, tendiert die Stichhaltigkeit dieses Beweises gegen Null. Feuern Sie durch diese Vorhänge auf jemanden, der vor der Stehlampe sitzt, ist das lediglich ein schwacher Beweis dafür, dass genau auf diese bestimmte Person geschossen werden sollte.«

»Vor allem«, sagte Leader, als hätte er eine Eingebung, »wenn diese am Schreibtisch einer anderen Person sitzt.«

»Und das« – ich war bemüßigt, mich an diesem nicht sehr herausfordernden Spiel zu beteiligen – »noch dazu in einer Art Uniform, die ein Smoking nun mal ist.«

Unter den hier vorliegenden Gegebenheiten war es nicht schwer, zu der Annahme zu gelangen, dass der Täter eventuell auf den Falschen geschossen hatte; trotzdem verblüffte es mich, wie schnell Appleby zu dieser Erkenntnis gelangt war. Das kleine Experiment hatte auch mir zu denken gegeben. Es war unheimlich, dass ich im Lichtschein der Lampe eben die Silhouette darstellte, die Wilfred etwa drei Stunden zuvor abgegeben hatte. Ich sah zur kleinen Lache geronnenen Bluts rechts von mir auf dem Teppich. Damit wurde alles schrecklich real.

»Und nun«, sagte Appleby, »zu Sir Basils Angewohnheiten hinsichtlich dieses Raums. Es ist sein Arbeitszimmer. Betrachtet er es als einen mehr oder minder privaten Bereich, oder behandelt er es wie alle übrigen Wohnräume im Haus?«

»Nun, das ist eine Frage, bei der Sie gut daran tun, sich direkt an unseren Gastgeber zu wenden.«

Ich hielt das für einen dezenten Hinweis, Appleby allerdings ließ sich dadurch nicht beirren. »Zum Beispiel ist Mr Wilfred Foxcroft in dieses Zimmer gekommen und hat an Sir Basils Schreibtisch mit dem Verfassen eines Briefs begonnen. Man sieht, wie wichtig es wäre, zu wissen, ob das ungewöhnlich war. Wenn ausschließlich Sir Basil hier gearbeitet hätte …«

»Dieser Gedankengang«, sagte ich, »ist mir in der Tat nicht gänzlich unbegreiflich.« Und dann, da der Versuch, ironisch zu sein, mir kindisch erschien, fügte ich an: »Man könnte allerdings den Umstand an sich als ungewöhnlich bezeichnen. Und ich denke, ich weiß auch, wie es dazu kam. Üblicherweise werden Briefe unten in der Bibliothek verfasst. Aber sämtliches Papier dort wurde an diesem Nachmittag für einen anderen Zweck gebraucht. Ich weiß, dass Foxcroft diesen Brief schreiben musste. Und nachdem er in der Bibliothek kein Papier mehr vorfand, hat es ihn vermutlich hierher verschlagen.«

»Verstehe. Sir Basil arbeitet oft hier?«

»Ja, nehme ich an. Er hat am Nachmittag hier gearbeitet.

Ich erinnere mich, dass er sagte, er würde wahrscheinlich bis zum Dinner durcharbeiten.«

Leaders Notizbuch wurde gezückt. »Geben Sie mir bitte die Namen von allen, die ihn das sagen hörten.«

Das Herumschnüffeln hatte begonnen. Mir wurde klar, dass Leader, auch wenn er weniger energisch auftrat als sein Kollege von Scotland Yard, über die richtigen Instinkte verfügte. Basil hatte beim Lunch diese Bemerkung fallen lassen, und alle, die sich im Haus aufhielten, hatten sie gehört – Richards, Ralph Cambrell und Horace Cudbird. Das alles zu Papier zu bringen, verlangsamte die Ermittlungen beträchtlich.

»Wer«, sagte Appleby, »könnte einen Grund haben, Sir Basil Roper erschießen zu wollen?« Er sah mich fragend an. Ich legte mir schon eine Antwort zurecht, bis ich bemerkte, dass es sich lediglich um eine rhetorische Frage handelte. »Aber, noch einmal, wer würde Mr Foxcroft erschießen wollen? Schließlich ist es alles andere als gewiss, dass der Schuss, wie von uns angenommen, hinter der Deckung der Vorhänge abgegeben wurde. Der Täter könnte auch Mr Foxcroft kühn gegenübergetreten sein und sehr wohl gewusst haben, was er tat. Und dann gibt es noch eine dritte Möglichkeit. Der Schuss konnte für keinen der beiden bestimmt gewesen sein.«

»Sie meinen«, fragte ich, »dass es sich um einen Unfall gehandelt hat?«

»Wenn es ein Unfall war«, unterbrach Leader, »wo ist dann die Waffe?« Er wandte sich an Appleby. »Ein Unfall, gepaart mit einem Element krimineller Sorglosigkeit. Jemand hat Angst und macht sich mit der Waffe auf und davon.«

Appleby nahm diese Idee wenig begeistert zur Kenntnis. »Ich wollte lediglich anmerken«, sagte er, »dass Mr Foxcroft nicht für Sir Basil, sondern vielleicht für jemand ganz anderes gehalten wurde. Zumindest dürfen wir das nicht ausschließen.« Eher flüchtig sah er vom einen zum anderen. Ich hatte das Gefühl, dass er gedanklich ganz woanders war.

»Darf ich fragen«, sagte ich, »was Sie dazu veranlasst hat, mich hierher zu bitten? Nicht dass ich irgendwelche Einwände hätte, aber Sir Basil dürfte ein wenig verwundert sein.«

Leader, an den die Frage gerichtet war, schien es für möglich zu halten, dass sich die Antwort darauf in seinem Notizbuch fand. Er überließ es Appleby zu antworten.

»Ganz einfach, Mr Ferryman, Sie sind der Einzige in diesem Haus, über den wir Informationen haben. Damit liegt es auf der Hand, dass wir mit Ihnen den Anfang machen.« Der junge Mr Appleby entgegnete meinem leichten Stirnrunzeln mit einem konzilianten Lächeln. »Meines Wissens sind Sie verwandt, aber lediglich entfernt verwandt. Sie sind zu einem objektiven Blick fähig. Und – darauf muss ich nicht gesondert hinweisen – zu einem analytischen Blick. Bei Ermittlungen dieser Art geht es weitgehend darum, menschliches Verhalten zu erforschen, einzelne Charaktere zu durchdringen. Auf diesem Gebiet sind Sie unser natürlicher Verbündeter – und einer der wirkungsvollsten, die wir in England finden können, wenn Sie diese impertinente Bemerkung erlauben.«

Ich zweifelte kein bisschen an der Hinlänglichkeit seiner Impertinenz – noch an seiner beträchtlichen Intelligenz, die damit einherging. Er wusste, Schmeicheleien erfüllen auch bei den kultiviertesten Zeitgenossen ihren Zweck, besonders dann, wenn sie nicht mühsam verschleiert werden. Der süße Widerhaken löst sich, und der Intellekt nimmt sie als das wahr, was sie sind; dennoch rühren sie an jener unkritischen Ebene, wo das Selbstwertgefühl seinen Sitz hat. »Wenn

Sie literarischen Rat benötigen«, antwortete ich, »arbeiten Sie besser mit Mrs Chigwidden zusammen.« Trotzdem war ich darüber natürlich erfreut.

Appleby nahm meine Erwiderung in der Tat als einen sehr gelungenen Witz auf und wurde darin von Leader mit einem eher zu spät erfolgten Lachen unterstützt. »Natürlich«, fuhr er fort, »wollen Sie der Diskretion Genüge tun, wenn Sie über Ihnen bekannte Personen sprechen. Andererseits wollen Sie uns gewiss helfen.«

Dieser Aussage nun mangelte es an jeglicher Gewissheit. Ich hege, wie gesagt, der Polizei gegenüber Vorbehalte. Ich wollte nur, dass die ganze schreckliche Sache so schnell wie möglich zu Ende gebracht wurde. Dennoch hörte ich mich selbst sagen: »Natürlich werde ich Ihnen in jeder erdenklichen Weise helfen.«

Der junge Mann schien dankbar zu sein. Er brachte mir den Respekt entgegen, den ich auf Literaturveranstaltungen von jungen Kritikern gewohnt war. Es wäre nicht irrelevant gewesen, hätte ich mich daran erinnert, wie sich manche dieser Kritiker benahmen, wenn sie dann wieder zu Hause in ihren Wohnungen saßen und auf ihre tragbaren Schreibmaschinen einhackten.

»Dann«, sagte Appleby, »wollen wir uns zusammensetzen und ein oder zwei Dinge klären.«

Ich setzte mich. Ich denke, man hätte mich als entspannt bezeichnen können; ich erinnere mich, dass ich sogar so weit ging, meine Pfeife zu stopfen. Was immer die traditionelle Bestimmung der Applebys in Stonegate gewesen sein mochte, die Manieren dieses in die Welt hinaus gezogenen Sohnes ließen nicht zu wünschen übrig. Und in diesen Zeiten sind gute Manieren so wohltuend wie die drei oder vier perfekten Tage, die ein englischer Sommer zu bieten hat.

Appleby setzte sich in Richtung Kamin in Bewegung, als hatte er vor, dort Platz zu nehmen. Leader blieb stehen, das Notizbuch von einer Hand gestützt, die den Zweck eines Pults ersetzte.

»Viertel vor acht«, sagte Appleby, der, mit dem Rücken zu mir, sich nach wie vor von mir entfernte. »Das ist ein interessanter Zeitpunkt. Mr Ferryman« – abrupt drehte er sich zu mir um – »was haben Sie zu diesem Zeitpunkt auf der Terrasse gemacht?«

11

Ich sah zu Appleby, und Appleby sah zu mir. Mir kam es vor, als würde ich geradewegs in eine teure Kamera blicken. Angesichts der perfiden Art, mit der er zu seiner Frage hingeführt hatte, hätte ich empört sein sollen; was ich tatsächlich zustande brachte, war aber so etwas wie Bestürzung.

»Wären Sie durch Ihr Tun«, fuhr Appleby höflich fort, »daran gehindert worden, an dieser Tür einen Pistolenschuss zu hören?«

Ich fasste mich. »Wenn Sie meinen, ich hätte ein Feuerwerk gezündet oder das tönende Fagott gespielt, lautet die Antwort: nein.«

Appleby wandte sich an Leader. »Das wäre eine Idee: ein Feuerwerk. Aber damit, nehme ich an, ist es hier im Bezirk vorbei?«

»Ja. Es gab einige wenige vor dem fünften November, dann ließ es schnell nach. Ich habe seit Wochen keines mehr gesehen.«

»Gut, dann das tönende Fagott.«

Ich glaube, Leader schrieb »tönendes Fagott« in sein Notizbuch; er konnte nicht anders, wenn er nicht mehr weiterwusste.

»Das Fagott«, fuhr Appleby allen Ernstes fort, »ist ein guter Hinweis von Mr Ferryman. Etwas Ähnliches war zu hören, als ich über die Einfahrt kam: vielleicht eine Kapelle der Heilsarmee. Ich bezweifle aber, dass es die Kapelle ist, worum es uns geht.«

»Worum es uns geht«, sagte ich, »ist schlichtweg der allgemeine Verkehrslärm im Umfeld der Priorei. Motorräder am Berg zum Beispiel erzeugen den schlimmsten Krach. Ein Revolverschuss würde ungehört verklingen, einfach weil das Ohr an derlei Geräusche gewohnt ist.«

Appleby nickte triumphierend, als wäre mir in der Tat etwas ungemein Kluges eingefallen. »Das ist es!«, sagte er.

»Und dann ist da noch die Tatsache, dass um uns herum fast ständig die Revolver knallten. Sir Basil hat einen Schießstand, auf dem wir alle übten.«

Leader sah aus, als wollte er sich nach den jeweiligen Waffenscheinen erkundigen. Appleby blickte abrupt auf. »Sie alle? Inklusive der beiden Gäste beim Lunch – Cudbird und Cambrell?«

»Ja.«

»Sie haben selbst gesehen, dass jeder geschossen hat?«

»Ja. Die Teilnahme war schon der Höflichkeit geschuldet. Nicht, dass ich davon besonders angetan gewesen wäre.«

»Mr Ferryman«, sagte Appleby, als diktierte er Leader einen Notizbucheintrag, »ist von Feuerwaffen nicht angetan. Aber ist Mr Foxcroft davon angetan?«

»Ja.«

»Sie haben das alles aufmerksam verfolgt? Sie könnten ziemlich verlässlich einschätzen, wie geschickt jeder darin ist?«

Ich war verwirrt. »Ja, ich glaube, das könnte ich. Ein oder zwei Dinge haben mich verblüfft. Geoffrey Roper, der über die für einen Maler notwendige muskuläre Feinabstimmung verfügt, ist überraschend schlecht.«

»Das ist sehr interessant.« Appleby wirkte erneut recht geistesabwesend. »*Was* genau haben Sie noch mal auf der Terrasse gemacht?«

»Ich war bei einem Abendspaziergang im Park.«

»Verstehe. Ich hatte den Eindruck, Sie waren leicht beunruhigt, als wir uns auf der Terrasse begegnet sind. Ich frage mich, ob Sie zufällig etwas gehört haben oder Ihnen etwas aufgefallen ist, was diese Unruhe ausgelöst hat.«

Dieser Methode würden zweifellos alle im Haus unterzogen werden. Diesmal war klar: Man musste der Kamera direkt ins Auge sehen.

»Nein«, sagte ich. »Nichts dergleichen. Ist man irgendwo eingeladen, spürt man wohl immer ein gewisses Unbehagen, wenn man einem gerade eintreffenden unbekannten Gast begegnet.«

»Würde es Ihnen etwas ausmachen«, unterbrach Leader, »das noch einmal zu sagen?«

Entsetzt nahm ich wahr, dass er alles mitstenografierte. Ich wiederholte, was ich gesagt hatte. Es klang außergewöhnlich dumm.

Aber Appleby stimmte zu. Er stimmte zu und war gleichzeitig leicht überrascht, dass ein so formvollendeter Mann von Welt wie ich durch eine derartige Situation peinlich berührt sein konnte. »Diese Fragen«, sagte er, »müssen allen gestellt werden« – die Worte kamen ihm so glatt über die Lippen wie sonst den Figuren in Lucys Romanen – »unsere übliche Routine. Wir müssen feststellen, wo sich jeder gegen Viertel vor acht aufgehalten hat. Um halb acht war Sir Basil zweifelsfrei in diesem Raum und hat an diesem Schreibtisch gesessen. Das Zimmermädchen Jane hat ihn hier gesehen. Deshalb war sie überzeugt, dass er es war, der erschossen wurde, als sie um etwa zehn vor acht wiederkam und Mr Foxcroft hier liegen sah. Sie erinnern sich, was dann geschah, Mr Ferryman. Wir standen im Eingang. Jane kam in die Halle gelaufen und rief, Sir Basil sei getötet worden.

Fast im gleichen Augenblick erschienen Sir Basil und Richards. Und Richards verkündete, dass Mr Foxcroft der Unglückliche sei. Sie, fürchte ich« – Appleby betrachtete mich milde – »waren sehr bestürzt.«

Ich spürte ein unangenehmes Ziehen im Rücken. Der Mann hatte die Fähigkeiten eines kompetenten Staatsanwalts. Erst die Andeutung, dass irrtümlich auf Wilfred anstelle von Basil geschossen worden war; dann die Andeutung, ich sei bestürzt gewesen, als Richards Jane korrigierte; dann die Tatsache, dass ich mich im Freien aufgehalten hatte. Kurz war mir danach, einen Anwalt zu verlangen. Diese Verstiegenheit unterdrückend, antwortete ich lediglich: »Natürlich war ich entsetzt.«

»Eine entsetzliche Angelegenheit«, sagte Leader plötzlich und sehr bestürzt. Rief er sich irgendwelche dienstlichen Benimmregeln in Erinnerung?

Appleby, ohne dem explizit beizupflichten, setzte einen Augenblick lang eine ebenso ernste Miene auf. »Sind Sie dazu bereit«, fragte er – und mir wurde klar, wie sehr er sich bereits in die Ermittlungen vertieft hatte – »uns einen detaillierten Abriss darüber zu geben, wo Sie sich überall an diesem Abend aufgehalten haben?«

»Ich hatte mich frühzeitig umgezogen und ging nach unten in die Bibliothek. Da war es gerade mal sieben. Niemand war da. Etwa zehn Minuten lang beschäftigte ich mich mit einem Buch, dann trat ich hinaus auf die Terrasse. Es war kalt; ich kehrte ins Vestibül zurück, holte Mantel und Galoschen und ging erneut hinaus auf die Terrasse. Dort stand ich dann einige Minuten und betrachtete die große Reklametafel der Brauerei. Dann ging ich eine der Treppen hinunter – die nicht weit von dieser Tür entfernt ist – und blieb vor einer kleinen Wasserfläche stehen. Mir fiel auf, dass sie gefroren war. Daraufhin schlenderte ich in den Park und kehrte erst zurück, als wir uns auf der Terrasse begegneten.«

»Danke. Ich nehme an, dass Sie während Ihres Spaziergangs niemandem begegnet sind?«

»Nein. Das wäre auch sehr unwahrscheinlich gewesen.«

»Sicherlich. Und das bedeutet auch, dass Sie niemanden gesehen haben, nachdem Sie die Terrasse verließen, bis wir uns am Eingang begegnet sind?«

Ich musste gezögert haben; jedenfalls war mir bewusst, dass sowohl Appleby als auch Leader mich sehr eindringlich ansahen. »Ich glaube«, sagte ich, »als ich noch im Garten stand, kurz einen Blick auf jemanden erhascht zu haben: einen Mann, der mit dem Rücken an der Balustrade auf der Terrasse lehnte.«

»Er stand dort mit dem Gesicht zum Haus?«

»Ja.«

»Und wo ungefähr stand er?«

So allmählich begann ich die Polizei trotz meiner Vorbehalte zu mögen. Das alles strahlte eine intellektuelle Faszination aus. »Er konnte nicht weit von dieser Terrassentür entfernt gewesen sein.«

»Sie konnten nicht erkennen, um wen es sich handelte?«

»Nein.«

»Sie gingen dem nicht weiter nach?«

»Nein.«

»Und sonst sahen Sie niemanden?«

»Niemanden.«

Schweigen.

»Das«, sagte Appleby, »war dann wahrscheinlich fünf oder zehn Minuten bevor Jane in diesen Raum kam und Sir Basil am Schreibtisch sitzen sah.« Er wandte sich an Leader. »Läuten Sie.«

Richards kam und ging. Jane, die sich wieder einigermaßen erholt hatte, kam und ging. Zusammenfassend ergab sich aus deren Aussagen: Jane, die gekommen war, um sich ums Feuer zu kümmern, hatte einen heftigen Durchzug gespürt. Sir Basil, sagte sie, mochte die Kälte. Bei kältester Witterung saß er an der offenen Tür. Mit hoher Wahrscheinlichkeit hatte die Terrassentür offen gestanden. Zu den Vorhängen konnte sie nichts sagen. Mit hoher Wahrscheinlichkeit waren sie zugezogen gewesen, sonst wäre es ihr aufgefallen. Aber vermutlich waren sie nicht vollständig geschlossen. Sir Basil machte sich gern an geschlossenen Vorhängen zu schaffen und zog sie ein Stück weit auf, um Luft hereinzulassen.

Appleby wandte sich erneut an mich, nachdem das Zimmermädchen hinter sich die Tür geschlossen hatte. »Hätten Sie von Ihrem Standpunkt auf der Terrasse und später im Park bemerkt, ob die Vorhänge vollständig zurückgezogen waren?«

»Wenn sie ganz auf gewesen wären, ja; aber wenn sie, sagen wir, einen Fußbreit offen gestanden hätten, wahrscheinlich nicht.«

»Als Richards hier eintraf, kurz nachdem Mr Foxcroft von Jane entdeckt wurde, waren die Vorhänge so wie jetzt – einen Spalt von mehreren Zentimetern weit geöffnet. Gerade genug, falls man von der Terrasse an sie herantritt, um ins Zimmer spähen zu können.« Appleby trat an den Schreibtisch und schien den Brief über die Margins zu studieren. »Mr Ferryman«, sagte er, »Sie haben uns gesagt, wo Sie sich aufgehalten haben. Wären Sie bereit, uns jetzt von etwas zu berichten, das sehr viel interessanter wäre?«

Ich sah ihn argwöhnisch an.

»Ich meine, wollen Sie uns mitteilen, was Ihnen durch den Kopf gegangen ist?«

»Wirklich, Mr Appleby …«

»Ich meine nicht Ihre Gedanken nach dem Vorfall, so wertvoll diese auch sein mögen. Ich meine Ihre Gedanken, *bevor* es passiert ist. Woran haben Sie zum Beispiel während Ihres Spaziergangs im Park gedacht? Häufig unternimmt man solche Streifzüge doch zum Zweck des Nachdenkens.« Er verstummte und sah mich beinahe besorgt an. »Was ich meine, ist – meiner Erfahrung nach – Folgendes. Bei jeder Zusammenkunft wie dieser hier, insbesondere bei einer Familienzusammenkunft, gibt es aller Voraussicht nach aktuelle Gesprächsthemen und Mutmaßungen. Gewisse Punkte, die von allgemeinem, spekulativem Interesse sind. Es gibt Erwartungen hier, Befürchtungen dort. Hat Charles Mary einen Heiratsantrag gemacht …«

»Charles?«, fragte Leader ratlos.

»Und ist Richard vielleicht wirklich ernstlich krank?«

»Genau«, sagte ich. Appleby hatte offensichtlich eine Technik für sich entwickelt, um Personen von minderer Auffassungsgabe sein Anliegen in aller Deutlichkeit zu vermitteln.

»Die Familienkonstellation«, fuhr Appleby fort, als erinnerte er sich plötzlich, dass ich in eine andere Kategorie fiel. »Hat man sie erfasst, befindet man sich als Ermittler in einer sehr starken Position. Natürlich liegen die Dinge anders, wenn es um verschwundene Löffel und Gabeln geht. Aber in einer Angelegenheit wie dieser hat der Polizist dieselben grundsätzlichen Informationen aufzudecken wie der Psychiater, sofern dieser gerufen würde. Und oft wäre es besser, *wenn* er gerufen würde.« Appleby lächelte mir ermunternd zu, wie von der einen überaus gebildeten Person zur anderen. Leader, als wüsste er, was nun kommen würde, spitzte mit Verve nicht nur einen, sondern gleich mehrere Bleistifte.

Die Versuchung war groß. Ich weiß nicht, ob ich fähig bin,

eine in sich geschlossene Erzählung zu konstruieren oder einen Gedankengang nachzuzeichnen. Aber genau damit bin ich ständig beschäftigt. Außerdem stand kaum zu befürchten, dass ich irgendetwas verraten würde; fast alles, was ich erzählen konnte, würde dieser junge Mann früher oder später selbst herausfinden. Dennoch hatte ich vielleicht gezögert, doch das lag lediglich am tief sitzenden Impuls des Schriftstellers, Überraschung zu erzeugen. Ich wandte mich an Leader: Er stand mit gezücktem Stift bereit. »Im Park«, sagte ich, »dachte ich über die Rakete nach, die mein Cousin Basil zum Mond zu feuern gedenkt.«

»Zum Mond«, sagte Leader zufrieden. Dass Saturn oder Uranus damit ausgeschlossen werden konnten, mochte für die Ermittlungen ein beträchtlicher Schritt nach vorn sein.

»Oder – vermutlich eine besser verbürgte Version der Geschichte – über den Entschluss meines Cousins, in der Antarktis eine meteorologische Station zu errichten. Wie auch immer, jedenfalls beabsichtigt er, Belrive zu verkaufen.«

Appleby, der vor dem Kamin stand, stopfte sich eine Pfeife. »Ihr Cousin ist wohlhabend?«

»Wohl nicht über Gebühr. Dieses Anwesen – bei dem Grund und Boden außerordentlich wertvoll sein müssen – ist wahrscheinlich sein wichtigster Vermögenswert.«

»Und er hat vor, es in seine Expedition einzubringen. Verstehe. Was übrigens ist mit Mr Foxcroft?«

»Wilfred ist angeblich so etwas wie ein Millionär.«

»Und hat keine Kinder?«

»Er ist nicht verheiratet. Ich nehme an« – ich sah keinen Sinn darin, um den heißen Brei herumzureden – »dass sein Bruder Cecil mehr oder minder alles erben würde. Aber meine Nichte, Anne Grainger, die sein Mündel ist, kann aller Voraussicht nach auf ein Vermächtnis hoffen.«

»Und Sir Basil? Dessen Erbfolger ist sein Bruder, Mr Hubert Roper?«

»Ja.«

Wieder hatte ich kurz gestockt, was Appleby ein Lächeln entlockte. »Jemandes Erbfolger zu sein, ist nichts Verdächtiges.« Aber bevor ich die Bedeutung seiner beschwichtigenden Bemerkung einschätzen konnte, fuhr er schon fort: »So viel also zu dem Hauptthema, das Sie alle bewegt: Die Priorei soll anscheinend verkauft werden. Was noch?«

Seine unverblümte Vorgehensweise sagte mir zu. Der junge Mann war interessant und, wenn auch irritierend, nicht unangenehm. Die seltsame Illusion, dass wir Kollegen seien – dass ich eher hierher gehörte statt in die Bibliothek –, motivierte mich. Ich redete also – zurückhaltend, aber im Großen und Ganzen offen. Das Wichtigste davon ist bereits hier aufgezeichnet. Zumindest ersparte ich dem jungen Mann Zeit. Und ich gestehe, ich zog daraus einiges Vergnügen.

12

Von diesem Punkt an – und bis zum Ende dieser kurzen Erzählung – wird der Leser mich als eine Art Watson hinzunehmen haben. Während der sich anschließenden Ermittlungen schien Appleby überaus unglücklich, wenn ich nicht an seiner Seite stand. Während der Befragungen, die er mit diversen Angehörigen des Haushalts durchführte, arrangierte er, dass ich als Freund der Familie, wie er es nannte, mit anwesend war. Und, erneut beteuernd, dass jemand, der sich so eingehend mit dem Wesen der Menschen beschäftigt habe wie ich, geradezu unschätzbar sei, konferierte er mit mir und ließ dazwischen eine Reihe von vertraulichen Bemerkungen fallen. Ich glaubte zu wissen, dass er etwas auf der Spur war. Aber es war doch recht aufregend, und ich fügte mich in die mir auferlegte Rolle.

Die Befragung Basils musste zwangsläufig unangenehm werden. Es muss eine befremdliche Erfahrung sein, wenn man zur Unterhaltung seiner Schwester einen neuen Bekannten zum Dinner einlädt und dann miterleben muss, wie dieser sich im eigenen Arbeitszimmer als ermittelnder Kriminalbeamter einrichtet. Aber Basil war nicht befremdet. Ich denke, er hatte sich ein Urteil über Appleby gebildet – Basil hätte kaum erreicht, was er im Leben erreicht hatte, wäre er nicht ein großer Menschenkenner gewesen – und war zu dem Schluss gekommen, dass er ihn mochte; er mochte ihn immer noch, selbst als sich die Befragung in eine Art Duell verwandelte und auf so unerklärliche Weise endete.

»Sir Basil«, begann Appleby, »kam Ihnen jemals der Gedanke, dass Sie sich in Gefahr befinden könnten?«

Basil zog die Augenbrauen hoch. »Sie erschrecken uns«, sagte er trocken.

Basil war alles andere als erschreckt. Allerdings zuckte ich bei der Andeutung zusammen, was mir einen spöttischen Blick aus seiner Richtung eintrug.

»Sie haben um halb acht hier an Ihrem Schreibtisch gearbeitet; etwa eine Viertelstunde später saß jemand anderes am Tisch und wurde durch die Vorhänge angeschossen.«

»Durch die Vorhänge?« Basil sah zur Laibung und runzelte die Stirn.

»Die Vorhänge waren, als Sie im Zimmer waren, nicht zugezogen wie jetzt?«

»Nein. Als ich, nachdem ich die Garderobe gewechselt hatte, hierher zur Arbeit zurückkehrte, musste ich feststellen, dass sie zugezogen waren. Zu dieser Jahreszeit entfachen die Bediensteten große Feuer. Bevor ich Platz nahm, öffnete ich also die Terrassentür und zog die Vorhänge etwa einen Fußbreit auf.«

»Jetzt beträgt der Spalt kaum mehr als einige Zentimeter. Können Sie sich erklären, wie das zustande kam?«

»Kurz nach halb acht ging ich, wie Sie wissen, in die Bibliothek. Ich wollte dort sein, wenn sich die Anwesenden zum Dinner einfanden. Anscheinend kam Wilfred – das heißt, Mr Foxcroft – hierher, um einen Brief zu verfassen. Es ist anzunehmen, dass er die Vorhänge wieder fast ganz schloss.«

»Womit ein Attentäter nur einen unvollständigen Blick auf die Person hatte, auf die er zielte – eine Person, die sich lediglich als Silhouette im Lichtschein abzeichnete. Würden Sie also nicht auch meinen, dass Sie sich in Gefahr befinden?«

Basil schüttelte entschieden den Kopf. »Nein. Ich kann mir nicht vorstellen, dass jemand so unüberlegt ein Verbrechen begehen würde. Wurde der Schuss absichtlich abgegeben, ist es mehr als wahrscheinlich, dass gezielt auf Wilfred geschossen wurde. Ich bin nicht im Geringsten besorgt.«

»Mr Ferryman«, sagte Appleby, »war vom Gegenteil überzeugt.« Er hielt inne. »Gut, nehmen wir an, es wurde absichtlich auf Mr Foxcroft geschossen: Können Sie irgendeinen Grund dafür nennen?«

»Vorstellbar wäre, dass er einen Dieb ertappt hat, der während seiner Flucht auf ihn feuerte.«

»Das ist natürlich möglich ... Sie müssen allein in der Bibliothek gewesen sein, als der Schuss abgegeben wurde?«

Basil sah abrupt auf. »Ich war allein, sicherlich. Die anderen waren spät dran.«

»Und Sie haben nichts gehört? Mr Ferryman meinte, es gab viele Verkehrsgeräusche, die ähnlich klangen wie ein Schuss, sodass dieser vielleicht überhört wurde. Aber einen Schrei? Ein Rufen?«

»Ich habe nichts gehört, bis Jane in der Halle losgekreischt hat.«

Wieder hielt Appleby inne. Leader kritzelte. »Sir Basil, ist Ihnen irgendetwas an Mr Foxcrofts Verhältnissen bekannt, was einen Angriff dieser Art vermuten lassen könnte? Die Möglichkeit eines Einbrechers lasse ich außer Acht. Die ist unwahrscheinlich – allein schon deswegen, weil Mr Foxcroft anscheinend am Tisch saß, als er getroffen wurde.«

»Mir fällt nichts ein. Ich bin mit seinen Angelegenheiten aber nicht vertraut.«

»Er ist Ihr Neffe?«

»Ja.«

»Aber Sie hatten nie ein enges Verhältnis?«

Ich fragte mich, ob es gut war, dass ich so pflichtschuldig ein Bild der Familienverhältnisse gezeichnet hatte. Erst dadurch war es Appleby möglich, derart vorzupreschen.

»Vor vielen Jahren hatten wir uns häufig gesehen. Wir sind beide Bergsteiger. Das nun ist Wilfreds erster Besuch in der Priorei seit geraumer Zeit.«

»Sie haben sich entfremdet?«

»Es gab, um Klartext zu reden, einen Streit«, kam es trocken von Basil.

Appleby nickte – nickte, als wäre er kurzzeitig geistesabwesend. »Sagen Sie mir«, kam es plötzlich von ihm, »hatte sonst jemand, der in letzter Zeit in der Priorei zu Gast war, etwas damit zu tun, mit dem Bergsteigen, meine ich?«

»Nur Ralph Cambrell, der zum Lunch hier war und mit dem ich danach Geschäftliches zu bereden hatte.«

»Cambrell!«, rief ich überrascht aus. »Das ist mir neu. Ich hätte nie gedacht, er wäre der Typ dafür.«

»Er war ein ganz anderer Mensch, bevor er sich ausschließlich für seine Textilfabrik interessierte. Allerdings haben wir nur einmal zusammen eine Tour unternommen, am Scafell, und beim Abstieg über den Lords Rake bin ich abgestürzt.«

Zum ersten Mal an dem Abend zeigte John Appleby so etwas wie Gefühl. »Sie sind im Lords Rake abgestürzt?«

Basil schmunzelte. »Genau. Cambrell war noch nicht sehr erfahren; der Broad Stand war damals eher seine Kategorie. Ich hingegen nahm den Central Buttress ins Visier; beim Bergsteigen machte mir kaum einer was vor. Dennoch stürzte ich im Lords Rake ab und war für kurze Zeit bewusstlos. Cambrell musste ausharren, bis ich wieder zu mir kam, dann konnten wir andere, die zum Pikes Crag unterwegs waren, auf uns aufmerksam machen. Cambrell benahm sich sehr anständig, mir aber war der Vorfall seitdem immer etwas peinlich – vermutlich, weil ich kein besonders enges Verhältnis zu ihm habe.«

»Pikes Crag«, sagte Leader und befeuchtete seine Bleistiftspitze. Es war absurd, am liebsten hätte ich aufgelacht. Stattdessen sah ich zu Appleby und bemerkte, dass dieser zu Basil sah. Die Kamera war kurzzeitig zu einem Röntgenapparat geworden. Selten bekam ich beeindruckender vorgeführt, was man einen durchdringenden Blick nennt.

Abrupt – als schüttelte er einen zwingenden Gedanken ab – stand Appleby auf. »Sir Basil«, sagte er, »darf ich das Haus durchsuchen?«

Basil ließ sich nicht anmerken, ob er darüber überrascht oder verärgert war. »Gewiss – suchen Sie, wo immer Sie wollen. Wir können uns glücklich schätzen, Sie bei dieser elenden Sache hier zu haben« – er hielt kurz inne, was mich an Anne erinnerte – »und noch dazu in so engagierter Verfassung.«

»Danke. Und wir dürfen Sie Ihren Gästen nicht vorenthalten. Vielleicht kann Mr Ferryman uns herumführen.«

»Arthur«, sagte Basil, »ist genau der Richtige dafür.«

Im achtzehnten Jahrhundert war es Usus, dass man jedes Haus besichtigen durfte, wenn sich die Familie nicht darin aufhielt. John Byng in seinen Torrington Diaries, die zu meiner Lieblingslektüre gehören, bringt mehr als einmal seine Empörung darüber zum Ausdruck, wenn ihm dieses verbriefte Recht des Gentleman-Reisenden vorenthalten wurde. Oft hatte ich mir vorgestellt, dass ich in der Aufmachung eines ältlichen Verwalters keinen so schlechten Cicerone für Belrive abgegeben hätte. Jetzt war ich tatsächlich mit dieser Aufgabe betraut – und unter Umständen, die extrem verstörend waren. Es mochte wohl sein, dass ich genau der Richtige dafür war. Aber Applebys Interesse war kaum das eines Antiquars, und ich konnte mir kaum einen Grund für seinen plötzlich geäußerten Wunsch vorstellen, es sei denn pure Launenhaftigkeit. Hatte er vor, nach der verschwundenen Waffe zu suchen? Das war kaum eine Aufgabe, die man um zehn Uhr abends vornahm, zumal nach wie vor einige Anwesende auf ihre Befragung warteten.

Wir begaben uns in die verlassene Halle, und Appleby wanderte wie in einem Museum auf und ab und plauderte dabei. »Das Treffen«, sagte er, »bot also Gelegenheit für eine Versöhnung zwischen Wilfred Foxcroft und Sir Basil. Eine ernst gemeinte Versöhnung, wollen wir annehmen.« Er blieb vor dem Guardi stehen. »Ist das das Bild, das Ihr Cousin an Cambrell verkauft hat?«

»Ja.«

Appleby betrachtete es zweifelnd. »Mr Ferryman, glauben Sie, dass Guardi Wasser jemals mit einer so breiten Pinselführung gemalt hätte?«

Ich antwortete, dass ich mit Guardis Technik nicht vertraut sei, es mich aber nicht verwundern würde, wenn sich das Bild als eine Fälschung herausstellen sollte.

»Mit anderen Worten«, sagte Appleby, »Sie mögen Cambrell auch nicht. Nun zu diesem Disput, den er, wie Sie sagten, mit Ihrem Cousin hatte. Sie hatten den Eindruck, Sir Basil habe ein vorteilhaftes Angebot für das Anwesen abgelehnt. Und angesichts dieser Ablehnung hat Cambrell gesagt …«

Leader blätterte in seinem Notizbuch. »*Sie verfluchter Dummkopf. Sogar dieser klecksende Idiot von Ihrem Bruder hat mehr Verstand!*«

Appleby nickte. »Das wäre also Mr Hubert Roper, der Erbe des Anwesens?«

»Ja.«

»Ach, interessante Familienporträts … Würden Sie sagen, Cambrells Bemerkung war nachvollziehbar?«

Ich dachte nach. »Nein. Ich denke, Hubert würde Belrive am liebsten gar nicht verkaufen.«

»Verstehe. Aber Cambrell ist vielleicht der Überzeugung, dass es andersherum ist … Auf diesem Watts, nehme ich an, ist Sir Basils Vater zu sehen?«

Dieses Hin-und-her-Springen zwischen Ermittlungsarbeit und Kunstkennerschaft erinnerte mich auf betrübliche Weise an Lucy in ihren stärksten Phasen. Dennoch hatte ich nach wie vor das Gefühl, dass Appleby wusste, was er tat. Ich erwiderte, dass auf dem von uns betrachteten Porträt wirklich Basils Vater zu sehen sei.

»Eine starke Familienähnlichkeit ist zu erkennen«, sagte Appleby. »Sie findet sich auch bei den Foxcrofts. Sowohl Wilfred als auch Cecil sehen Sir Basil ähnlich. Und Wilfred und Cecil gleichen sich auf ganz erstaunliche Weise. Sie könnten fast Zwillinge sein.«

»Wilfred ist an die fünf Jahre älter«, erwiderte ich. Applebys Beobachtung – mit der er ganz und gar nicht falschlag – bot Anlass für weitere Überlegungen. Ähnliches dachte sich wohl auch Leader, denn er machte seine unvermeidliche Notiz.

»Ich gehe nicht davon aus«, fuhr Appleby fort, »dass sich hier auch ein Bild von Wilfred findet? Ich habe ihn nur als Schwerverletzten gesehen.«

»Keines, von dem ich wüsste. Hubert ist gerade dabei, ein Porträt von Cecil zu beginnen – eine einzigartige Szene, durch einen Spiegel betrachtet, mit einem leicht anstößigen Augenmerk auf einen Frauenpantoffel. Aber das tut hier nichts zur Sache.«

Appleby betrachtete mich zweifelnd. »Ja«, sagte er, »vermutlich.« Er schien nachzudenken. »Ob wir es vielleicht sehen dürften? Leader wäre wohl daran interessiert. Er versucht sich selbst ein wenig daran.«

Mir fiel es sehr schwer, das nicht als einen höchst unpassenden Scherz aufzufassen. Dennoch führte ich sie zum Dachboden. Appleby redete weiter. »Dr. Foxcroft« – er meinte damit Cecil – »ist ganz offensichtlich Internatsleiter, nicht wahr? Ich glaube mich an ihn als Fellow von St. Thomas zu erinnern, richtig? Betreibt er noch seine Studien?«

»Von seinen Studien weiß ich nichts«, sagte ich, »außer dass er Laws *Ernster Aufruf zu einem frommen und heiligen Leben* liest.«

Sogar Leader machte sich diesmal keine Notiz. Diese Unterlassung war, so seltsam es anmutete, ein Fehler.

Wir hatten in Huberts provisorischem Atelier nichts verloren. Noch weniger aber hatte dort Horace Cudbird verloren. Dennoch stand dieser mitten im Raum – stand dort in verzweifelter Ratlosigkeit, die noch verstärkt wurde, da er sich in den drei Spiegeln, die an Ort und Stelle waren, selbst gespiegelt und widergespiegelt sah. Er blickte auf, als wir eintraten, und begrüßte Appleby. »Da sind Sie ja, John. Ich hab mich schon gefragt, wie lang es dauert, bis Sie hier landen.« Er wandte sich an mich. »John hatte schon immer ein Faible für die Kunst«, sagte er. »Ich halte es ja eher mit Fotos.«

»Mr Appleby scheint eine Autorität auf dem Gebiet von Guardis Pinselführung zu sein.« Ich konnte mir den Seitenhieb nicht verkneifen. Und Leader sah sich um, als wäre er weit davon entfernt, sich selbst ein wenig daran zu versuchen. Unser Aufenthalt hier oben war reiner Willkür oder höchst irrelevanter Neugier geschuldet. Aber noch während ich zu diesem Schluss kam, sah ich erneut zu Appleby und hatte meine Zweifel. Er unterzog den Raum einer sehr ernsthaften Inspektion. »Fotos?«, sagte er geistesabwesend zu Cudbird.

»Ja. Sie können sehr lehrreich sein.« Der Brauereibesitzer betrachtete Appleby, als gäbe er diesem ein Rätsel auf.

Appleby hörte auf, sich umzusehen. Zum ersten Mal vermittelte er jetzt den Eindruck, als würde er richtig nachdenken.

»Vor allem, wenn man mit Negativen und Scheren hantiert.«

»Mr Cudbird«, sagte Appleby bedächtig, »gehe ich recht in der Annahme, dass Sie sich an diesen Ermittlungen beteiligen wollen?«

»Sie haben es erfasst, John. Und wäre es nicht etwas abgeschmackt, nachdem Wilfred Foxcroft an der Schwelle des Todes steht, würde ich fünf Shilling darauf setzen …«

»Vergessen Sie das Abgeschmackte«, entgegnete Appleby brüsk. »Abgemacht.«

Ich sah zu Leader. Die Missbilligung, die sich auf seiner Miene abzeichnete, musste die komische Übertreibung meiner eigenen gewesen sein.

13

Über die Ereignisse in Basils Arbeitszimmer sollte es später sieben Theorien geben, die von sieben verschiedenen Personen vorgebracht wurden – von denen ich selbst am leidenschaftlichsten agierte. Aber während ich in Huberts Atelier stand, wusste ich von all dem noch nichts. Nur Cudbirds Vorschlag, die Ermittlungen mit einem Aspekt des Amateurhaften zu bereichern, zeugte für mich doch von sehr fragwürdigem Geschmack.

»Ich bin nicht unbedingt glücklich«, sagte ich, »auf diese Weise in Huberts Räumlichkeiten einzudringen. Wenn Mr Leaders künstlerische Interessen also befriedigt sind …«

Ich brach ab, zum Schweigen gezwungen von Applebys merkwürdigem Verhalten. Er hatte angefangen, sich völlig ungeniert durch die Skizzen auf dem Tisch zu wühlen, und ließ gelegentlich Cudbird eine sehen, als wollte er ihn seinerseits mit einem Rätsel beglücken. Nun aber beschäftigte er sich mit den Malutensilien neben der Staffelei. Dazu gehörten eine Reihe von Flaschen; jede von ihnen nahm er sachte zur Hand und roch an ihnen. Es war genau das Verhalten, das man von einem Detective erwartete; die Wirkung wurde noch gesteigert, als er eine kleine Lupe hervorzog und eine größere Flasche mit höchster Sorgfalt betrachtete. »Natürlich«, sagte er, »hängt es vom Pulver und der Waffe ab. Manchmal aber macht man sich die Hände ziemlich schmutzig, wenn man einen Schuss abfeuert. Terpentin ist dann hilfreich.« Er stellte die Flasche zurück. »Inkriminierende Fingerabdrücke sind jedoch nicht zu erkennen.«

Aus irgendeinem Grund war ich mit einem Mal deprimiert. Der intellektuelle Reiz – das Gefühl, auf einer erfolgreichen Jagd zu sein – war plötzlich verflogen. Stattdessen sah ich einen fähigen und recht gebildeten jungen Mann einer würdelosen beruflichen Tätigkeit nachgehen, die versprach, Belrive einem peinlichen Skandal auszusetzen. Gleichzeitig verspürte ich in mir einen völlig irrationalen Unmut über Wilfred Foxcroft. Es war kaltschnäuzig, ja; ich wünschte ihm auch nichts Übles, trotzdem konnte ich mich des Gefühls nicht erwehren, dass es ihm gleichsah, uns alle zu belästigen, indem er sich einer Kugel in den Weg stellte. Ich musste an seinen leichtfertigen Umgang mit dem Revolver denken, als wir im Taxi saßen; an sein Gerede über Sicherungshebel und Veronesische Tränen. Das sorgte für einen Stimmungsumschwung. Denn plötzlich brachte ich Wilfred großes Wohlwollen entgegen und hoffte auf beruhigende Nachrichten aus dem Krankenhaus. Und als wollte ich auch das kompensieren, schob sich Cecil in meine Gedanken, und ich sinnierte darüber, was Cecil doch für ein ärgerlicher und pompöser Mensch war. Und ich bedauerte sehr, dass sich nicht Cecil an Basils Schreibtisch niedergelassen hatte, um einen Brief zu verfassen …

Abrupt schob ich alle diese Gedanken beiseite. Für solche Launen gab es nur eine Erklärung, und die ließ sich auf dem Zifferblatt meiner Uhr ablesen. Wann würde uns gestattet werden, zu Bett zu gehen? Ich hatte die Schreckensvision, dass sich das Herumschnüffeln und Herumtreiben und Fragenstellen bis in die frühen Morgenstunden hinziehen würden; dass Belrive dessen unterzogen würde, was Lucy »das volle Programm« nannte, und keinem von uns Schlaf vergönnt wäre, bis die Sache gelöst war. Ich wandte mich an Appleby – mit unnatürlich lauter Stimme, wie ein Vorsitzender, der entschlossen war, eine ausufernde Sitzung zu einem Ende zu bringen. »Da es so spät geworden ist …«

Appleby sah auf seine Uhr. »Ja«, sagte er, »da es recht spät geworden ist, sollten wir erwarten, dass Wale mittlerweile zurück ist. Er ist der Nächste, Mr Ferryman, mit dem wir reden müssen.«

Verzweiflung überkam mich. »Wirklich, wenn Sie mich entschuldigen wollen …«

»Diese Modeärzte meinen immer, sie müssten sich sehr diskret geben. Er wird wissen wollen, dass es einen Zeugen gibt, auf den er sich verlassen kann. Sollen wir nach unten gehen?«

Es war nichts als Geschwätz. Aber ich gab nach. Wir gingen zur Tür. Cudbird, der seit einiger Zeit nichts mehr gesagt hatte, sah sich noch einmal aufmerksam um. »Ich muss Sir Basil finden, um ihm gute Nacht zu wünschen«, sagte er. »Es war nicht richtig, hierzubleiben, da ich doch nicht zur Familie gehöre. Trotzdem kann ich nicht umhin zu sagen, dass Belrive mich nun wirklich interessiert.«

Ich blieb stehen. »Mr Cudbird, Sie wollen die Priorei kaufen?«

Er sah mich auf seine skeptische, Feindseligkeit argwöhnende Art an. »Sehr wahrscheinlich.«

»Erlauben Sie mir zu fragen, wofür?«

»Für ein Pub mit Garten, eine Konzerthalle, eine Schlittschuhbahn, ein Schwimmbecken, einen Vergnügungspark für Kinder, einen Hort, einen Tanzsaal, einen Filmclub für Arbeiter, so was wie ein College.« Seine Augen funkelten, als er diesen für mich entsetzlichen Katalog abspulte. »Vergessen Sie nicht«, sagte er noch schnell, »da steckt Geld drin!« Trotzig sah er vom einen zum anderen. »Lassen Sie sich da mal nicht täuschen.« Damit war er fort.

Leader schien verdutzt. Appleby lachte. »Durch und durch der Philanthrop. Er wird Abertausende ausgeben. Und jeder in der Stadt wird sagen, dass Cudbird nicht mehr richtig tickt.«

»Meiner Ansicht nach«, sagte ich, »sollte er sich ein angemesseneres Gelände für sein wenig durchdachtes Gesellschaftsexperiment suchen.«

Appleby trat ans Fenster und zog den Vorhang zurück. Ich nahm an, er konnte gerade so den unregelmäßigen Schein der großen Flasche sehen, der über die Ruinen strich, die einst das Herzstück der ganzen Gegend gewesen waren.

»Es ist nicht gänzlich auszuschließen«, sagte er, »dass Sie sich irren.«

Wir gingen nach unten. Ich war aufgewühlt, wie man es nur sein kann, wenn man ein einleuchtendes Argument akzeptieren muss, dem man inhaltlich nicht ansatzweise zustimmen kann. Nichts schenkt dem Gefühl weniger Beachtung als die Sentimentalität. Und an Cudbirds – und Basils – Plan sah ich nichts als Sentimentalitäten; zugunsten eines kurzlebigen »progressiven« Experiments sollte alles zerstört werden, was Belrive ehrwürdig machte. Zweifellos wegen dieser meiner Stimmung empfand ich den darauffolgenden Vorfall besonders ärgerlich.

Wir hatten fast die Eingangshalle erreicht – tatsächlich waren wir exakt an der Stelle, an der Lucy und ich am Nachmittag den Vorfall mit Cambrell miterlebt hatten –, als Appleby plötzlich erstarrte. Der Ausdruck ist nicht übertrieben; seine schlagartige, eingeübte Reglosigkeit ließ mich an die sonst so leidigen Hunde denken, denen man befiehlt, dem Wild vorzustehen. Unwillkürlich tat ich es ihm gleich, und Leader hinter uns kam ebenso zum Halt. Wir spionierten Cecil Foxcroft hinterher.

Und Cecil selbst schien einer ähnlichen Tätigkeit nachzugehen. Niemand sonst war in der Halle; er schlich umher, wie er durch einen Schlafsaal oder eine Umkleide schleichen würde, wenn die Jungen zu einem Waldlauf aufgebrochen waren. Der Sittenrichter, bereit, die moralisch Verkommenen zu ertappen, während er ängstlich darauf bedacht war, dabei nicht selbst ertappt zu werden; der Immobilienbesitzer, der sich widerrechtlich Zutritt zu dem verschafft, was er anderen vermietet hatte; der neugierige Gast, der mit ebenso neugierigem, hinter der nächsten Ecke lauernden Dienstpersonal rechnen muss: Das alles deutete Cecils Verhalten an. Als ich ihn erblickte, probierte er die Glastüren eines großen Schranks. Nachdem er sich vergewissert hatte, dass sie nicht verschlossen waren, ging er zum Kamin und sah sich dort im Raum um – ohne jedoch den Blick nach oben zu uns zu richten. Dann kehrte er zum Schrank zurück, öffnete ihn und wühlte darin herum. Es dauerte ungefähr eine Minute; nachdem er fertig war, schloss er die Türen, blickte erneut durch die Halle und ging in Richtung eines zweiten Schranks. Mir gefiel das alles ganz und gar nicht, und ich war erleichtert, als Appleby seinen Gang die Treppe hinunter fortsetzte.

Wir kamen unten bei Cecil an, als er gerade den Schrank geöffnet hatte. Es handelte sich um ein altes, geräumiges holländisches Möbelstück mit eisenbeschlagenen Holztüren. Auf den Regalbrettern standen einige große Tontöpfe, die mit einer Vielzahl primitiver gelber und brauner Zeichnungen verziert waren.

»Prädynastisch«, sagte Appleby – mehr oder weniger in Cecils Ohr.

Die Internatsjungen waren entschieden vor ihrer Zeit von ihrem Lauf zurückgekehrt. Cecils Zusammenzucken war ein kleiner Trost in dieser zutiefst erbärmlichen Situation. Leader hielt sein Notizbuch rituell vor den Bauch und wirkte, als wollte er jeden Augenblick eine Erklärung zum ungebührlichen Verhalten meines Cousins einfordern.

Cecil gab sich betont sachlich. »Genau. Zweifellos aus dem vierten Jahrtausend. Mr … ähm … Appleby. Solche Dinge sollten weggeschlossen werden.«

Cecil schob seine Brille auf die Nase und musterte Leader. Wenn ich mich recht erinnerte, war das die übliche Technik der Pädagogen, mit Jungen umzugehen, denen mit Vernunft im Moment nicht beizukommen war. Leader allerdings ließ sich davon nicht beeindrucken. »Weggeschlossen?«, sagte er. »Wir werden mehr wegschließen als einen Haufen heidnischer Töpfe.« Gierig leckte er an der Spitze seines Bleistifts.

Cecil runzelte die Stirn. »Eigentum muss bewahrt werden. Wir haben es zweifellos mit einem versuchten Diebstahl zu tun. Warum wäre sonst auf Wilfred geschossen worden? Und obwohl wir unsere Energien darauf verwenden sollten, herauszufinden, was gestohlen wurde – falls etwas gestohlen wurde –, unternimmt Basil nichts dergleichen. Basil gefällt sich in Verantwortungslosigkeit. Solche Fahrlässigkeit« – er deutete auf die Reihen mit den ägyptischen Gerätschaften – »ist eine moralische Schwäche. Wer den eigenen Besitz nicht achtet, neigt auch dazu, fremden Besitz nicht zu achten.« Und Cecil, sich der dialektischen Schwäche seiner Aussage dunkel bewusst, runzelte sehr streng die Stirn.

»Also sind Sie bemüht«, sagte Appleby, »Sir Basils moralischer Schwäche entgegenzuwirken?«

»Ich sehe mich um. Wenn etwas Wichtiges fehlen sollte, würde es mir wahrscheinlich auffallen.«

Das war, ging mir durch den Kopf, nicht ganz unglaubwürdig. Cecil war so. Dass sein Bruder in diesem Augenblick im Krankenhaus vielleicht sein Leben aushauchte, würde ihn nicht von der heiligen Aufgabe abhalten, das Eigentum zu bewahren – selbst Eigentum, das kurz davorstand, aufgeteilt zu werden, damit Raketen zum Mond geschossen werden konnten. Das steckte ganz tief in ihm. Und ich hatte eine fantastische Vision. Ich sah den in einem Glaskasten ausgestopften Cecil in einem zukünftigen Museum stehen als vorbildliches Exemplar des Akquisitorischen Menschen. Was mich absurderweise zu der Aussage veranlasste: »Der Guardi. Mr Appleby hat die größten Befürchtungen. Er scheint noch da zu sein – aber was, wenn er listigerweise gegen eine Kopie ausgetauscht wurde? Mr Appleby – der über ein wahres *omne scibile* verfügt – bezweifelt, dass Guardi jemals Wasser mit einer so ... äh ... breiten Pinselführung gemalt hat.«

Cecil sah mich argwöhnisch an. »Ausgetauscht? Man hört, dass so etwas gemacht wird. Bei Leonardos ›Mona Lisa‹ soll so etwas vorgekommen sein. Ein bemerkenswertes Bild.« Cecil nahm seine Brille wieder ab und wandte sich, nun mit wohlwollender Miene, an Leader. »Sie ist so alt«, sagte er, »wie das Gemäuer, in dem sie hängt.«

Als unsere Unterhaltung diesen Grad an Folgenlosigkeit erreichte, schaltete sich Appleby ein. »Dr. Foxcroft, würden Sie so gut sein und uns sagen, was Sie heute Abend um Viertel vor acht gemacht haben?«

Cecil schien sich nur unter Mühen von Leonardo da Vincis Meisterwerk losreißen zu können. »Um Viertel vor acht? Ich war in meinem Zimmer.«

»Wo haben Sie sich nach dem Tee überall aufgehalten?«

»Bis etwa halb sieben habe ich in der Bibliothek gelesen. Dann ging ich auf mein Zimmer und schrieb Briefe. Und gegen halb acht zog ich mich um. Ich ging erst nach unten, als in der Halle der Tumult zu hören war.«

»Nach halb sieben haben Sie Ihr Zimmer nicht mehr verlassen?«

»So ist es.«

Mit einem Mal war aus Cecil ein Musterzeuge geworden – präzise und kein Wort zu viel. Und noch während ich das dachte, hörte ich das Blättergeraschel von Leaders Notizbuch. »Dr. Foxcroft«, sagte er, »uns liegen gewisse Aussagen des Dienstpersonals vor.« Bedeutungsschwer hielt er inne; in seinem Gebaren unterschied er sich deutlich von Appleby. »Der Butler erzählt uns, dass er Ihnen um halb acht eine Nachricht aufs Zimmer bringen wollte. Er klopfte zweimal an, bekam keine Antwort und ging wieder. Wie erklären Sie sich das, Sir?«

In der sich anschließenden Pause sah ich zu Appleby. Er wirkte alles andere als erwartungsvoll. Wieder kam, kurz und präzise, Cecils Antwort. »Ich«, sagte er feierlich, »habe gebetet.«

»Gebetet«, wiederholte Leader finster und notierte sich das.

»Meditiert und gebetet«, ergänzte Cecil höflich. »Wie es zu dieser Stunde meine Gewohnheit ist.«

Es folgte ein leicht betretenes Schweigen. Darauf, dachte ich mir, war Lucy nie gekommen – eine neue Art von Alibi, das schwierig zu widerlegen war. Nicht dass Cecil, wenn es so weit kam, seine Heiligen in den Gerichtssaal vorlud …

Wir wurden durch die zurückschwingende Glastür zum Vestibül unterbrochen. Sir Mervyn Wale trat herein und schüttelte sich eine feine Schneeschicht vom pelzbesetzten Mantel. »Schnee … Nebel … schwerer Frost«, sagte er. »Eine fürchterliche Nacht für solche Abenteuer.« Er verstummte, sah zu Appleby und wandte sich an Cecil. »Ich bekam Badger zu fassen«, sagte er. »Er ist auch nicht mehr das, was er mal war.« Wale legte seinen Mantel ab und trat mit ihm an den offenen Kamin. »Nicht der Schatten seines früheren Selbst, der Arme.« Er breitete den Mantel über einen Stuhl. »Vor zehn Jahren konnte ihm keiner etwas vormachen.«

Cecils Gesichtszüge waren am Arbeiten; sie arrangierten sich zu einem Ausdruck gebotener Enttäuschung. »Wale, Sie meinen, dass Badger die Operation an Wilfred mit … nun ja … unzureichender Geschicklichkeit ausgeführt hat?«

»Papperlapapp!« Wie viele Modeärzte verfügte Wale über zwei Modi: charmant und brüsk. Das Brüske hatte jetzt die Oberhand. »Hab nie erlebt, dass so was besser gemacht worden wäre. Nur langsam. Sein Rekord, wissen Sie …« Als würde er sich seines ausschließlich aus Laien bestehenden Publikums entsinnen, verstummte er, wandte sich ab und wärmte sich die Hände am Feuer. »Zum Glück hatten wir Badger. Natürlich musste ihm gesagt werden, was zu tun ist. Er muss jetzt im Bett sein. Ich selbst bin darüber hinaus.« Er drehte sich um und streckte die vor Müdigkeit eingefallenen Schultern durch.

»Dann besteht Hoffnung, dass Wilfred überlebt?«

»Hoffnung? Aber sicher. Es war ernst, ja. Verteufeltes Glück, dass Badger unserem Aufruf gefolgt ist. Jedenfalls eine knappe Sache.«

Wale ging in Richtung Treppe – kompetent, alt, abgespannt, seltsam überhastet. Aber mein Blick verharrte bei Cecil. Es kam nicht oft vor, dass er anders als zufrieden mit sich und der von ihm verehrten Welt aussah. Ich habe angemerkt, dass er nicht fähig ist, scharfe Kritik oder Satire zu erkennen. Ich habe angemerkt, dass es ihm in brenzligen Situationen auf gefährliche Weise am Sinn für Gefahr mangelt … Dem war jetzt nicht so. Er sah Wale nach, konsterniert … besorgt … und unübersehbar entsetzt.

14

Wir waren wieder im Arbeitszimmer. Appleby hatte keine Bereitschaft gezeigt, Wale auf die Befragung anzusprechen, derentwegen wir Huberts Dachboden verlassen hatten. Noch hatte er irgendein Interesse für Cecil aufgebracht. Überhaupt schien sein Interesse für die Hausgesellschaft vorerst erloschen zu sein; Leader hatte in der Bibliothek allen verkündet, dass die polizeilichen Ermittlungen für die Nacht beendet seien.

»Sie gehen alle ins Bett«, sagte Leader, als er zurückkehrte. »Ich denke, wir sollten …«

»Leader« – Appleby sah auf – »haben Sie sich dieses Buch notiert?«

»Buch?« Leader war verwirrt.

Appleby wandte sich an mich. »Das Buch, das Dr. Foxcroft gerade liest. Sagten Sie nicht, es sei Laws *Ernster Aufruf*?«

»Ja. Cecil hat es verlegt. Aber ich verstehe nicht …«

»Das Gespräch mit Wale in der Eingangshalle. Würden Sie mir zustimmen, dass Dr. Foxcroft gegen Ende der Unterhaltung recht beunruhigt wirkte?«

»Beunruhigt?«, sagte ich ungeduldig. »Cecil war zu Tode erschreckt.«

Appleby nickte. »Ihre Formulierung entspricht zweifellos dem, was Sir Basil Klartext nennt. Zu Tode erschreckt. Haben Sie irgendeine Meinung dazu?«

Ich zögerte. »Ich sage es nicht gern, aber Wales Aussage, dass Wilfred wahrscheinlich genesen wird, scheint Cecil erschreckt zu haben.«

»Genau«, unterbrach Leader lebhafter, als er sich bislang gegeben hatte. »Da müssen wir einen näheren Blick drauf werfen.«

»Wir müssen«, sagte Appleby, »einen näheren Blick auf Folgendes werfen.« Kurz hielt er inne und rief sich den genauen Wortlaut ins Gedächtnis. »›Hoffnung? Aber sicher. Es war ernst, ja. Verteufeltes Glück, dass Badger unserem Aufruf gefolgt ist. Jedenfalls eine knappe Sache.‹«

Wir starrten ihn an.

»Sie verstehen? ›Es war *ernst*, ja. Verteufeltes Glück, dass Badger unserem *Aufruf* gefolgt ist.‹ Offensichtlicher geht es doch kaum.«

»Sie meinen« – ich musste nach Worten suchen – »Wale hat eine versteckte Anspielung auf Laws Buch angebracht? Das ist doch völlig verrückt. Außerdem hätte Cecil so etwas nie registriert. Er hat für so etwas schlichtweg kein Ohr.«

Appleby schüttelte den Kopf. »Nichts davon. Ich will keineswegs andeuten, dass Dr. Foxcroft etwas *bewusst* wahrgenommen hat. Wale benutzt – rein zufällig und leicht verändert – die beiden Bestandteile des Buchtitels *Ernster Aufruf*. Und das löst tief in Dr. Foxcrofts Unbewusstem etwas aus. Wale und der *Ernste Aufruf* werden zufällig zusammengeführt. Und für Dr. Foxcroft ist das gleichbedeutend mit Gefahr. Sie wissen, so funktioniert der Verstand.«

Ich war mir sehr wohl bewusst, dass der Verstand so funktioniert. Und obwohl ich Applebys Gedankengang für verrückt hielt, betrachtete ich den Detective Inspector mit neuem Respekt. Offenkundig entging ihm kein einziges Wort, das in seiner Umgebung geäußert wurde. Ich sah auf meine Uhr. »Wirklich«, sagte ich, »über diesen Gedanken ließe sich sehr gut eine Nacht schlafen.«

Appleby nickte. »Ja, und genau das wird Leader jetzt

auch tun. Aber ich dachte, Sie und ich könnten noch einen kleinen Spaziergang unternehmen.«

Ich musste vor ihm gestanden haben wie das Kaninchen vor der Schlange. »Einen Spaziergang?«

»Von der nächtlichen Sorte, zu dem Sie in der Priorei doch so gern aufbrechen. Leader, ich werde am Morgen wieder hier sein. Und ich vertraue darauf, dass Sie mich offiziell zu dem Fall hinzuziehen. Er interessiert mich zunehmend.«

Die Tür schloss sich hinter dem abtretenden Inspector Leader. »Mir ist selten jemand begegnet«, sagte ich, »dessen Name weniger angemessen wäre.«

Appleby lächelte. »*Dux a non educando.*«

Das Latein war schlecht und unser kleiner Witz nicht sehr viel besser. Aber es schuf eine kameradschaftliche Atmosphäre. Appleby stopfte wieder seine Pfeife; ich ging an den Schreibtisch und betrachtete gedankenverloren Wilfreds Brief über Margins. »Wenn mein Cousin sich wieder erholt«, sagte ich, »oder sich so weit erholt hat, dass er reden kann, wird sich die Sache vermutlich von allein lösen.«

»Das bezweifle ich. Wenn jemand am Fenster auftauchte, als die Vorhänge so waren, wie Sir Basil sie zurückgelassen hat – ein gutes Stück auseinander –, dürfte Wilfred Foxcroft seinen Angreifer gesehen haben. Waren die Vorhänge aber wie jetzt fast zugezogen und der Schuss wurde durch den schmalen Spalt abgegeben, dürfte er nicht viel gesehen haben und damit nicht mehr wissen als wir auch. Wenn nicht sogar weniger.«

»Das«, sagte ich, »sollte äußerst unwahrscheinlich sein.«

Es war eine Schlussbemerkung, die von Appleby auch als solche erkannt wurde. »Jedenfalls scheinen wir sehr wenig zu wissen. Es handelt sich um einen ungewöhnlich undurchsichtigen Fall. Der Schuss kann von jedem beliebigen Anwesenden abgegeben worden sein. Das ist oft so. Aber er könnte auch *auf* jeden der hier Anwesenden abgefeuert worden sein. Wer wollte wen erschießen? Wir haben es also mit zwei Unbekannten zu tun.« Er ging in Richtung Tür. »Der Anstand gebietet es, sich hier nicht länger aufzuhalten. Aber ich würde gern noch diesen letzten Ausflug unternehmen.«

Ich folgte ihm hinaus ins Vestibül; wir zogen uns Mäntel an; ich fand eine Taschenlampe. Draußen schneite es leicht. Einige Augenblicke standen wir unter dem Verandadach und sahen den Flocken zu, die vor dem Hintergrund der Dunkelheit herumwirbelten. Dann gingen wir auf der Terrasse zur Arbeitszimmertür. Unter unseren Füßen lagen breite, frisch mit Schnee gepuderte Steinplatten. Appleby inspizierte sie eindringlich. Schließlich richtete er sich auf und wandte sich zum Haus. Ich fuhr zusammen, als mir die von ihm eingenommene Körperhaltung sehr bekannt vorkam. Er stand reglos an der Balustrade der Terrasse; direkt vor ihm ein dünner Lichtstreifen, der von der noch immer brennenden Stehlampe im Arbeitszimmer herrührte. »Die Oberleitung der Tram«, sagte er, »hat Funken geschlagen, und hier stand Ihr Mann.« Er wischte den Schnee von der Balustrade, setzte sich auf die breite Fläche und drehte sich so weit um, dass er zum Garten sehen konnte. »Und dort« – der Lichtstrahl der Taschenlampe schnitt durch die Dunkelheit – »ist Ihr Seerosenteich. Sie sehen den Mann, aber kaum das Fenster. Zu diesem Zeitpunkt war es etwa zwanzig nach sieben. Sir Basil saß noch an seinem Schreibtisch; die Vorhänge waren weit aufgezogen. Ihr Mann konnte ihn daher klar und deutlich sehen. Aber er selbst wäre von drinnen nicht zu erkennen gewesen. Oder wenn, dann als nicht zu identifizierende Silhouette. Zwanzig nach sieben. Bis halb acht, als Sir Basil die Bibliothek verließ, ist aber nichts passiert. Warum das Warten?«

»Offensichtlich war Basil nicht das vorgesehene Opfer.«

»Sehr gut. Ihr Cousin Wilfred betritt das Zimmer, geht zu den Vorhängen und zieht sie fast zu.« Appleby hielt inne. »Das konnte er kaum tun, ohne Ihrem Mann draußen seine Identität preiszugeben – vorausgesetzt, Ihr Mann …« Wieder stockte er. »Vorausgesetzt, Ihr Mann war zu diesem Zeitpunkt noch da.«

»Wir wissen nicht, ob Wilfred die Vorhänge zugezogen hat. Es könnte auch der Täter nach dem Schuss getan haben. Wilfred hätte einfach Platz nehmen und seinen Brief beginnen können.«

»In diesem Fall«, sagte Appleby, »hätte der Täter auch gewusst, auf wen er schießt. Nur wenn er durch den schmalen Spalt feuert, kann man berechtigterweise annehmen, dass er einem Irrtum erlegen ist. Versuchen Sie es.«

»Es versuchen?«

»Ich gehe wieder rein. Schießen Sie auf mich durch den Spalt.«

Schon war er fort. Was er als Ausflug bezeichnet hatte, war nichts anderes als eine Rekonstruktion des Verbrechens. Erneut war ich äußerst verärgert über die unaufrichtige Vorgehensweise des jungen Mannes. Ich hatte keinerlei Lust, so zu tun, als würde ich Wilfred Foxcroft erschießen.

»Hier bin ich.« Applebys Stimme war leise hinter den Vorhängen zu vernehmen. »Ich sitze am Schreibtisch und habe den Brief vor mir. Los, feuern Sie.«

Unsicher trat ich durch die Terrassentür und spähte durch den Spalt zwischen den Vorhängen.

»Wen erkennen Sie?«

»Den jungen Mann, den Basil zum Abendessen gebeten hat. Aber nur bei genauerem Hinsehen. Wäre ich mir *a priori* sicher, dass Sie jemand anderes sind …«

»Genau. Nur durch den Spalt ist es möglich, dass man sich irrt. Und jetzt so.«

Die Vorhänge vor mir wurden fast einen halben Meter weit aufgezogen – so plötzlich, dass ich zusammenfuhr. Appleby kehrte zum Schreibtisch zurück. »Wen erkennen Sie jetzt?«

»Appleby, ohne Frage.«

»Sehr gut. Halten wir uns an Ihren Unbekannten. Er ist hier draußen, die Vorhänge sind aufgezogen, er kann erkennen, dass Sir Basil am Schreibtisch sitzt. Er wartet. Sir Basil geht. Wilfred Foxcroft kommt. Hätte Wilfred Foxcroft die Vorhänge zugezogen, wäre er dabei erkannt worden. Wenn der Schuss also von Ihrem Unbekannten stammt, dann war Wilfred das beabsichtigte Opfer. Denn nur wenn der Täter auftaucht, *nachdem* Wilfred die Vorhänge zugezogen hat, ist es möglich, dass er irrtümlich auf den Falschen schießt. Stimmen Sie mir zu?«

Ich stimmte ihm zu. In meinem Kopf drehte sich alles.

»Aber auch das ist nicht ganz wasserdicht. Diese Vermutungen haben nur Bestand, wenn Ihr Unbekannter *ununterbrochen* alles beobachtet hat. Wie wäre es also damit? Der Unbekannte kommt auf die Terrasse, späht durch die offenen Vorhänge und sieht Sir Basil bei der Arbeit. Das ist seine Chance. Aber er hat keine Waffe bei sich. Er eilt davon, um sich eine zu besorgen. Und während er fort ist, verlässt Basil den Raum, und Wilfred kommt und zieht die Vorhänge zu. Der Unbekannte kehrt mit seiner Waffe zurück. Er geht davon aus, dass Sir Basil die Vorhänge zugezogen hat und immer noch derjenige ist, den er am Schreibtisch sitzen sieht. Er feuert. Was halten Sie davon?«

»Ich denke«, sagte ich bedächtig, »damit sind Sie wieder da, wo Sie angefangen haben.«

Appleby runzelte die Stirn. »Ich bin damit bei Folgendem: Angenommen, der Schuss wurde von Ihrem Unbekannten abgegeben. Angenommen, er dachte, er würde auf Sir Basil schießen. Angenommen, er entfernte sich, wie von mir vorgeschlagen, um sich eine Waffe zu holen, womit ihm entging, dass Wilfred Foxcroft Sir Basils Platz eingenommen hatte. Konnte es so lange gedauert haben, die Waffe zu holen? Ihr Unbekannter beobachtet gegen zwanzig nach sieben Sir Basil. Wilfred Foxcroft betritt nicht vor halb acht das Arbeitszimmer und hat dann noch Zeit, einen beträchtlichen Teil seines Briefs zu verfassen. Der Schuss konnte kaum vor zwanzig vor acht abgegeben worden sein. Warum hat der Unbekannte so lange gebraucht, um eine Waffe zu holen?«

»Weil er sich vielleicht eine vom Schießstand besorgt hat. Dazu müsste er einen guten Teil des Parks durchqueren.«

»Sie selbst waren in diese Richtung unterwegs?«

»Ja«, sagte ich. Und fügte schnell an: »Aber ich habe keine Waffe geholt.«

Appleby ging auf meine Nervosität nicht ein. »Wie lange würde das dauern?«

»Das kann ich nicht genau sagen.«

»Dann muss die Zeit gemessen werden. In der Dunkelheit, und mit jemandem, der den Weg kennt. Haben Sie was dagegen?«

Mittlerweile war mir klar, dass Appleby der Vorstellung, nach Hause zu gehen und sich schlafen zu legen, nicht viel abgewinnen konnte. »Gut«, sagte ich. »Kommen Sie.«

Wir gingen die Stufen hinunter und dann durch den knirschenden Schnee. Cudbirds Flasche leuchtete und funkelte hinter den Ruinen; jenseits der hohen Parkmauer brannten noch die Straßenlaternen; ansonsten herrschte Dunkelheit. Schweigend durchquerten wir den Garten; wir waren schon weit im Park, als Appleby das Wort ergriff: »Ich denke, wir werden Gesellschaft haben.«

Ich hatte seine Worte nur halb verstanden. In Gedanken war ich noch oben auf der Terrasse und ging noch einmal durch, was ich wusste. »Gesellschaft?«, fragte ich einfältig.

Der Strahl der Taschenlampe strich flackernd über den Schnee vor uns. »Jemand hat sich vor nicht allzu langer Zeit ebenfalls auf diese Expedition begeben. Eine Frau. Und ich glaube – ja, jemand anderes ist ihr gefolgt.«

Nichts ist so wunderbar, als Spuren im Schnee zu lesen. Aber ich war angespannt und nahm Appleby mit einem Mal so wahr, wie Geoffrey ihn bezeichnet hatte: als einen von der Leine gelassenen Bluthund. Und ich selbst trottete neben ihm her.

»Ich meine, sagen zu wollen« – die Worte entfuhren mir plötzlich – »dass mir das alles hier nicht gefällt. Ich glaube nicht an die Gerechtigkeit. So oft müssen wir jemanden für eine Tat bestrafen, die ein anderer ersonnen hat.«

Der Schnee fiel mir weich ins Gesicht; mir war sehr bewusst, wie absurd es war, solche obskuren philosophischen Betrachtungen von mir zu geben. Aber Appleby war interessiert. »Gerechtigkeit?«, sagte er. »Nein, daran glaube ich ganz und gar nicht. Passen Sie auf die Äste auf.«

Ich duckte mich; unsichtbare Zweige streiften meine Wange. »Aber in dem Fall …«

»Ich glaube an die Ungerechtigkeit. Dass wir ständig in Gefahr sind, eine zu begehen. Und nicht nur im Gerichtssaal. Nehmen Sie diesen Schuss.« Seine Stimme kam ruhig aus der Dunkelheit. »Leader macht sich nicht viel daraus. Ein seltsamer, hässlicher Vorfall, der sich an Weihnachten in Belrive ereignet hat: So würden ihn alle für den Rest ihres Lebens sehen. Ein Familienschrank, vollgestopft mit grundlosen Verdächtigungen. Es wäre also sehr viel besser, wenn die Sache aufgeklärt würde.«

»Und Sie meinen, Sie sind dazu in der Lage?«

»O ja. Ich habe auch schon den Schlüssel dazu.«

Es war außergewöhnlich kalt im Park. Aber es war wohl die Aufregung, die mich in diesem Moment frösteln ließ. »Sie haben den Schlüssel!«, rief ich.

»Nein.« Plötzlich klang Appleby eilfertig. »Ich drücke mich schlecht aus. Ich weiß, wo der Schlüssel ist. Wie der Wasserkessel am Meeresgrund. Er ist nicht richtig verloren.« Er lachte reumütig. »Wale sagte etwas, was mich auf die Spur gebracht hat. Oder fast darauf gebracht hat. Wie auch immer, es ist jetzt wieder fort.«

Ich musste an Applebys seltsame Theorie über den *Ernsten Aufruf* denken. »Wale scheint ungewöhnlich kommunikativ gewesen zu sein«, sagte ich.

Wieder lachte Appleby. »Unwillkürlich, ja. *Schnee … Nebel.* Das hat er gesagt. Was mir ein Gedicht ins Gedächtnis gerufen hat.«

»Ein Gedicht!«, entfuhr es mir – und ich fragte mich, ob Appleby geistig nicht ebenso erschöpft war wie ich. »Er sprach von Schnee und Nebel, und ich dachte ›*Gedicht*‹, und der Schlüssel hat sich im Schloss gedreht. Können Sie mir mit einigen Vorschlägen dienen?«

Cudbirds Pokal füllte sich, und ich erhaschte einen kurzen Blick auf das Gesicht meines Begleiters. Er war in Gedanken versunken. Seine Frage schien wirklich ernst gemeint. Schweigend gingen wir weiter.

»Wie«, fragte ich nach einer Weile, »wäre es damit?

Verriegle und verrammle die Fenster,
Denn die üblen Winde wehen …«

»Klingt vielversprechend.«

»Verriegle und verrammle die Fenster,
Denn die üblen Winde wehen:
Unser Geist, heut Abend glänzt er,
Und, soweit ich seh,
Ist alles um uns her
So verrückt wie Nebel und Schnee.«

»Nein«, sagte Appleby entschieden. »Das nicht. Etwas, was bekannter ist.«

Schweigend stapften wir weiter. Die englische Lyrik nach Nebel und Schnee zu durchforsten, erschien mir nicht unbedingt eine vielversprechende Polizeimethode zur Aufklärung eines rätselhaften Falls zu sein. Applebys Gedanken aber mussten weiterhin um das seltsame Problem kreisen. »Viel Nebel«, sagte er schließlich, »in den Versen, und viel Schnee. Aber so etwas kann nicht oft zusammen auftreten … Seit sieben Minuten sind wir nun unterwegs. Sind wir nicht bald …«

Ich spürte seine Hand auf meinen Arm, dann waren wir in Dunkelheit; er hatte die Taschenlampe ausgestellt. Instinktiv blieb ich stehen. Irgendwo direkt vor uns, im Schatten der Ruinen, war ein scharfes metallisches Geräusch zu hören gewesen. Es wiederholte sich einmal. Dann Stille.

Eine halbe Minute standen wir regungslos, Applebys Hand immer noch auf meinem Arm. Dann, unendlich vorsichtig, schlich mein Gefährte auf Zehenspitzen weiter. Wie von einer unwiderstehlichen Kraft getrieben, tat ich es ihm nach. Wieder einmal spionierten wir jemandem hinterher.

15

Ich sehe, ich habe wie geplant die Mitte meiner Erzählung erreicht. Und als provisorische Raststätte eignet sich die Szene in den Ruinen ganz wunderbar. Sie hat ein dramatisches Element an sich, ohne den Anschein eines ungelegenen Höhepunkts zu erwecken; sie spielt in einer wunderbaren Kulisse; in gewissem Sinn führt sie zu dem tatsächlich noch folgenden Höhepunkt hin. Wäre mir daran gelegen – was ganz und gar nicht der Fall ist –, mein Material kunstbeflissen auszubreiten, hätte ich diese obskure Episode vermutlich genau dorthin gestellt, wo sie jetzt steht.

Es kam für mich überraschend. Appleby hatte angemerkt, wir würden Gesellschaft bekommen, ohne damit allerdings Erwartungen bei mir geweckt zu haben. Ich war müde; ich befand mich in diesem halb wachen Zustand, den die Psychologen hypnagogisch nennen; vor allem aber hatte ich während des Dahinstapfens eine Reihe von Bildern vor meinem inneren Auge, die sich durch ungewöhnliche Lebendigkeit auszeichneten. Was ich vor mir sah, als wir inmitten der trägen Ebbe und Flut von Cudbirds Flasche den Ruinen näher kamen, war die Terrassentür zu Basils Arbeitszimmer, deren Vorhänge sich teilten und schlossen, als markierten sie die Pausen in einem rätselhaften Theaterstück. Ähnlich undiszipliniert verhielt sich ein anderer, verbaler Bestandteil meines Verstands. Die Jagd nach Nebel und Schnee hatte die Erinnerung an die Jagd nach Shakespeares Glocken wachgerufen, die Lucy am vergangenen Nachmittag angeregt hatte; Zitatfetzen geisterten mir durch den Kopf; ich befand mich, was die Welt um mich herum betraf, im kümmerlichsten Zustand der Wachsamkeit. In dieser Zerstreutheit spürte ich Applebys Griff an meinem Arm; hörte ich das wiederholte metallische Klappern zwischen den Ruinen. Aus ihr wurde ich durch eine Stimme – der von Geoffrey Roper – herausgerissen, der in der Dunkelheit sagte: »Auf frischer Tat ertappt!«

Wir hatten uns verstohlen einige Schritte vorwärtsbewegt. Jetzt standen wir wieder. Geoffreys Worte waren aus Richtung des Schießstands gekommen; das konnte ich sagen, auch wenn die Flasche jetzt erloschen war und vollkommene Dunkelheit herrschte. Und ich wusste, dass er mit Anne redete. Die Worte waren unvermittelt, fast mit einer gewissen Heftigkeit hervorgestoßen worden. Dennoch schwang ein Ton mit, den sich Geoffrey ausschließlich für Anne vorbehielt.

Ein Flackern in der Dunkelheit. Eine Zinne, ein Stützpfeiler, eine Reihe von Stützpfeilern nahmen hoch über uns Gestalt an; giftig grünes Licht glühte hinter einem eingefallenen Obergadenfenster, als wäre dieses das geöffnete Auge eines riesigen nächtlichen Wesens.

Cudbirds Bier ist das Beste. Der fahl-grüne Lichtschein erblasste unter einer krapproten Lichterflut; die Ruinen hätten zu Burgons Petra gehören können – eine rosafarbene Stadt, halb so alt wie die Zeit. Das Licht lief die Wand des Laien-Dormitoriums hinunter. Davor stand eine schlanke Gestalt, die ich sofort als Anne erkannte. »Warum dieser Auftritt« – wieder Geoffrey – »als Frau in Weiß?«

»Und warum dieser Auftritt als Spion in Schwarz?«

Wie zur Krönung der schlagfertigen Antwort neigte sich die unsichtbare Flasche, und die Ruinen lösten sich in einem

Wirbel kreisender Schatten auf. Dann kam das Bier. Eine schnell anschwellende Bernsteinflut erhellte mit einem Mal die Szene und legte eine sanft-goldene Patina darüber; Anne in einem langen weißen Umhang und Geoffrey in seinem Smoking wurden sichtbar, sie standen sich vor dem Holzspind gegenüber, der als Waffenkammer des Schießstands diente. Eine dramatische Szene. Appleby und ich – unerwartetes Publikum – betrachteten sie über den Orchestergraben aus eingefallenem Mauerwerk und Schnee hinweg.

»Wenn du mir schon nachschleichen musst«, sagte Anne, »dann solltest du wenigstens einen Mantel anziehen. Sonst bist du auf dem besten Weg, nicht mich einzufangen, sondern dir eine Erkältung.«

»Was machst du mit der Waffe?«

Ich wollte mich von Appleby losreißen und mich zu erkennen geben; aber im gleichen Moment erlosch die große Flasche, und die Szene war in der Dunkelheit verschwunden. Die Finsternis – eine Finsternis aus Schatten und sich verschiebenden violetten Halbschatten – ließ mich innehalten, und ich hörte Anne sagen: »Warum wurde auf Wilfred so nachlässig geschossen?«

»Ja, Anne. In der Tat, warum?«

»Ich könnte raten.«

»Ich könnte raten.«

Über uns flackerte es wieder giftig grün. Schockiert nahm ich zur Kenntnis, dass die jungen Leute auch während einer vertraulichen Unterhaltung nicht von ihrem affektierten Geplänkel lassen konnten – und in einer Unterhaltung über ein Thema, bei dem dieses Geplänkel ganz sicher fehl am Platz war.

»Wir könnten raten.« Aus Rot wurde Bernstein; sie standen vor uns mit der golden-beleuchteten Priorei im Hintergrund – zwei heutige Figuren, die in eine Komposition von Claude geraten waren.

»Das könnten auch andere.«

»Das könnten auch andere – genau das ist der Punkt.«

»Das ist der Punkt.« Das Licht verblasste während ihres unerwarteten Lachens. »Trotzdem, was willst du mit dieser Waffe?«

»Bis zum Frühstück darfst du raten.«

»Und ist Cecil ein Lügner?«

»Bis zum Frühstück darfst du raten.«

»Also zu Bett.«

»In die Betten.«

Grün … rosa … bernsteinfarben. Dann erloschen die Lichter.

»Wir haben fast neun Minuten gebraucht«, sagte Appleby. »Aber wer hätte damit gerechnet, dass wir am Schluss noch so reich belohnt würden?«

»Ich muss sagen, es gefällt mir ganz und gar nicht …«

»Aber ich habe alles belauscht und bin, ganz im Gegenteil, sehr zufrieden. Also zu Bett.« Appleby lachte leise. »Oder, wie Miss Anne so präzise sagte, in die Betten.«

»Ich hoffe«, sagte ich, »dass Sie aus dem, was Sie gehört haben, etwas zu machen wissen.« Es ärgerte mich ein wenig, wie ungerührt Appleby unser unrühmliches Benehmen abtat.

Wir gingen zum Spind, vor dem Geoffrey und Anne sich unterhalten hatten. »Ich gebe zu«, sagte Appleby, »ihre Worte bedürfen ein wenig der Interpretation. Aber ich zweifle nicht, dass Sie dazu in der Lage sind.« Er blieb stehen und ließ die Taschenlampe aufblitzen. »Abgesperrt, wie es sein sollte. Die junge Frau kam mit einem Schlüssel und legte im

Schutz der Dunkelheit den Revolver zurück an seinen Platz. Der junge Mann folgte ihr. Man könnte den Ausflug als ein Unterfangen sehen, durch das jemand seine Schuld offenbart. Mir scheint aber, es drückt sich darin lediglich eine bislang verborgene Empfindung für das Melodram aus. Wie die beiden schon sagten: Frau in Weiß und Spion in Schwarz.«

Wir gingen auf dem gleichen Weg durch den Park zurück, den wir gekommen waren. Ein leichter Wind blies uns jetzt den Schnee ins Gesicht. Im Grunde wollte ich Appleby vom Anwesen haben und ins Bett schlüpfen. Dennoch konnte ich nicht widerstehen, die Debatte fortzusetzen. »Anne hatte vorgehabt, den Revolver oben in der Galerie abzufeuern – ein Plan, gegen den Basil sein Veto einlegte. Vielleicht brachte sie den Revolver zum Haus, was sie nach dem Schuss aber in Verlegenheit stürzte. Die Art und Weise, wie sie ihn zurückbrachte, hatte in der Tat, wie Sie sagten, etwas Melodramatisches an sich.«

»Sie und Geoffrey Roper haben sich, wenn ich es richtig auffasse, nicht gegenseitig beschuldigt; ihre Unterhaltung war eine Art Vorwegnahme möglicher Anschuldigungen von dritter Seite. Und sie sagten mehr, als auf Anhieb deutlich wird.«

»Die beiden haben«, sagte ich, »eine sehr verkünstelte Art zu reden.«

»Zweifellos. Aber – wissen Sie? – sie erinnern mich ein wenig an die Figuren in Ihren Büchern.«

Ich sagte nichts. Diese Feststellung gefiel mir nun ganz und gar nicht.

»Was für die beiden ein Kompliment ist, natürlich. Sie können diese Wortspielereien nur betreiben, weil sie sich ihrer selbst und der Welt um sich herum in höchstem Maße bewusst sind. Wahrscheinlich haben sie ein eingehendes Verständnis, was die einzelnen Möglichkeiten dieses Schusses anbelangt – wie dieses oder jenes ins Werk gesetzt wurde. Und sicherlich sind sie zum Kern des Rätsels vorgedrungen.«

»Vielleicht«, sagte ich, »kommen sie im Nebel und Schnee besser zurecht als wir.«

Appleby lachte auf. »Das, wie Sie sehr gut wissen, liegt nur daran, dass mir eine Assoziation abhandengekommen ist.« Dann wurde er wieder ernst. »Ich sagte, sie sind der Sache auf den Grund gekommen.«

Wir schwiegen, die Taschenlampe suchte unseren Weg. Hinter uns hatte sich Cudbirds Flasche in die Nacht verabschiedet; jetzt, nachdem der Schnee vor uns nicht mehr in flackerndes Licht getaucht wurde, fühlte sich die Luft kälter an als zuvor.

»Kann ich raus«, fragte Appleby, »ohne zum Haus zurückkehren zu müssen?«

Ich sagte ihm, dass es eine Art Schleichpforte gebe, durch die er zur Hauptstraße komme; wir bogen von unserem Pfad ab und fanden sie ohne Probleme. »Ein Sicherheitsschloss«, sagte Appleby. »Aber nicht abgesperrt. Nachts könnte also jeder in den Park?«

»Sie werden feststellen, dass die Pforte, obwohl die Tramlinie ganz in der Nähe ist, am Ende einer kleinen Sackgasse liegt. Da ist so wenig los, dass sich niemand die Mühe macht, dort abzusperren. Halten Sie sich rechts, dann gelangen Sie auf die Hauptstraße und befinden sich gleich gegenüber von Cambrells Fabrik.«

Appleby legte die Hand auf den Riegel. »Wie einfach«, sagte er, »für Cambrell, hier reinzuschlüpfen und jeden gewünschten Schuss abzufeuern.«

»Zweifellos.« Ich war überrascht, wie beiläufig Appleby diesen Verdacht aussprach.

»Nun, ich muss los.« Er öffnete die Tür. »Übrigens, ist Cecil wirklich ein Lügner?«

Dieser hübsch ersonnene Themenwechsel verfehlte seine Wirkung nicht; die Taschenlampe in meiner Hand vollführte einen Ruck.

»Geoffrey Roper hat diese Frage gestellt. Ist Cecil ein Lügner? Und vielleicht können Sie hier mit Ihrer Interpretation ansetzen. Worauf bezieht er sich?«

Ich zögerte. Ich hatte bislang davon abgesehen, mich mit Appleby darüber auszutauschen. Und hatte auch jetzt, in der frostigen Umgebung, sicherlich wenig Lust dazu. Aber ich sah auch – ungeachtet meiner eigenen Überzeugungen –, dass Appleby es für seine Ermittlungen nicht als irrelevant erachtete. Was bedeutete, dass er früher oder später selbst darauf kommen würde. »Ich denke«, sagte ich, »ich könnte mal raten.«

Appleby erwiderte nichts. Aber er schloss die Tür. Ich hatte die Taschenlampe ausgeschaltet. Als befänden wir uns in einer für den Zweck einer Beichte eingerichteten Dunkelheit.

»Wie Sie wissen, ist Wilfred Annes Vormund; ursprünglich war er Mit-Vormund neben meinem Vater. Er galt schon immer als der Geschäftsmann in der Familie. Aber natürlich war er anfangs für die Aufgabe des Vormunds ein wenig zu jung gewesen, um sie allein zu übernehmen.«

»Verstehe.«

»Als mein Vater starb, wurden keine weiteren Vorkehrungen getroffen. Anne hatte keinerlei eigenes Vermögen; ihre Zukunft lag ausschließlich im Ermessen ihres noch verbliebenen wohlhabenden Vormunds.«

»So viel habe ich mir zusammengereimt.«

»Es gibt dazu wirklich nichts außer Cecils Tratsch. Cecil, fürchte ich, steht seinem Bruder Wilfred nicht wohlgesonnen gegenüber. Letzten Abend unternahm er mit mir einen Spaziergang hier im Park und vertraute mir an, dass er Wilfreds Beziehung zu Anne – oder zumindest dessen Absichten ihr gegenüber – als unangemessen betrachtet.«

»Das, nehme ich an, schließt nicht den Wunsch aufseiten Wilfreds ein, sein junges Mündel zu heiraten?«

»Cecil versicherte mir, dass Wilfred ein eingefleischter Junggeselle sei.«

Ich glaubte so etwas wie ein Seufzen von Appleby zu hören. »Nun aber wird jemand erschossen«, sagte er, »und dann kommen solche Dinge zur Sprache. Wie ist Ihre Meinung dazu?«

Ich zögerte. »Anne ist immer voll des Spotts. Ein- oder zweimal hat sie jedoch angedeutet, dass Wilfred sie mit unerwünschten Gefühlen belaste. Aber auch ein höchst anständiger Vormund hegt vielleicht eine gewisse Eifersucht auf den Verehrer seines Mündels. Und wenn Mündel und Verehrer meinen, ihnen stünde eine Art Abfindung von seiner Seite aus zu, kann es leicht zu Spannungen kommen. Und dass Cecil die sich daraus ergebende Situation falsch auffasst, ist gut vorstellbar.«

»Weshalb Anne Geoffrey erzählt, dass Cecil ein Lügner sei.«

»Ja. Es ist nicht angenehm, das alles erklären zu müssen.«

»Ich danke Ihnen für Ihre Offenheit. Gute Nacht.«

Er war verschwunden. Auf dem Rückweg ins Haus fragte ich mich unwillkürlich, ob ich nicht einen leisen Spott in seiner Stimme gehört hatte.

16

Das Frühstück am nächsten Morgen begann ungewöhnlich pünktlich. Es war eher unwahrscheinlich, dass dies an unserem gesunden Schlaf lag: Die meisten von uns zeigten Anzeichen einer gegenteiligen Erfahrung. Auch am Appetit mangelte es offensichtlich. Neugier war das Motiv, das die Hausgesellschaft so zeitig zu Basils Eiern mit Schinken geführt hatte. Und im Mittelpunkt dieser Neugier stand ich.

Appleby hatte sich alles ausgedacht, wie ich jetzt sehe. Mit der Begründung, ich würde über eine mehr als gewöhnliche Einsicht in die Natur des Menschen verfügen, hatte er mich als seinen Assistenten angeworben. Im Grunde benutzte er mich jedoch als eine Art langstieligen Löffel, mit dem er die menschlichen Bestandteile des Problems rigoros aufrührte.

Seiner Wahl fehlt es nicht an Kunstsinn. Bei Menschen wie mir – eher spitzfindigen Arbeitern der Einbildungskraft – vermischt sich üblicherweise Bescheidenheit mit Befähigung. Wir neigen dazu, in der Ecke zu sitzen, und haben das Gefühl, eingedenk unserer Talente stünde uns mehr Aufmerksamkeit zu, als wir tatsächlich erhalten. Nicht zufrieden mit dem Wissen, ein ansehnliches Vermögen auf der Bank liegen zu haben, juckt es uns in den Fingern, mit dem Kleingeld in den Hosentaschen zu klimpern. Um Aufmerksamkeit zu erheischen, nicht für das, was letztes Jahr gedruckt wurde, sondern für das, was wir jetzt sagen und denken: Damit und dafür plustern wir uns auf. Ich fürchte, ich plusterte mich mehr auf, als klug gewesen wäre.

Hubert Roper war der Erste, der nun etwas sagte. »Cecil, deine Gesichtsfarbe hat sich ja verändert«, monierte er.

Geoffrey sah von seinem Porridge auf. »Wie interessant! Da schimmern tatsächlich grünliche Töne durch. Was mich an den zweifelhaften Vermeer in Brüssel denken lässt.«

Sicherlich, Cecil war blass geworden, auch wenn ein ungeschultes Auge die Grüntöne auf Treu und Glauben nehmen musste. Er zerkrümelte eine Toastscheibe, würgte einen Schluck Kaffee hinunter und war ein ganz anderer Cecil als jener am Vortag, der sich mit Gusto die gebratene Ente einverleibt hatte. Ob er auf die Sticheleien etwas zu erwidern hatte, blieb unbekannt, denn Hubert wandte sich schon an seine Schwester Lucy. »Du siehst mir ebenfalls sehr farblos aus, meine Liebe. Zweifellos liegt das an diesen lästigen Polizisten, die sich über sämtliche Prinzipien ihrer Zunft hinwegsetzen. Befragen die Schnüffler in deinen Romanen nicht alle und jeden am Tatort? Aber außer für Arthur und ein kurzes Wort mit Basil haben die Burschen letzten Abend keinerlei Interesse für irgendeinen von uns gezeigt.«

»Ein völlig falscher Eindruck.« Es platzte so überraschend aus mir heraus, dass sich alle zu mir hindrehten. Hubert Roper war jemand, dem ich noch nie tiefer gehende Gefühle entgegengebracht hatte, weder der Zuneigung noch der Ablehnung; in diesem Augenblick aber fühlte ich mich durch ihn provoziert. »Basils neuer Freund Appleby ist ein äußerst hartnäckiger junger Mann und bringt uns allen höchstes Interesse entgegen. Dein Atelier, Hubert, hat es ihm besonders angetan.«

»Mein Atelier! Was zum Teufel soll das heißen?«

»Er inspizierte es unter dem Vorwand, dass sein Kollege Leader eine Art Connaisseur ist. Er schnupperte an deinen Flaschen, als hättest du die Borgias vergiftet, und deine Skizzen – nun, die studierte er, als wären sie Hauptbeweismittel des Falls.«

Es wäre müßig, abzustreiten, dass ich seine Reaktion genoss. Und ich verspürte den unwiderstehlichen Drang, noch nachzulegen. »Auch Cudbird war interessiert. Es könnten ein oder zwei Aufträge folgen für die Dekoration« – mein Blick ging zu Basil am Kopfende des Tisches – »seiner Schlittschuhbahn oder seines Vergnügungsparks, seines Kinderhorts …«

»Seiner Konzerthalle«, fuhr Basil trocken fort, »und seiner *Maison de dance*. Ich fürchte, Arthur, dies ist für dich ein ziemlicher Schlag. Aber angesichts dessen, was ich vorhabe, erscheint es mir das Beste zu sein.«

»Ein Schlag?«, sagte Anne. »Onkel Arthur scheint mir im Moment kein Geschlagener zu sein, sondern eher ein Schlagender. Hubert taumelt ja schon.«

Wohl wahr, Hubert war mehr als bestürzt. »Cudbird?«, sagte er. »Diese kleine Kröte war oben auf dem Dachboden?«

»Ja. Obwohl er meinte, er präferiere die Fotografie. Aber irgendwie bringt er Fotos mit dem fürchterlichen Vorfall letzten Abend in Verbindung. Sein Gedankengang erschließt sich mir zwar nicht ganz – wie so vieles andere auch. Aber ich bin überzeugt, Appleby hofft die ganze Sache in Bälde aufzuklären.«

»Was die Befragungen angeht, nach denen sich Hubert so sehr sehnt«, sagte Basil, »die werden zweifellos heute stattfinden. Ich erwarte, dass Leader jeden Moment eintrifft – und Arthurs junger Freund auch. Es sei denn, Arthur hat jetzt die Leitung inne.«

»Täusche ich mich«, fragte Geoffrey, »oder nehme ich in diesem Zimmer Hundegeruch wahr? Arthur war doch stundenlang mit dem Bluthund eingepfercht.«

»Nicht unbedingt eingepfercht, Geoffrey«, entgegnete ich. »Wir haben auch frische Luft geschnappt.«

Geoffrey sah mich verständnislos an, Anne allerdings kniff die Augen zusammen. »Kann es sein«, fragte sie, »dass Onkel Arthur vielleicht noch etwas ganz anderes aufgeschnappt hat?«

Ich akzeptierte dies als eine durchaus angemessene Beschreibung meines Verhaltens in den Ruinen etwa neun Stunden zuvor. »Es wäre nicht übertrieben«, erwiderte ich, »zu sagen, dass ich durchaus einiges aufgeschnappt habe. Ich meine« – ich sah mich am Tisch um – »ich war Appleby dabei behilflich, Geoffrey und Anne zu belauschen. Worauf sich eine insgesamt recht nutzlose Diskussion über ihre rätselhaften Worte entspann.«

Nun war der ganze Tisch wie vor den Kopf geschlagen. Aber es war nicht so, dass ich allein der Wirkung willen weiterredete; offen und ehrlich zu sein, erschien mir als das Wenigste, was ich tun konnte.

»Mit dem Hundegeruch«, sagte Hubert, »scheint ja ins Schwarze getroffen worden zu sein.«

Ich wurde rot. »Du musst nicht denken, dass ich es auf eine Treibjagd abgesehen habe. Weit gefehlt. Wilfred wird hoffentlich genesen, und das Ganze kann vergessen werden. Zumindest von allen mit Ausnahme des Täters, der diese nächtliche Torheit begangen hat.«

»Torheit?«, sagte Sir Mervyn Wale. Er gab sich erneut über alle Maßen emotionslos. Aber so harmlos sein Einwurf auch war, ich sah Cecil zusammenzucken.

»Torheit«, wiederholte ich. »Verbrecherische Torheit, wenn Sie wollen. Ich denke, die Erinnerung daran« – ich zögerte – »wird Strafe genug sein. Es hat für mich keinen Sinn, dass jemand von uns ins Gefängnis wandert.«

Schweigen. Mein Publikum war wie betäubt. Und auch ein wenig beeindruckt.

»Ich kann Ihnen nicht zustimmen«, sagte Wale schließlich. »Diese tolstoianische Position ignoriert das brutale Faktum von Neigung und Gewohnheit. *Vielleicht* kommt es anschließend zu Reue und Besserung. Wahrscheinlicher aber folgt darauf ein zweiter Anschlag. Foxcroft« – er wandte sich an Cecil – »bestätigen nicht Ihre Erfahrungen mit der Jugend meine Anschauung?«

Cecils Erwiderung war nicht zu verstehen; ich hatte den Eindruck, dass ihm sein Schluck Kaffee in die falsche Kehle gerutscht war. Und Geoffrey unterbrach Wales spekulativen Exkurs. »Tolstoianisch oder nicht, es bleibt die Tatsache, dass sich Arthur mit einem Bluthund gemein gemacht hat und mit ihm durch die Gegend gestapft ist. Und wir sind alle sehr gespannt, was sich dabei ereignet hat.«

Ich schüttelte den Kopf. »Sehr wenig hat sich ereignet. Wir rekonstruierten den Tathergang …«

Lucy Chigwidden setzte klappernd ihre Tasse ab. »Wirklich, Arthur, ich muss schon sagen. So oft habe ich …«

»Ein einzelner Pistolenschuss«, sagte Geoffrey, »knallte durch den erschreckten Raum: Wird das Lucy endlich von allem kurieren? Es wäre schon erfreulich, zu erleben, dass Wilfreds Opfer nicht umsonst war. Warum probierst du es nicht mit historischen Romanen, Lucy? Du kannst dann immer noch eine Muskete oder ein Luntenschloss losgehen lassen, wenn deine alte Manie dich überkommt. Eine einzelne Bombarde donnerte im Innenhof; eine Blunderbusse ballerte im Barockzimmer.«

»Wir rekonstruierten den Tathergang«, wiederholte ich, »und stapften durch die Gegend. Alibis waren versuchsweise zu überprüfen. Zum Beispiel hatte ich mich auf einen

Spaziergang begeben – und hatte keinerlei Alibi. Cecil war beim Beten.«

»Beten?«, sagte Anne. »Man sollte meinen, wenn Cecil betet, müsste das auch zu hören sein. Sir Mervyn, hatten Sie sich zu ihm gesellt?«

Wale lächelte ein überaus angemessen kühles Lächeln. »Ich ruhte in meinem Zimmer. Ebenfalls das, was Ferryman als keinerlei Alibi bezeichnet. Es steht zu hoffen, dass Dr. Foxcroft im Lauf seiner Andacht *Sie* nicht vergessen hat.«

Geoffrey Ropers leises Lachen wurde von Cecil unterbrochen. »Basil«, sagte er laut, »ich bin untröstlich, dies mitzuteilen, aber ich muss abreisen.« Er hielt einen Brief hoch, der auf dem Frühstückstisch auf ihn gewartet hatte. »Eine Konferenz.« Er stopfte sich den Brief in eine Tasche. »Eine wichtige Konferenz, die zu verpassen ich mir nicht erlauben kann.«

»Eine frostige Jahreszeit für eine Konferenz«, sagte Wale. »Wo findet sie statt?«

Cecil nahm einen weiteren Schluck Kaffee. »Es gibt … äh … noch letzte Zweifel. Ich werde ein Telegramm bekommen in … äh … Crewe.«

»Cecil«, sagte Anne, »hatte einen sehr *Ernsten Aufruf*.«

Abrupt legte Cecil seine Serviette auf den Tisch. »Ich werde packen, solange ihr noch beim Frühstück seid.«

Verwundert starrten wir ihn an. »Verstehe ich das recht«, fragte Basil, »dass du abreisen willst, ohne eine Adresse zu hinterlassen?«

»Was ist mit meinem Bild?«, fragte Hubert.

»Und was«, sagte Anne, »ist mit der Polizei? Wenn sie seine Abreise nicht verhindern kann, lässt sie ihn bestimmt beschatten. Wo immer Cecil hinfährt, ein großer Mann mit Melone wird ihm folgen. Ein Kriminalpolizist. Man wird ihn observieren, in den intimsten Augenblicken. Der Kriminalpolizist wird ihn beschatten, und Cecil wird beten. Vielleicht versichert sich die Polizei aber auch wieder Onkel Arthurs Dienste.«

»Das wäre sehr unüberlegt«, sagte Basil. »Ich hoffe, Cecil, dass du dich noch anders besinnst.«

Cecil sank zurück auf seinen Stuhl. Welcher Schreck auch immer über ihn gekommen war, er war nichts im Vergleich zu der Aussicht, dass ihm ein Mann mit Melone folgen könnte. Ihm schien ein anderer Gedanke in den Sinn zu kommen. »Ein Anwalt«, sagte er. »Basil, ich möchte einen Anwalt; habt ihr einen Anwalt hier?«

»Gewiss. Sein Name lautet Cotton.«

»Im Telefonbuch?«

»Natürlich. Clement Cotton. Die Kanzlei heißt Cotton und Cotton.«

Cecil sprang auf und verließ, seltsam rückwärtsgehend, den Raum – wie einer seiner eigenen Zöglinge, der allen Grund dazu hatte, einen Tritt in den Allerwertesten verpasst zu bekommen. Im verblüfften Schweigen, das folgte, war deutlich seine Stimme im Vestibül zu vernehmen. »Bei Cotton ruf an«, intonierte Geoffrey. »Nur fragt man sich dann: Was steht an?« Er lachte über sein Verslein.

Wale erhob sich. »Wir benötigen Beevor«, sagte er entschieden.

»Beevor?« Basil, an den sich diese Worte richteten, sah ihn entgeistert an. Es brauchte einiges, um Basil aus seiner unerschütterlichen Ruhe zu bringen, aber ich denke, allmählich wuchs ihm die Sache über den Kopf.

»Ich sollte dazu sagen, dass ich seit einiger Zeit Dr. Foxcroft ärztlich betreue. Nur scheint er jetzt jedes Zutrauen in mich verloren zu haben. Bevor ich den Fall abgebe, erachte ich es als meine Pflicht, Beevor in Kenntnis zu setzen. Mit Ihrer Erlaubnis, Roper, gehe ich ins Arbeitszimmer.«

Während also Cecil Cotton anrief, rief Wale Beevor an. Wir Übrigen verblieben im Frühstücksraum, wo das Schweigen schließlich von Schniefen und Schluchzen unterbrochen wurde. Es kam von Lucy Chigwidden. Sie hatte leise zu weinen begonnen. »Ich verstehe es nicht«, sagte sie. »Ich verstehe überhaupt nichts!« Sie betupfte sich die Augen mit einem Taschentuch und fasste sich. »Du musst mir verzeihen, Basil, aber es ist wirklich sehr verstörend. So verwirrend *das alles* ...«

Lucy fühlte sich in ihrer professionellen Ehre gekränkt. Das Rätsel, das uns umgab, konnte sie ebenso wenig durchdringen wie wir.

Es folgte eine weitere Pause. »Die Beziehung zwischen diesem Wale und Cecil«, sagte Hubert, »war von Anfang an problematisch. Wer hängt denn schon so sehr an Cecil? Es bleibt ein Rätsel.«

»Und trotzdem«, sagte Anne, »hängt Wale zweifellos an ihm. *Venus tout entière à sa proie attachée* ist das Maß aller Dinge. Aber wir vernachlässigen Onkel Arthurs Bericht.«

In unserer Familie spricht man sich kaum mit Onkel oder Tante an; dass Anne es nun tat, hielt ich für eine ärgerliche Affektiertheit. »Meine liebe Anne, es gibt nicht viel zu berichten. Appleby sah, dass du einen Revolver zum Schießstand zurückgebracht hast; er belauschte dein Gespräch mit Geoffrey; er stellte einige zutreffende Beobachtungen zu deinem Charakter an, dann ging er.«

»Einen Revolver zurückgebracht?«, kam es ernst von Basil. »Anne, was soll das?«

»Bitte, ich habe einen Revolver mit ins Haus genommen, um Lucy einen Streich zu spielen. Nach dem Schuss aber war mir seine Anwesenheit unangenehm, also brachte ich ihn zurück. Geoffrey folgte mir, und ich versprach, ihm beim Frühstück alles zu erklären. Das tue ich hiermit. Natürlich weiß ich« – sie imitierte Basils Tonfall, unerhörterweise – »dass das höchst unüberlegt war.«

Ich habe mich immer schon ein wenig für Anne verantwortlich gefühlt; intuitiv warf ich zur Ablenkung nun ein: »Appleby ist scharfsinnig und hartnäckig. Dennoch scheint er es bei dem einen oder anderen an Umsicht mangeln zu lassen. Ich habe erwähnt, dass wir auf Huberts Dachboden auf Cudbird gestoßen sind. Er und Appleby – sie scheinen alte Bekannte zu sein – tauschten rätselhafte Bemerkungen aus. Und dann – sofern ich mich nicht irre – gingen sie eine Art Wette ein, wer von ihnen beiden als Erster zur Wahrheit vorstoße. Leader, wie ich sehen konnte, missbilligte das.«

Basil – der oft auf unerwartete Weise reagierte – lachte zum ersten Mal, seitdem der Schuss gefallen war. »Mein lieber Arthur«, sagte er, »ist dir klar, dass in dir ein Hauch – nur ein ganz zarter Hauch – des guten Cecil mitschwingt? Du trägst die Überzeugung in dir, dass sich gewisse Dinge nicht gehören.« Er hielt inne. »Zum Beispiel, dass man Prioreien verkauft.« Er sah mich fragend an. »Aber betrachte diese Angelegenheit doch einmal unter dem Gesichtspunkt ihres Nutzens. Appleby will die Wahrheit herausfinden. Cudbird, ein kluger Zeitgenosse mit wissenschaftlicher Neugier, sieht sich veranlasst, ebenfalls hinter die Wahrheit zu kommen. Warum sollten sich die beiden nicht durch eine Art Wette gegenseitig anspornen? Hätten sie, sagen wir, auf die Wahrscheinlichkeit von Wilfreds Genesung gewettet, würde ich Leader aus ganzem Herzen zustimmen. Aber bei der Lösung eines Rätsels können sie so zusammenwirken. Hier liegt der ganze Unterschied.«

Es gab Zeiten, überlegte ich, in denen Basil sehr schwierig sein konnte. »*Ein* Unterschied ist nicht unbedingt das Gleiche wie *der ganze* Unterschied«, sagte ich. »Jedenfalls möchte ich wiederholen, dass Appleby mir nicht sehr umsichtig erscheint. Er lässt sich in die Karten schauen. Zum Beispiel zeigte ich ihm letzte Nacht die kleine Pforte gegenüber der Fabrik. Daraufhin verriet er, in welche Richtung seine Mutmaßungen gingen.«

»Ha!«, rief Geoffrey. »Ich wusste doch, dass wir aus Arthur was rauskriegen werden.«

»Der Schuss, meinte er, hätte ganz leicht abgegeben werden können von …«

»Mr Cambrell«, verkündete Richards, der in der Tür erschienen war.

17

Gleich nach Richards Ankündigung tauchte Cambrell selbst auf. »Roper«, sagte er, »verzeihen Sie, wenn ich zu dieser Stunde einfach so reinplatze. Mir war danach, Ihnen mein aufrichtiges Bedauern auszudrücken, nachdem ich von den schlechten Neuigkeiten erfahren habe.« Ralph Cambrell machte ein betrübtes Gesicht. Das gelang ihm recht mühelos, fast so, als würde das Bänder-und-Bortengeschäft schwierige Zeiten durchlaufen.

Basils Antwort und Bericht über die letzten Neuigkeiten zu Wilfred wurden von Zeitungsrascheln am anderen Tischende begleitet. Anne. »Aber davon steht nichts in der *Post*«, sagte sie. »Woher wissen Sie davon?«

Cambrell wirkte verlegen. »Von der Polizei«, erwiderte er. »Ich habe es von der Polizei. Tatsächlich« – er wandte sich wieder an Basil – »habe ich einiges zu erklären.« Er zögerte. »Und etwas zurückzugeben.« Er zog ein Buch unter dem Arm hervor und legte es auf den Tisch.

»Nehmen Sie eine Tasse Kaffee«, sagte Basil.

Cambrell wirkte noch betrübter. »Und natürlich habe ich eine Entschuldigung vorzubringen. Ich bitte Sie zu vergessen, was ich gestern Nachmittag bei unserem Abschied gesagt habe.«

Unbehaglich senkten wir alle den Blick. Bewundernswerterweise gelang es Basil, nicht zu schroff, aber auch nicht zu herzlich zu sein; Cambrell bekam seinen Kaffee und zwei Stück Zucker. »Ja«, sagte er, »wie gesagt, von der Polizei. Die

Beamten scheinen schnell und effizient zu arbeiten. Was äußerst befriedigend ist.«

»Äußerst befriedigend«, sagte Anne.

»Äußerst befriedigend«, wiederholte Geoffrey.

Cambrell rutschte auf seinem Stuhl herum. »Das Buch. Sie haben mich durch das Buch gefunden, das ich in Ihrem Arbeitszimmer dagelassen habe.«

Basil war verwirrt. »Ich bin mir ziemlich sicher, dass Sie keineswegs ...«

»Das Buch, das ich gestern Abend dagelassen habe.«

»Das Buch«, sagten Geoffrey und Anne unisono, »das er letzten Abend dagelassen hat.«

Damit reichte es Basil nun, wie ich zu meiner Freude berichten darf. »Anne«, sagte er, »Geoffrey, ihr habt doch bestimmt eigene Pläne für diesen Morgen.«

Die Tür schloss sich hinter dem unmöglichen Pärchen. Cambrell wirkte erleichtert. »Ich beginne wohl lieber ganz am Anfang. Nachdem wir uns gestern Nachmittag voneinander verabschiedet hatten, ging ich rüber ins Büro und arbeitete lange. Um kurz nach sieben wollte ich mich auf den Weg nach Hause machen. Aber dann kam mir der Gedanke, dass in der von uns erörterten Sache ... dass da das letzte Wort noch nicht gesprochen sei. Ich musste an Ihre Bemerkung denken, dass Sie wahrscheinlich bis zum Dinner in Ihrem Arbeitszimmer sein würden. Also schlüpfte ich über die kleine Pforte in den Park ...«

Kurz sah Basil zu mir. Er wusste sehr gut, was ich erzählen wollte, als unser Besucher angekündigt worden war.

»... und spazierte zum Haus. Die Eingangstür stand offen ...«

»Ja«, unterbrach ich. »Ich habe sie offen gelassen, als ich nach draußen ging.«

»... und in der Halle war niemand. Es war, wie mir auffiel, zwei Minuten nach halb acht. Einer Eingebung folgend – ich fürchte, es gibt dafür keine Erklärung –, wollte ich mich nicht erneut Ihrem Dienstpersonal ankündigen. Deshalb ging ich kurzerhand durch den kleinen Gang, klopfte an die Tür Ihres Arbeitszimmers und trat ein. Es war leer.«

Kaum merklich zog Basil die Augenbrauen hoch. »Verstehe. Ich hatte es kurz zuvor verlassen. Und Wilfred war noch nicht da. Wie überaus bedauerlich, dass ich Sie verpasst habe.«

Cambrell nahm ihm die ironische Bemerkung nicht übel. »Ich habe einige Minuten gewartet. Wie ich hinzufügen muss, hatte ich ein Buch aus der Leihbücherei bei mir, das ich mit nach Hause nehmen wollte. Ich muss es auf Ihrem Schreibtisch abgelegt haben.« Cambrell hielt inne. »Also, ich wartete einige Minuten. Vielleicht noch nicht einmal eine Minute; jedenfalls wurde mir bald bewusst, dass ich mich in einer außerordentlich peinlichen Situation befand.«

»Durchaus.«

»Sie werden es nachvollziehen können, wenn ich sage, dass mich milde Panik befiel. Ich packte mein Buch, kehrte in die immer noch menschenleere Halle zurück und verließ das Haus, nicht ohne die Tür hinter mir zu schließen. Nur dass ich in meiner Eile das falsche Buch mitgenommen habe.«

»Wie seltsam«, sagte Basil. »Hätten Sie es darauf abgesehen, einen Beweis für Ihre Anwesenheit im Arbeitszimmer zu liefern, hätten Sie kein besseres Indiz zurücklassen können.«

»Zweifellos. Und wie gesagt, die Polizei hat sehr zügig reagiert. Bei der Durchsuchung des Zimmers fiel den Detectives das Buch auf, und in ihrer Gründlichkeit befragten sie

Ihren Butler, ob Sie die Dienste dieser örtlichen Leihbücherei in Anspruch nehmen. Er sagte ihnen, dass Sie sich Ihre Bücher aus London schicken lassen. Also erkundigten sie sich heute in den frühen Morgenstunden beim Inhaber der Bücherei, der seine Aufzeichnungen durchging und sah, dass ich das Buch ausgeliehen hatte. Ein Detective namens Appleby – ein ausgesprochen höflicher junger Mann – stand um acht Uhr am Morgen vor meiner Tür, und ich musste ihm alles erklären. Er gab sich sehr verständnisvoll und schien mir zuzustimmen, dass ich zwar sehr unklug, wenngleich nicht gänzlich unverständlich gehandelt habe.« Das verkündete Cambrell mit einiger Zufriedenheit. Er schien nicht zu merken, dass Appleby mit seiner Äußerung auch ein gewisses Charakterurteil gesprochen hatte. »Natürlich fühlte ich mich daraufhin genötigt, unverzüglich zu Ihnen zu kommen und alles zu erklären. Und das Buch zurückzugeben, das ich mitgenommen habe.«

Basil nahm den Band auf dem Frühstückstisch zur Hand. »Ja«, sagte er. »Verstehe. Laws *Ernster Aufruf*.«

Zwanzig Minuten später traf ich auf dem Weg durch die Eingangshalle auf Geoffrey. Er war mit einem weiten Pullover samt Schal bekleidet und schwang einen Badmintonschläger. *»Dieser Todesanblick«*, sagte er, *»mahnt wie Grabgeläut' mein Alter an die Grube*. Du erinnerst dich an Wales Zitat bei Lucys Spiel? Ich wollte heute Morgen etwas Surrealistisches malen. Aber bei dem Wetter werden einem die Finger klamm. Anne und ich sind also in der Remise, falls der Schnüffler kommt. Und Cecil ist in sein Zimmer gesperrt.«

»In sein Zimmer gesperrt?«

»Ich meine, er hat sich eingeschlossen. Wale, dem Übles schwant, hat, wie du weißt, nach einem Beevor gekräht. Das reinste Bestiarium.« Geoffrey quittierte sein tierisches Bonmot mit einem langen, lauten Lachen. »Aber Cecil will davon nichts wissen und gefällt sich in seiner Aversion gegen Ärzte. Keiner darf zu ihm rein, außer dem Anwalt, nach dem er geschickt hat. Seltsam, nicht? Lucy würde sagen, die Handlung spitzt sich zu. Ich würde eher sagen, sie verheddert sich. Wer mit wem? Das ist doch die Frage hier.«

Wer-mit-wem. Das war auch Geoffreys abschätzige Beschreibung für die Art von Literatur, die ich schrieb. Seine Generation gibt sich uninteressiert an zwischenmenschlichen Beziehungen und sieht in jedem Salon ein Schlafzimmer. »Ja«, sagte ich, »ich werde versuchen, ein wenig zu arbeiten. Es kann nicht schaden, sich eine Zeit lang Menschen zuzuwenden, die sich einander zumindest in Ansätzen *bewusst* sind. Übrigens, Appleby ist der Meinung, dass du und Anne den Figuren in meinen Büchern gar nicht unähnlich seid.«

Geoffrey starrte mich entgeistert an; er war aufrichtig entsetzt.

»Er ist der Ansicht, dass ihr beide ganz ausgezeichnet in das ›Wer-mit-wem‹-Schema passt. Er bemerkte ebenfalls, dass ihr zum Kern des Rätsels vorgedrungen seid.«

»Wenn er damit meint, dass ich kein Rätsel sehe, hat er recht.«

»Kein Rätsel? Ich glaube kaum, dass er das gemeint hat.«

Geoffrey sah mich mit großen Augen an. »Bitte, Arthur, zumindest *du* hast doch keinen Zweifel, wer auf Wilfred geschossen hat?«

Ich sah ihn bestürzt an. »Was …«

»Natürlich hat Basil auf Wilfred geschossen. Er hat versucht, ihn umzubringen. Wenn du genug hast von deinen Bettgeschichten, kannst du uns gerne beim Badminton zusehen.«

Damit zuckte mein junger Verwandter mit den Schultern und zog von dannen. Nach wenigen Schritten aber drehte er sich um. »Glaubst du wirklich« – in seinem Tonfall vermischten sich Verdruss und Entrüstung – »dass sich einer wie Basil von einem kleinen dicken Bankier von irgendwas *Wichtigem* abhalten lassen würde?«

Den Schluss dieser Unterhaltung hätte Basil fast noch mitbekommen, denn er bog just in dem Moment in die Halle, als Geoffrey verschwand. Gleichzeitig erschien Richards; ein Besucher sei eingetroffen. Kurz darauf kehrte er zurück und führte erst Inspector Leader herein, dann einen älteren Mann von kräftiger Statur und gravitätischer Haltung, der von einer unscheinbaren Person mit einer Aktentasche begleitet wurde.

»Sir Basil«, sagte Leader. »Ich bin froh, Ihnen verkünden zu dürfen, dass Mr Foxcroft außer Lebensgefahr ist.«

Die kräftige Person reichte Richards einen Mantel.

»Ausgezeichnet«, sagte jener. »Wir sind inständig dankbar dafür. Aber ich nehme an, dass er dennoch meiner eilig angeforderten Dienste bedarf – ah, Sir Basil! Einen guten Morgen.«

»Guten Morgen, Cotton. Sie haben die Situation nicht ganz richtig erfasst. Der Inspector sprach von Wilfred Foxcroft, der im Krankenhaus liegt, nachdem er gestern Abend eine Schussverletzung erlitten hat.«

»Schussverletzung? Ach, herrje.« Sofort entfernte sich Cotton einige Schritt von Leader, als wollte er Abstand zu jemandem halten, der sich soeben als sein natürlicher Feind zu erkennen gegeben hatte. »Schussverletzung, in der Tat. Nun, wir sollten uns darüber nicht hier unterhalten. Wenn so etwas – ähm – geschieht, ist Diskretion gefragt. Meines Wissens aber hat jemand mit dem Namen Foxcroft ...«

»Wilfreds Bruder Cecil. Er ist zu dem Schluss gekommen, dass er umgehend anwaltlichen Rat benötigt, und ich habe ihm Ihren Namen genannt.«

»Seltsam«, sagte Cotton. »Ich beeilte mich, weil ich dachte, es gehe um die alsbaldige Aufsetzung eines Testaments. Tripet, es war doch ein Testament?«

Die unscheinbare Person nickte. »Ja, Sir. Ein Testament, ganz bestimmt.«

»Ein Testament«, sagte Cotton, »das alsbaldig aufzusetzen ist. Also habe ich Tripet mitgebracht. Sie werden es nicht glauben, aber ich habe Erblasser erlebt, die es sich nicht nehmen ließen, jeden im Umkreis von drei Meilen in ihrem Vermächtnis zu bedenken. Sodass es geradezu unmöglich war, einen Zeugen aufzutreiben. Deshalb bringe ich Tripet mit. Nicht wahr, Tripet?«

»Ja, Sir.«

Basil sah von der Halle aus zu Richards. »Ich bezweifle nicht, dass mein Neffe Cecil ein Testament aufsetzen möchte. Ich sollte Ihnen jedoch mitteilen, dass er etwas unpässlich ist. Sein Arzt, Mervyn Wale, ist momentan bei uns zu Gast und hat gerade einen Kollegen namens Beevor zur Konsultation hinzugezogen.«

»Beevor?«, rief Cotton. »Beevor ist ein Nervenarzt. Ist dem nicht so, Tripet?«

»Ja, Sir.«

»Dann kommen Sie – kommen Sie. Wenn die Dinge so liegen, ist keine Zeit zu verlieren. Wäre es wohl sinnvoll, von einem Mandanten noch testamentarische Anweisungen entgegenzunehmen, *nachdem* Beevor bei ihm war? Nun? Benutzen Sie Ihren Verstand, Tripet.«

»Nein, Sir. Sicherlich nicht, Sir.«

»Soweit ich weiß«, sagte ich, »hat Dr. Foxcroft eine plötzliche unerklärliche Abneigung gegenüber Vertretern des medizinischen Stands entwickelt. Da liegt das Problem.«

»Klingt außerordentlich vernünftig in meinen Ohren. Einen Arzt zu konsultieren, ist meines Erachtens reine Geldverschwendung oder verlorene Liebesmüh'. Nicht wahr, Tripet?«

»Nein, Sir. Ich kann nicht sagen, dass ich mit Ihnen einer Meinung bin.«

»Sehr richtig, Tripet, sehr richtig. Erkennen, wozu der eigene Geist fähig ist. Essenziell in der Rechtswissenschaft.«

»Danke, Sir. Ja, Sir.«

Leader trat vor leiser Ungeduld von einem Bein aufs andere. »Sir Basil, wenn Sie einen Moment erübrigen könnten ...«

Basil nickte. »Arthur, kannst du Cotton und Mr Tripet zu Cecil hinaufführen? Es ist völlig absurd, aber er scheint nicht gewillt, herunterzukommen.«

Ich ging voran und fragte mich währenddessen, was aus Appleby geworden war. Er hatte sich in den frühen Morgenstunden mit der Leihbücherei beschäftigt. Vielleicht war er nach Cambrells Befragung zu Bett gegangen. Vielleicht hatte er bei den Ermittlungen zur Belrive-Affäre das übernommen, was gemeinhin Nachtschicht genannt wurde.

Cecils Zimmer lag am Ende des Gangs. Ich klopfte. »Cecil, hier ist Mr Cotton, der Anwalt, den du gebeten hast zu kommen.«

Es erklang eindeutig das Geräusch eines schweren Möbelstücks, das verrückt wurde. »Frag ihn«, war Cecil zu hören, »ob er eine Karte hat.«

Verlegen sah ich im Halblicht des Korridors zu Cotton. »Ich fürchte«, murmelte ich dem Anwalt zu, »er ist in leicht exzentrischer Stimmung.«

»Und sei so gut und schieb sie unter der Tür durch.«

Hätte Cecil aufgewühlt oder gar wirr geklungen, wäre die Situation peinlich genug gewesen. Aber die Stimme, die zu uns herausdrang, war durch und durch die eines Internatsleiters – autoritär und respekteinflößend. Und das verlieh der Sache etwas Unheimliches.

Cotton zog eine Karte hervor und reichte sie Tripet. Tripet schob sie unter der Tür hindurch. Sie verschwand mit einem nervösen Ruck. Nach einer kurzen Pause wurde der Schlüssel im Schloss umgedreht. Es folgte eine weitere, längere Pause, bis uns gesagt wurde, dass wir eintreten dürften. Cecil hatte sich an einen kleinen Schreibtisch in der hintersten Ecke des Zimmers zurückgezogen. Er erhob sich und trat mit gemessener Herzlichkeit Cotton entgegen. Als würde er Eltern von angesehenem, aber gewöhnlichem Stand empfangen. »Mr Cotton?«, sagte er. »Guten Tag.« Gleichzeitig warf er einen besorgten Blick auf Tripets Aktentasche. Vermutlich fragte er sich, wie groß die Wahrscheinlichkeit war, dass sich darin Stethoskop und Fieberthermometer verbargen. »Es ist mein Wunsch«, sagte Cecil – und er sagte das mit einer noch unheimlicheren, sichtlich aufgesetzten Ruhe – »ein Testament abzufassen.«

Cotton verbeugte sich. »Immer eine kluge Entscheidung, Sir«, murmelte er besänftigend. »Die Pflicht, eindeutige testamentarische Anordnungen …«

»Genau.« Cecil kniff die Augen zusammen, als spähte er in eine ferne Vergangenheit. »Eigentum muss bewahrt werden. Üblicherweise halte ich eine kleine Rede …« Er brach ab und sah sich aufmerksam im Zimmer um. »Im Moment geht es mir aber nicht um das Eigentum. Meine Anordnungen betreffen die Beseitigung …« – er zögerte – »… betreffen die Beseitigung der sterblichen Überreste.«

Ich zuckte zusammen und stieß dabei ein Buch von einem kleinen Tisch. Cecil machte einen Satz. »Arthur«, sagte er, »sei so gut und schieb die Kommode vor die Tür.«

»Mein lieber Cecil, kann ich dich nicht davon überzeugen …«

»Sonst zieht es. An einem so kühlen Morgen zieht es sonst.«

Ich tat, wie mir geheißen.

»Die sterblichen Überreste. Dazu möchte ich unverzüglich rechtswirksame Anordnungen treffen.«

»Eine Willensbekundung«, sagte Cotton, »formell beglaubigt. Eine ausgezeichnete Idee. Aber ich muss Ihnen mitteilen, Sie haben im Grunde keinerlei Berechtigung …«

»Und es sind zwei Kopien anzufertigen, *unverzüglich*. Und, Arthur, eine davon bringst du in die Halle und pinnst sie an die Wand.«

Ich starrte ihn an. »*An die Wand pinnen?*«

»Anpinnen. Anpinnen.« Mit Cecils Ruhe war es nun vorbei. Er zitterte am ganzen Leib. Plötzlich setzte er sich auf sein Bett. »Eine kleine Rede«, sagte er. »Ich halte für gewöhnlich eine kleine Rede. Zum Thema Selbstbeherr… Selbstbeherr… *Selbstbeherr…*«

18

Auf dem Weg nach unten – ich war zu dem Schluss gekommen, dass Cecils Notlage mich schicklicherweise nichts angehen musste – traf ich in der Halle auf eine mit häuslichen Tätigkeiten beschäftigte Lucy Chigwidden. Auf einem Tisch vor ihr lagen massenhaft zerzauste Chrysanthemen, die sie in Vasen zu arrangieren versuchte. Daneben lag ein großes Blatt Papier, auf dem sie mit einem Stift in spasmodischen Bewegungen Kritzeleien vollführte. »Arthur«, rief sie, »komm und hilf mir, ich brauche deinen Rat. Ich stelle Sträuße zusammen, das hat etwas sehr Beruhigendes.« Ein weiterer schwungvoller Strich auf dem Papier. »Wie schön die Rosen doch sind!«

»Meine liebe Lucy, das sind Chrysanthemen.«

In gelinder Überraschung betrachtete Lucy die vielen Blumen. »Du liebe Zeit – in der Tat! Weißt du, ich dachte, man würde Rosen bringen – Andrews hat nämlich Rosen versprochen –, und deshalb habe ich nun Rosen vor mir gesehen. Aber jetzt bin ich doch sehr enttäuscht. Allerdings zeigt sich darin, was Doktor Johnson das Übergewicht der Fantasie nennt.«

Lucy, ganz die Literatin. »Darin«, sagte ich, »zeigt sich eine große Zerstreutheit. Und der Stift eignet sich kaum zum Anschneiden der Stiele; die Schere auf dem Tisch wäre hilfreicher.«

»Danke, Arthur.« Lucy nahm die Schere und legte sie auf das Blatt Papier. »Ich glaube, ich war wirklich mit dem Kopf in den Wolken. Aber ich komme noch dahinter.«

»Lieber den Kopf in den Wolken als das Herz in der Hose – ein Zustand übrigens, in dem sich Cecil befand, als ich ihn verlassen habe.«

»Ah!« Lucy, die nun die Halle durchquert hatte, klingelte nach dem Personal und legte nachdenklich den Zeigefinger an die Lippen. »Richards, bringen Sie die Vase in die Bibliothek. Und stellen Sie sie ans große Fenster.«

»Lucy, du bist unverbesserlich. Richards ist der Butler. Die junge Person, die gerade gegangen ist, heißt Rose.«

»Richards nahm die Rose«, sagte Lucy.

»Entschuldigung?«

»*Richards nahm die Rose.* In meinem neuen Buch, weißt du, kommt ein Richards vor, und heute Morgen habe ich beschlossen, ein Kapitel mit diesem Satz zu beenden. *Richards nahm die Rose.* Du siehst also, das ist der Grund für meine Verwirrung.«

Ich seufzte. »Bleibt mir nur noch anzumerken, dass eine Rose unter jedem anderen Namen …«

»Cecil«, unterbrach Lucy mit ungewohnter Entschiedenheit, »war es.« Sie suchte zwischen den Blumen links von ihr nach dem Blatt, das rechts von ihr lag. »Jetzt habe ich's.«

»Meine liebe Lucy, du darfst wirklich nicht …«

In diesem Moment trat Basil in die Halle. »Basil«, rief sie, als sie ihn erblickte. »Cecil war es.« Sie fand ihr Blatt Papier und wedelte damit herum, trat erneut an die Glocke und klingelte. »Rose, bringen Sie die ebenfalls in die Bibliothek. Warum sollte Cecil wohl gesagt haben, dass er gestern Abend um halb acht gebetet hat?«

Rose, die sich durch diese explizite Frage unweigerlich angesprochen fühlen musste, gab einen erschreckten Aufschrei von sich und setzte die Vase mit einem lauten Knall auf dem Tisch ab. Wir konnten nur, unangenehm berührt, um sie herumstehen, bis sie sich wieder gefasst hatte und sich entfernte.

»Lucy«, sagte Basil, »wenn du dich vielleicht etwas mehr konzentrieren könntest …«

Ich nickte. »Ja, wirklich. Das Mädchen wirkte richtiggehend verängstigt. Bleibt nur zu hoffen, dass sie unter den Bediensteten keinen Klatsch verbreitet.«

Lucy gab sich kurz zerknirscht. »Es tut mir sehr leid, Basil. Aber wenn man soeben etwas herausbekommen hat …«

»Wenn du uns sagen könntest, was du *heraus*bekommen hast, wäre das vielleicht der beste Weg, um damit *zurecht*zukommen.«

»*Erstens* …«

»Was?«

»*Erstens:* Warum behauptet Cecil, dass er zur Tatzeit gebetet hat?«

»Vielleicht«, antwortete ich, »weil er gebetet hat. Manche Leute machen das.«

»*Zweitens*« – Lucy sah auf ihr Blatt und drehte es hochkant – »*zweitens*: Warum hat er so große Angst vor Ärzten?«

»Kann es sein …«

»Oder vielleicht sollten wir es so formulieren? Warum hat er so große Angst vor der *medizinischen Wissenschaft?*« Lucy sah von ihrem Blatt auf, als hätte sie eine stichhaltige Formel gefunden. »Ich verrate es euch. Weil er Angst hat, man könnte ihn damit der Lüge überführen.«

Wir sahen sie entgeistert an.

»Es hat mit dem Blutdruck zu tun. Ein Herzspezialist wie Sir Mervyn ist mit der Technik zweifellos vertraut. Eine kleine Maschine. Man schnallt sie an und fragt ihn: ›Wolltest du deinen Bruder erschießen?‹ Und bei der Maschine klingelt dann eine Glocke.«

»Heiliger Bimbam«, sagte ich, »wie Anne jetzt sagen würde. Erst Shakespeares Glocken, nun das. Das ist einfach zu viel.«

Aber Lucy ließ sich von meinen Spötteleien nicht beirren. Sie wandte sich an Basil als den einfühlsameren Zuhörer. »*Drittens*.« Dazu klopfte sie mit der Schere auf den Tisch. »*Drittens*: das Motiv. Wer profitiert am meisten von Wilfreds Tod? Cecil.«

Basil versuchte ihr Einhalt zu gebieten und griff dazu meinen Gedanken auf. »Lucy, findest du solche Vorstellungen, die auf Kosten deiner Neffen gehen, nicht selbst etwas anstößig? Deine Fantasie geht mit dir durch.« Er sah zu den Chrysanthemen. »Richte deine Aufmerksamkeit auf etwas anderes.«

Lucy war nun doch etwas geknickt, und ich fühlte mich bemüßigt, einzuschreiten. »Basil, ich denke, Lucy ist damit nicht allein. Jeder im Haus entwickelt die eine oder andere Fantasie. Und die meisten davon gehen auf Kosten der Verwandten. Was unvermeidlich ist, wie Appleby mir gegenüber schon vergangenen Abend bemerkt hat. Auch wenn ich mich Lucys Theorie nicht anschließen kann, kommt Cecil als Opfer unserer Fantasie ebenso in Betracht wie jeder andere.«

»Da fällt mir ein«, sagte Lucy. »Ich halte es für sehr wahrscheinlich, dass er fliehen wird. Eine heikle Situation. Normalerweise würde ich der Polizei alles erklären – noch dazu, weil es ja diesen freundlichen Mr Appleby gibt. Aber er ist mein Neffe, und das macht es doch sehr schwer, meint ihr nicht auch? Aber Wilfred ist ja auch mein Neffe. Ich wünschte mir, Cecil hätte es nicht getan.« Sie sah sehr gequält aus. »Das werde ich ihm auch sagen, falls sich die Gelegenheit bietet.«

»Wenn ich dir einen Rat geben darf«, sagte Basil, »dann behältst du deine interessanten Gedanken für dich. Und was Cecils Flucht anbelangt, die halte ich für sehr unwahrscheinlich. Eigentlich sollte er sich heute mit sehr wichtigen Eltern zum Lunch in der Stadt treffen. Aber er scheint entschlossen, auf seinem Zimmer zu bleiben. Cotton ist im Moment bei ihm. Und weiß der Himmel, was passiert, wenn dieser Kollege von Wale auftaucht.«

Auf der Treppe waren Schritte zu hören. Cotton und sein Assistent erschienen. »Ein Flachdach«, sagte Cotton. »Vergessen Sie nicht, Tripet, ein Flachdach. Nichts ist natürlicher.«

»Ja, Sir.«

»Keine Gemütsregung, Tripet, keinerlei Gemütsregung. Unsere Angelegenheit dauerte länger als erwartet, zweifellos, und Dr. Foxcroft hatte es eilig.«

»Zweifellos, Sir.«

»Für einen sportlichen Mann – bedenken Sie, ein Schulleiter – ist so ein Sprung nichts Ungewöhnliches. Wir waren keineswegs überrascht, Tripet. Es hat uns nicht überrascht.«

»Überhaupt nicht, Sir.«

»Unser Mandant, wiewohl entrüstet über eine anscheinende Taktlosigkeit seines ärztlichen Beistands, war ganz ruhig. Was, Tripet – ganz ruhig?«

»Ganz ruhig, Sir.«

Cotton ging auf Basil zu. »Unsere Angelegenheit ist erledigt, Sir Basil. Ich musste Dr. Foxcroft anempfehlen, dass sein Vorschlag … ähm … unzweckmäßig sei. Dann verließ uns Dr. Foxcroft.«

»Er verließ Sie?«

»Dr. Foxcroft stieg aus dem Fenster. Eine dringende Verabredung, sollte man meinen. Wir sahen ihn noch in beträchtlichem Tempo durch den Park eilen. Ein charmanter Mensch. Es freut mich, ihn beraten haben zu können.«

Brüsk sah sich Cotton nach seinem Hut und seinem Mantel um. Lucy Chigwidden, die Arme voller Chrysanthemen, blickte vielsagend zu Basil und mir.

Der Morgen war folgerichtig von Unruhe bestimmt. Aus reinem Bewegungsdrang stieg ich zu Huberts Dachboden hinauf. Es war anzunehmen, ihn dort bei der Arbeit vorzufinden, daher wollte ich mich als Überbringer der Neuigkeit präsentieren, dass sich sein Modell aus dem Staub gemacht hatte. Aber Hubert war nicht auf dem Dachboden. Erneut logierte dort Horace Cudbird.

»Die wichtigste Neuigkeit«, sagte ich, »Cambrell hat sich letzten Abend im Haus herumgetrieben, als wäre es ein Hotel.«

Cudbird schien argwöhnisch seinen Fünfzig-Shilling-Anzug im Drehspiegel zu betrachten. »Man stelle sich bloß vor. Diese Nonchalance der Oberschicht. Welche Freiheiten sie sich herausnimmt. Große Freiheiten, Mr Ferryman.« Er richtete seine Aufmerksamkeit auf den Hohlspiegel.

»Haben Sie heute Morgen zufällig Basil gesehen?«

Cudbird lachte. »Kommen Sie, Mr Ferryman. Rezensenten würden das mit einiger Mühe als Ironie bezeichnen. Ich bin gerade erst gekommen. Vergessen Sie nicht, ich wollte Hubert Roper sehen.« Er hielt inne und wandte sich dem großen Spiegel zu. »Um ihm Gutes zu tun, natürlich.«

»Darüber wird Hubert sicherlich erfreut sein.«

»Er könnte mir eine Ansicht der Priorei malen.« Cudbird musterte mich scharf. »Wäre doch nett, ein Bild davon zu haben.«

»Ein Bild!«, rief ich bestürzt.

Wieder lachte er über mein Entsetzen. »Keine Sorge. Die

Ruinen, das wissen Sie, sind geschützt. Denkmalschutz, so heißt das. Das *Office of Works* wird eine kleine Hütte mit zwei Drehkreuzen aufbauen und Eintrittskarten zu Sixpence verkaufen. Und es werden Schilder aufgestellt, die den Leuten mitteilen, dass sie die Rasenflächen nicht betreten dürfen.« Er wandte sich vom Spiegel ab und wurde ernster. »Irgendwelche Neuigkeiten vom Verletzten?«

»Wilfred ist angeblich außer Lebensgefahr. Bislang aber konnte er nicht befragt werden. Sie halten nach wie vor an Ihrer Wette fest? Vielleicht lässt das Interesse ja nach, jetzt, da feststeht, dass es kein Mord war.«

»O ja. Ich halte nach wie vor an ihr fest.« Er beäugte mich verschmitzt. »Wäre es Ihnen lieber, wenn das Interesse, wie Sie es bezeichnen, nachließe?«

»Ja.« Ich klang dabei, glaube ich, ungewöhnlich entschieden. »Im Moment kursieren in der Familie eine Menge unnützer und verstiegener Spekulationen. Und auch unter Außenstehenden.«

Cudbird schüttelte zweifelnd den Kopf. »Ich weiß nicht, ob ich als Außenstehender bezeichnet werden kann, Mr Ferryman.«

»Aber Sie können doch sicherlich nicht so tun, als hätte die Sache Sie betroffen?«

»Nicht so, wie Sie es formulieren – wenn Sie die Sache in die Vergangenheit verlegen. Aber sie könnte mich betreffen – wenn sie noch nicht vorbei ist. Was würde aus meinen Plänen, wenn ein zweiter Mordanschlag auf Sir Basil erfolgreich verliefe?«

»Es ist alles andere als gewiss, dass Basil überhaupt das intendierte Opfer war. Basil selbst scheint es nicht zu glauben. Und selbst wenn dem so wäre, so basiert der Anschlag vermutlich auf einem verrückten Impuls, der sich in dieser Form nicht wiederholen dürfte. Ich gehe davon aus, dass Basil nichts zustoßen wird.«

Cudbird trat einige Schritte zurück und betrachtete mich kritisch. »Gut, sagen wir, Wilfred Foxcroft sollte erschossen werden. Würde Sir Basil damit in Sicherheit sein?«

Ich starrte ihn an. »Aber natürlich wäre er dann in Sicherheit.«

»Sagen wir, jemand hat ein starkes Motiv, Foxcroft umzubringen – und ist beim ersten Versuch gescheitert. Könnte diese Person dann nicht – schon zum eigenen Schutz – in der Angelegenheit für Verwirrung sorgen, indem sie einen weiteren Schuss auf Sir Basil abgibt?«

»Ich glaube kaum ...«

»Oder sehen Sie es so. Nehmen wir an, es war Sir Basil, der Wilfred Foxcroft erschießen wollte – und die Polizei stieße auf ein eindeutiges Motiv dafür. Könnte dann Sir Basil in der Angelegenheit nicht für Verwirrung sorgen, indem er einen weiteren – natürlich nicht tödlichen – Schuss auf sich selbst abgibt?«

Plötzlich war ich mit meiner Geduld am Ende. »Mein lieber Sir, ich habe mich hier herauf geflüchtet, um dem sehr ähnlichen Einfallsreichtum einer fantasiebegabten Dame zu entgehen. Vorstellungen wie diese sind keineswegs nützlich, sondern schädlich. Mrs Chigwidden hat eben sehr ähnliche Anschuldigungen gegen Cecil Foxcroft vorgebracht. Und diese, einmal im Umlauf, können sehr wohl verantwortlich sein für seinen Nervenzusammenbruch und seine Flucht.«

Cudbird war wirklich überrascht. »Seine Flucht – Sie sagen, Dr. Foxcroft ist geflohen? Nun, das passt nun gar nicht.« Er sah sich auf dem Dachboden um, als hätte er es plötzlich mit einem neuen Rätsel zu tun.

»Ob das passt oder nicht passt, können Sie unmöglich sagen. Die äußeren Umstände dieser Angelegenheit liegen vollkommen im Dunkeln, und so wird es wohl auch bleiben. Und was Ihre Verdächtigungen gegen Basil betrifft, kann ich nur sagen, dass Sie sie mit dem jungen Geoffrey zu teilen scheinen. Ob Sie das weiterempfiehlt, überlasse ich Ihnen zu beurteilen.«

»Geoffrey Roper glaubt, sein Onkel habe auf Wilfred Foxcroft geschossen?«

»Ja. Und wenn Sie noch eine Theorie hören wollen: Appleby neigt zu der Vermutung, dass es Cambrell war, der Basil erschießen wollte.«

»Falsch, Mr Ferryman – jeder von ihnen liegt falsch. Glauben Sie mir. Ich habe nichts gegen Sir Basil. Aber es war Sir Basil, auf den eigentlich hätte geschossen werden sollen. Und soll ich Ihnen sagen, wer geschossen hat?«

Mit einem Mal verströmte Cudbird eine Vertraulichkeit, die ich entsetzlich fand. Einmal mehr ging von ihm eine Faszination aus, die uns schon in der Sache mit Jim Meech und den Kanarienvögeln so gefesselt hatte. Hilflos und unerklärlich ängstlich sah ich ihn an. »Ja«, erwiderte ich. »Sagen Sie mir, wer Basil erschießen wollte.«

Cudbirds Blick schweifte durchs Atelier. »Es ist so klar wie …« Stirnrunzelnd verstummte er. »Oder eigentlich ist es das eben nicht. Aber es ist *hier*, ganz bestimmt. Nur schwierig zu erkennen. Weil es so verzerrt ist« – er dachte nach – »wie meine Nase in diesem Spiegel.« Er deutete zum Hohlspiegel an der Wand.

19

Ich starrte in den Spiegel – als könnte er mir Hinweise auf Cudbirds Spekulationen liefern –, bis die Tür aufging und Hubert Roper eintrat. Er schien nicht geneigt, uns nach dem Grund unserer Anwesenheit zu fragen, sondern ging direkt ans Fenster und sah hinaus über den Park. Ich trat neben ihn. Unter uns lag eine unberührte Schneelandschaft; dahinter stemmte sich die Stadt missmutig gegen die Last eines bleiernen Himmels. Links und näher, als mir jemals aufgefallen war, erstreckten sich Arbeiterreihenhäuser in parallelen Linien durch das Tal wie rußgeschwärzte, abrupt gestutzte Tentakel. Überall über den schwarzen, schneegepuderten Dächern stiegen grau-schwarze Rauchsäulen in den Himmel, sodass die Stadt wie ein lang gestreckter, aschgrauer Altar aussah, dessen Opfergaben nutzlos vor sich hin schwelten. Eine fahle Sonne hing niedrig am Himmel wie ein bleicher Fußball zwischen den Torpfosten der Brauereikamine. Und sehr viel weiter unten im Tal, wie als Andeutung, dass es auch einen äußeren Höllenkreis der Industrialisierung gab, lag noch schwärzerer Dunst, der von der Eisen- und Stahlproduktion einer Nachbarstadt zeugte. Dass irgendwo der Winter der Erde Erholung bringe, dass irgendwo die Fluten eines Hochwassers von unbeflecktem Schnee sich speisten: Man konnte es unmöglich glauben.

Eindringlich betrachtete Hubert die Backsteinmauern und die Schieferplatten und den Rauch. »Mein Gott«, sagte er, »was war ich bloß für ein Narr! Dass ich in den Süden gegangen bin und bornierte Fratzen gemalt habe!« Er wandte sich an Cudbird. »Zwanzig Jahre habe ich damit verschwendet, Fratzen zu malen, die sich gleichen wie die Hintern eineiiger Zwillinge. Während die ganze Zeit das hier vor mir lag.« Mit dem Daumen wies er durchs Fenster.

Ich war verblüfft; für mich zeugte der sich uns bietende Anblick von nichts anderem als Tristesse. Aber auch Cudbird schien verblüfft. »Sie finden Gesichter monoton? Wie interessant. Das hätte ich nicht gedacht. Sogar Kanarienvögel …«

Geistesabwesend schüttelte Hubert den Kopf. »Mein lieber Mann, Kanarienvögel leben in einem Naturzustand – mehr oder weniger. Aber menschliche Gesichtszüge reduzieren sich auf einige wenige Masken. Drei oder vier Masken pro Geschlecht und Gesellschaftsschicht, denen sich alle Gesichter angleichen. Es ist langweilig, glauben Sie mir. Auch Reihenhäuser sind monoton, ja. Aber man kann zwischen ihnen und einem selbst eine Viertel Meile an Atmosphäre dazwischenschieben. Und mit jedem Yard gewinnen die Häuser an Geheimnis und Schönheit.«

»Entfernung ist's«, sagte ich, »die dem Anblick Bezauberndes verleiht.«

Eine banale Bemerkung, trotzdem gab sich Hubert den Anschein, als würde er darüber nachdenken. »Entfernung«, bemerkte er schließlich, »würde auch diesen vermaledeiten Polizisten etwas Bezauberndes verleihen. Sie sind wieder da. Erst Leader, der alle mit Fragen nach Ort und Zeit löchert. Und jetzt Appleby, der im Garten Efeusetzlinge sammelt. Ja, du hast richtig gehört. Ich bin ihm über den Weg gelaufen und habe ihn gefragt, ob das Souvenirs sein sollen. Genau das sollen sie sein, war seine Antwort. Aber er hat das Zeug missmutig betrachtet, als hätte es ihn enttäuscht. Ich hoffe, er lässt sich davon entmutigen und zieht bald wieder ab.«

»Sie meinen nicht«, fragte Cudbird, »dass der Vorfall aufgeklärt werden sollte?«

Hubert ging darauf nicht ein. Er setzte sich auf den Tisch zwischen die dort herumliegenden Skizzen, griff sich eine Kreide und begann, den Blick versonnen und schwermütig auf den Drehspiegel gerichtet, die Rückseite einer Mappe zu bekritzeln.

Ich unterbrach das Schweigen. »Vielleicht stimmst du mir ja zu. Der Vorfall ereignete sich in einem kurzen Moment der Verrücktheit und sollte am besten schnell vergessen werden.«

Hubert sah mich flüchtig an. »Ein kurzer Moment der Verrücktheit? Sicher, ja, ja. So ein Abzug ist schnell durchgedrückt.«

Seine vorsätzliche Inkonsequenz verwirrte mich. »Na ja, vielleicht nicht ganz so kurz. Appleby hat eine Theorie; derzufolge hat jemand die Chance gesehen, Basil zu erschießen, ist daraufhin losgezogen, um sich eine Waffe zu besorgen, und hat dadurch nicht mitbekommen, dass in der Zwischenzeit Wilfred Basils Platz einnahm. Damit bekommt die Sache etwas schrecklich Zufälliges. Aber selbst wenn dem so wäre, ist für mich die gesamte Abfolge an Ereignissen eine einmalige Anomalie. Wenn ich irgendetwas über die menschliche Natur weiß – zumindest die menschliche Natur in diesem Haus –, dann wird sich daraus, von unserem Entsetzen einmal abgesehen, nichts weiter ergeben. Es wird zu keinem zweiten Anschlag kommen. Stimmst du mir zu, Hubert?«

Hubert hörte auf, mit seiner Kreide herumzuzeichnen. »Das kann ich nicht behaupten. Nein. Ich denke, deine Ansicht ist bemüht und gefährlich. Sehr gefährlich. Die Wahrheit ist doch, Arthur, du gehörst zu jenen Menschen, die einiges unternehmen würden, um einen unfeinen Skandal zu vermeiden. Cudbird, sehen Sie das nicht genauso?«

Cudbird sagte nichts. Hubert sah kurz zu Cudbird, als wäre er milde daran interessiert, wie dieser ihn ansah. Durch das Fenster schwebte in der Stille das Getschilpe von Spatzen, die sich auf der Dachtraufe stritten. Ich war ratlos und alarmiert. »Appleby …«, begann ich.

»Schon seltsam«, unterbrach Hubert mich, »wie dieser Appleby Arthur Flausen in den Kopf setzt und ihn damit auf seine Runden schickt. Die Polizei erzählt uns viel. Aber was sollen wir der Polizei erzählen?« Seine Finger kratzten nervös an der Kreide. »Wo wir zu jenem Zeitpunkt waren – solche Sachen. Ich hab ihnen erzählt, dass ich auf meinem Zimmer war.« Er lachte schwach. »Außer dir, Arthur, hat ihnen das so ziemlich jeder erzählt. Bleibt die Frage, wie viele geschwindelt haben.«

Cudbird, der eine Zeichnung zur Hand genommen und sie kritisch gegen die Wand gehalten hatte, drehte sich nun um. »Gut möglich, dass jeder ein belangloses Geheimnis hat, das er verbergen möchte. Irgendwo aber muss jemand ein Geheimnis verbergen, das dagegen *von Belang* ist. Das reizt einen, wissen Sie.« Er sah auf seine Uhr. »Zwölf Stunden mittlerweile, und die Katze ist immer noch im Sack. Wird sie vielleicht allmählich unruhig und verrät sich selbst? Oder gibt es« – Cudbird nahm eine weitere Zeichnung zur Hand und betrachtete sie – »vielleicht irgendwo eine Ritze, durch die ein Schnurrhaar oder die Schwanzspitze zu erkennen ist?« Er neigte den Kopf auf seine rätselhaft Art, wie er es gelegentlich machte. »Irgendwo gibt es ein Geheimnis von Belang.«

»Sind Sie sich da sicher?«

Wir drehten uns um. Appleby hatte den Raum betreten. Im Tageslicht wirkte er älter, als ich ihn in Erinnerung hatte. Oder er zeigte eine gewisse Besorgnis, die ihn älter erscheinen ließ. Jedenfalls sah er aus wie jemand, der nicht zufrieden war mit seinen Bemühungen.

»Sind Sie sich sicher?«, wiederholte er. »Was, wenn die Katze eine Manx-Katze ist, die keinen Schwanz hat, den sie herzeigen könnte? Genau so kommt mir dieses Problem nämlich vor: Etwas fehlt.«

»Eine Manx-Katze?«, entgegnete Hubert. »Ferryman wäre es lieber, wenn das Rätsel wie die Grinse-Katze einfach verschwinden würde.«

Appleby sah ernst vom einen zum anderen. »Etwas fehlt«, wiederholte er. »Das ist es.«

Cudbird, als trüge er einen seiner neuen glänzenden Anzüge zur Anprobe, positionierte sich sorgsam zwischen dem großen Spiegel und dem Drehspiegel. »Nun«, sagte er, »Cecil Foxcroft soll angeblich abgängig sein. Wie wäre es damit? Aber ich bin mir selbst nicht ganz sicher, ob wir wirklich alles zur Hand haben, um dieses Rätsel lösen zu können.«

Appleby schritt über den Dachboden, kehrte um, sah erst zu Hubert, dann zu mir. Ich hatte den unangenehmen Eindruck, als wären wir in seinen Augen durch die Bank unbefriedigende Ausstellungsstücke. »Nein«, sagte er – so brüsk, wie er sich bislang noch nie gegeben hatte – »etwas fehlt, etwas anderes.«

Hubert schwang sich vom Tisch. »Eine eher negative Erkenntnis, nicht wahr?« Er nahm eine Palette zur Hand und begann auf ihr herumzuschaben. »Wir wären untröstlich, wenn Sie hier Ihre Zeit verschwenden würden.«

Falls das ein Wink war, ging Appleby nicht darauf ein. »Ich glaube nicht, dass ich meine Zeit verschwende«, sagte er. »Die Überzeugung, dass etwas fehlt, könnte ganz nützlich sein. Ja« – er zögerte, ganz offensichtlich in Gedanken versunken – »ja … ich denke, Sie werden es ebenfalls feststellen. Ich habe es von Anfang an gespürt. Sonst hätte ich mich kaum eingemischt.«

Verdutzt betrachteten wir ihn. »Mr Appleby glaubt«, sagte ich, »dass sich das fehlende Teil finden wird, sobald er sich an eine Gedichtzeile erinnert – etwas über Nebel und Schnee.«

Appleby wandte sich vom Fenster ab, durch das er die Reihenhäuser betrachtet hatte, und schüttelte den Kopf. »Es geht nicht unbedingt um ein fehlendes *Teil*. Und auch nicht – so aufschlussreich Dr. Foxcrofts Vorgehen auch sein mag – um einen abgängigen Menschen.« Plötzlich lächelte er. »Wäre dieser Beevor hinter *mir* her, wäre ich ebenfalls aus dem Fenster gesprungen. Zufällig ist Beevor eingetroffen. Er und Wale erörtern in der Bibliothek den Fall *in absentia*. Nicht unbedingt die befriedigendste klinische Vorgehensweise, wie man sich denken mag. Und Mrs Chigwidden konferiert mit ihnen. Sie hat eine Theorie.« Appleby redete in unzusammenhängenden Sätzen, weshalb ich vermutete, dass er in Gedanken woanders war. »Vielleicht hat Dr. Foxcroft ebenfalls eine Theorie.« Er sah uns amüsiert an. »Wer hat keine?«

»Meines Wissens«, sagte ich, »war Lucy Chigwidden nicht geneigt, ihre Theorie der Polizei mitzuteilen.«

»Sie ist sich nicht bewusst, dass sie sie uns mitgeteilt hat.« Appleby ließ mir ein Schmunzeln zuteilwerden, das – vielleicht ungerechtfertigt – als ziemlich arrogant bezeichnet werden konnte. »Oder dass ihre Theorie völlig unhaltbar ist.« Er wandte sich an Hubert. »Denn es gibt eine – nur eine – positive Erkenntnis, die ich gewonnen habe. Dr. Foxcroft hat nicht den Schuss abgefeuert. Jeder andere – abgesehen von Wilfred Foxcroft selbst – könnte es jedoch getan haben.« Appleby hielt inne. Mir drängte sich der Eindruck auf, dass das eine ganz bewusste Pause war. »Dr. Foxcroft hat als Einziger ein Alibi.«

»Cecil hat ein Alibi!«, rief ich erstaunt aus. »Aber unseres Wissens …«

»Ja. Aber Dr. Foxcroft hat seine Gebete nicht allein gesprochen. Tatsächlich« – und kurz wirkte Appleby wie der hölzernste Polizist – »heißt die junge Dame Rose. Das Dienstpersonal wurde befragt; die Sache wurde aufgedeckt.«

»Das«, sagte ich, »kommt heraus, wenn man alles durchkämmt. Kein Wunder, dass Rose durch Lucys Bemerkung so durcheinandergeraten ist. Ich bin schockiert und sehe, Cudbird geht es ebenso.«

Hubert stieß ein recht freudloses Lachen aus. »Cecils Avancen, stellt man sich vor, dürften bei aller Peinlichkeit sehr unentschlossen gewesen sein. Ich gehe nicht davon aus, dass Rose ihre Tugendhaftigkeit verloren hat – oder gar außer Atem gekommen ist.«

»Jedenfalls hat Cecil den Kopf verloren.« Ich wandte mich an Appleby. »Weiß Wale davon? Und hat er deswegen …«

Appleby war ans Fenster getreten und trommelte leise mit den Fingern auf die Fensterbank; erneut hatte ich das Gefühl, dass er auf anderes aus war als ein Gespräch mit Hubert, Cudbird und mir. Er drehte sich um. »Das kann kaum erklären, warum er ein Testament aufsetzen wollte. Und es erklärt auch nicht sein plötzliches Reißausnehmen.«

»Er war mit einem Vater zum Lunch verabredet«, sagte Hubert. »Mit einem schrecklichen Mann namens Podman, der drüben in Riverton Autokarosserien herstellt. Jemand sollte ihn vielleicht anrufen und ihm mitteilen, dass Cecil krank ist. Denn *krank*, nehme ich an, ist er doch. Und dürfte von Beevor sehr entschlossen eingeschlossen werden.« Über seinen Witz – der eher typisch für Geoffrey gewesen wäre, nicht für dessen Vater – lachte Hubert noch freudloser als zuvor. Er warf seine Palette auf den Tisch und ging rastlos auf und ab. »Zum Teufel, interessantes Gerede noch und nöcher! Nichts könnte mich mehr langweilen. Können wir nicht irgendetwas unternehmen?«

»Unternehmen?«, entgegnete Appleby. Sein Lächeln brachte eine vage Herzlichkeit zum Ausdruck. »O nein. Wir warten.« Er steckte die Hände in die Hosentaschen.

Cudbird, als fühlte er sich bemüßigt, die gegenteilige Position einzunehmen, schritt eilig zur Tür. »Um mit Johns Warten Schritt zu halten«, sagte er, »muss man schon sehr munter sein. Und um etwas zu unternehmen …«

»Ja, etwas unternehmen.« Hubert wurde lauter. »Das müßige Geplauder führt zu nichts.« Er hielt inne und sah mich seltsam an. »Würde ein weiterer Anschlag auf Basil erfolgen, würde sich alles klären.«

»Ich denke«, sagte Cudbird, »dass Sir Basil im Moment in Sicherheit ist.«

»Ihren Worten am vergangenen Abend« – ich wandte mich an Appleby – »entnehme ich, dass durchaus die Gefahr besteht, Basil könnte angegriffen werden. Und Cudbird hat einiges angeführt, was in die gleiche Richtung weist.«

Appleby schüttelte den Kopf; er schien mehr und mehr in seinen Gedanken versunken. »Nein, ich denke nicht, dass große Gefahr besteht. Vielleicht habe ich an Basil nur etwas ausprobiert.« Er lächelte sein abwesendes und verbindliches Lächeln. »Wie Mr Roper schon sagte: interessantes Gerede noch und nöcher. Im ganzen Haus. Theorien, nicht Taten werden in Belrive ausgebrütet. Meinen Sie nicht auch, Mr Cudbird?«

Cudbird stand immer noch an der Tür; seine Antwort ging im plötzlichen Aufheulen der Cambrell-Sirene unter. »Zwölf Uhr«, sagte ich, »und mir scheint, wir haben das Frühstück gerade erst hinter uns.«

»Zwölf Uhr?« Appleby zog die Hände aus den Hosentaschen und wirkte in aller Unschuld überrascht. »Um Himmels willen, vielleicht sollten wir nach unten.«

»Das sollten Sie vielleicht«, sagte Hubert. »Sie haben sich ja schon mehr als großzügig mit Ihrer Zeit erwiesen. Aber ich ... ich darf nicht zu gierig sein und mehr als meinen Anteil einfordern.«

Appleby lächelte herzlich. »Ich bin überzeugt – und Mr Cudbird sicherlich noch mehr –, dass Sie ganz in Ihrer Arbeit aufgehen.« Er sah zum Bierbrauer und lächelte wie über einen Witz, den nur er selbst verstand. »Aber vielleicht wollen Sie ja doch mit nach unten kommen? Mir ist just in diesem Moment eingefallen« – Appleby sah aus, als wäre ihm gerade etwas eingefallen – »dass Leader um zwölf Uhr eine Art Zusammenkunft angesetzt hat.«

»Eine Zusammenkunft?«, fragte ich argwöhnisch.

»In der Bibliothek. Wir sollten uns beeilen, damit wir nicht zu spät kommen.«

Mit Cudbird an der Spitze begaben wir uns nach unten. Alle waren in der Bibliothek versammelt – alle außer Basil und Cecil. Selbst Cambrell hatte sich wieder hinzugesellt. An einem Tisch in der Mitte des Raums saß Leader, unterstützt von einem Sergeant der Polizei. Wir ließen uns auf Stühlen nieder, während Appleby, wie mir auffiel, sich unauffällig in eine dunkle Ecke verzog. Dann warteten wir. Niemand hatte etwas zu sagen oder wusste, was geschehen würde. Was eine ungewöhnliche Wirkung hatte.

Das lange und unruhige Schweigen wurde durch ein gewichtiges Räuspern von Leader unterbrochen. »Unsere Angelegenheit ...«, begann er.

Der Sergeant murmelte ihm etwas ins Ohr. Leader brach ab und nickte. Der Sergeant erhob sich und betätigte eine

Glocke. Ein Constable erschien, dem Instruktionen zugeflüstert wurden, bevor er wieder verschwand. Die Polizei, stellten wir fest, war in Scharen in Belrive eingefallen.

»Ich fürchte«, sagte Leader, »dass wir ohne Sir Basil kaum beginnen können.« Ungeduldig klopfte er auf den Tisch. »Er wird sicherlich gleich kommen. Er hat versprochen, den gesamten Nachmittag hier zu sein.« Daraufhin begann Leader, sein Notizbuch zu studieren. Es sah so aus, als wäre es über Nacht größer geworden. Er blätterte eine Seite um; das Rascheln ertönte in einer zunehmend nervösen Stille.

Zwei Minuten vergingen. Leaders Ungeduld wandelte sich zu Besorgnis. Als in der Halle Schritte zu hören waren, wandten sich alle Blicke zur Tür: wieder der Constable. Er murmelte Leader etwas zu, durchquerte den Raum und murmelte dann Appleby etwas zu. Und zwischen den beiden wurde, wie mir schien, ein zurückhaltender, aber bestürzter Blick ausgetauscht.

Wieder legte sich Stille über den Raum, wieder wurde sie durch Schritte unterbrochen. Diesmal aber waren es schnelle Schritte. Die Tür flog auf: Richards erschien mit einem weiteren Constable im Schlepp. Verstört sah er sich um und eilte zu Leader. »Sir Basil«, rief er, »Sir Basil ist in den Ruinen attackiert worden. Ein Mordversuch. Sie bringen ihn ins Haus.«

20

So weit bin ich in Lucy Chigwiddens Gefilde vorgedrungen, dass ich mir in der Sache der Kapitelstrukturierung Lucys Gespür für die Wirkung zu eigen gemacht habe. Richards' Ankündigung markierte einen kleinen Kapitelvorhang – einen Vorhang, der sofort wieder aufgezogen wird und den Blick auf die in Verwirrung und Chaos gestürzte Bibliothek freigibt. Zumindest sehe ich aber davon ab, dies auszunutzen. In aller Kürze: Was folgte, glich der Szene in einer übervölkerten klassischen Tragödie. Der Bote stürzt herein und übermittelt verheerende Nachrichten, der Chor stimmt großes Wehklagen an, dann erscheint ein zweiter Bote – leicht außer Atem – und berichtet ausführlicher vom aktuellen Problem. In unserem Fall war der zweite Bote ein uniformierter Police Inspector: Kurz hoffte ich, es wäre jener Haines, dessen Dienste uns Appleby am Abend zuvor geschickt vorenthalten hatte. Sein Name – wenn ich ihn denn jemals gewusst hatte – ist mir längst wieder entfallen. Ich erinnere ihn lediglich als eine Stimme. Als eine Stimme und als ein weiteres einschüchterndes Anzeichen für die Art und Weise, wie sich die Polizei unseres Rätsels bemächtigte.

Wale – erneut zum Noteinsatz gerufen – eilte aus dem Raum. Dann tauchte besagte Stimme auf. Scheinbar wurde im gesamten Park und in sämtlichen Gärten patrouilliert, weshalb dieser neue Angriff die Polizei äußerst beunruhigte: Der Stimme, unserem zweiten Inspector, schien es angelegen zu sein, seine Untergebenen vor den Versammelten in

Schutz zu nehmen. Er hatte sich anscheinend mit Basil verabredet, um die kleine Waffenkammer am Schießstand zu inspizieren. Als er dort eintraf, fand er Basil bewusstlos zwischen den Ruinen liegen.

»Ein raffiniert geplanter Überfall, der sich als Unfall ausgibt«, sagte der Inspector – die Stimme – namentlich zu Leader, im Grunde aber und auf unbestimmt bedrohliche Art zu allen Versammelten. »Gravierende Kopfverletzungen, und neben ihm ein großer Stein, der sich anscheinend vom Turm gelöst hat. Der arme Mann konnte nicht einmal einen Schrei ausgestoßen haben, sonst hätten ihn unsere Leute gehört. Ein teuflischer Hinterhalt.«

Die Stimme war offensichtlich von emotionalerer Natur als ihre uns bislang bekannten Kollegen. Sehr bedrückt schüttelte er den Kopf und musste von dem in seiner Ecke sitzenden Appleby zu weiteren Auskünften ermutigt werden.

»Irgendwelche Spuren im Schnee? Ist irgendjemand im Park gesehen worden?«

Die Stimme schüttelte den Kopf. »Keinerlei Spuren. Nicht eine Menschenseele zu sehen. Und sämtliche hier Versammelten – mit Ausnahme von Dr. Foxcroft – können nachweisen, wo sie sich aufgehalten haben.«

Neben mir rührte sich jemand: Geoffrey Roper. Er beugte sich vor, als wollte er einen Einwand anbringen, überlegte es sich aber anders und lehnte sich wieder zurück.

»Nur eine Seltsamkeit. Sir Basils Mantel und Hemd waren aufgeknöpft. Anscheinend hatte sich der Täter vergewissern wollen, dass er sein Opfer auch erledigt hat.«

Appleby war, wie mir auffiel, kurzzeitig irritiert. Brachte diese Nachricht eine von ihm erwogene Theorie durcheinander? Durcheinander jedenfalls waren wir zweifellos alle sehr. Nach dem Schuss auf Wilfred und Cecils Anflug von

Wahnsinn hatte uns diese neue Katastrophe auf dem falschen Fuß erwischt.

Lucy war die Erste, die sich zu den Ausführungen der Polizei äußerte. »Vielleicht«, sagte sie nervös, »war es wirklich ein Unfall. Beim Anblick des Turms habe ich mir oft gedacht, dass er sich in einem gefährlich baufälligen Zustand befindet. Vielleicht hat sich wirklich ein Stein gelöst und Basil verletzt.« Ihr Blick ging in eine unbestimmte Ferne, wie so oft, wenn sie die Welt ihrer inneren Erfahrung konsultierte. »Schließlich ereignen sich die ungewöhnlichsten Zufälle.«

Die Antwort auf diese Mutmaßung kam von Wale, der wieder an der Tür aufgetaucht war. »Zufällig herabfallendes Mauerwerk«, sagte er, »lässt es meist an chirurgischer Präzision mangeln.« Er durchquerte den Raum und ließ sich erschöpft auf seinem vorherigen Platz nieder. »Der Schlag hätte nicht geschickter platziert werden können.«

Stille. Wir alle waren fassungslos, ohne im Moment zu wissen, worüber. Dann sprach Hubert Roper. »Aber es war doch sicherlich kein ausgesprochen effizient ausgeführter Schlag – vorausgesetzt, es war einer. Wir können doch annehmen, dass Basil noch am Leben ist – selbst wenn die Verletzung schwer sein sollte?«

»Schwer?« Wale schnaubte verächtlich. »Einem ahnungslosen Auge mag sie schwer erscheinen. Aber ich darf Ihnen versichern, dass Roper lediglich bewusstlos geschlagen wurde – und das auf ungewöhnlich saubere Art. Es bestand nie auch nur die geringste Gefahr. Er wird in den nächsten vierundzwanzig Stunden nichts weiter als Kopfschmerzen haben.«

Vom hinteren Teil des Raums ertönte die klare Stimme von Anne Grainger. »Die Polizei muss uns für einen recht unfähigen Haufen halten. Erst wird dilettantisch und erfolglos auf Wilfred geschossen, und jetzt das. Ich nenne das auf jeden Fall entwürdigend. Aber ich nehme an« – dabei musterte sie die auf sie gerichteten missfälligen Blicke – »dass das typisch ist für unsere im Niedergang befindliche Klasse. Es gibt nichts, was noch richtig gemacht wird.«

Leader runzelte die Stirn. Besagte Stimme runzelte noch sehr viel bedrohlicher als Leader die Stirn. Und falls Appleby im Gegenteil zufrieden schien, so tröstete uns das kaum. Wir waren zutiefst verwirrt. Es schien unmöglich, dass Annes geschmackloser Scherz noch übertroffen werden konnte. Aber übertroffen wurde er – unnötig zu sagen – von Geoffrey.

»Ich bedaure Basil wegen seiner Kopfschmerzen wirklich sehr«, sagte Geoffrey. »Aber wie schrecklich, wenn er damit ins Gefängnis muss.«

Ich erinnere mich, dass sich Appleby auf seinem Stuhl zurücklehnte – und erneut habe ich das Bild eines sich hebenden Vorhangs vor mir. Für ihn setzte das Stück jetzt ein. Und obwohl er allem meist passiv beiwohnte, war er alles andere als ein simpler Zuschauer. Sein Gebaren ließ an den Regisseur denken, der endlich seinen Platz im Parkett einnahm. Und mir schien, als erfüllte es ihn mit besonderer Zufriedenheit, dass Geoffrey mit einem Mal erregt aufstand und mit dem Finger auf ihn zeigte – eine Geste, der mehr Theatralik als Benimm innewohnte.

»Schaut ihn euch an«, sagte Geoffrey. »Und schaut euch die anderen an.« Er wies auf Leader, den zweiten Inspector, den Sergeant, den wartenden Constable. »Meint ihr wirklich, die glauben, dass Basil von jemandem angegriffen wurde? Natürlich nicht. Es wäre bloße Zeitverschwendung, weiter an solche Albernheiten zu glauben.«

Hubert Roper hatte das überspannte Verhalten seines Sohnes bislang eher abschätzig beobachtet, jetzt aber nickte er. »Unerträgliche Zeitverschwendung, ja. Dennoch, du machst es nicht besser, mein Junge, wenn du schreist.« Und Hubert, der sich seine Zurechtweisung selbst zu Herzen zu nehmen schien, lehnte sich zurück und rang offensichtlich mit sich, ob es schicklich wäre, eine Zigarette anzuzünden.

»Soll doch Basil«, fuhr Geoffrey unbeeindruckt fort, »in einem großen schwarzen Kastenwagen fortgebracht werden. Dann können wir mit unserem Leben weitermachen. Ich meine damit nicht, dass es mir nicht leidtun würde. Doch, das tut es. Die Vision einer meteorologischen Station – sie hat durchaus ihren Sinn. Und wenn Belrive zu Geld gemacht wird, sollte ich für meinen Teil nichts dagegen haben. Wenn jemand wie Wilfred, dessen Ehrgeiz einzig darin besteht, in aller Bequemlichkeit seine Zeit zu vertrödeln, verkündet, er würde sich einer Vision in den Weg stellen – dann halte ich es für ziemlich nachvollziehbar, dass er sich damit auch einer Kugel in den Weg stellt. Aber Basil hätte es nicht verpfuschen sollen. Das zeigt nur, dass ihm mittlerweile der Biss fehlt. Und das gibt einem das Gefühl, dass er die Sache in der Antarktis ebenfalls verpfuscht hätte. Dann hätten wir Belrive für nichts verloren. Ich bedaure Basil. Aber er ist ein Risiko eingegangen, und jetzt … Je früher er in den Kastenwagen steigt, desto weniger Theater gibt es hier. Ihr könnt nämlich sicher sein, dass diese Schlaumeier« – Geoffrey wies mit einem Finger auf Leader und seinen Sergeant – »keinen laufen lassen werden. Kerle einzulochen, bereitet ihnen Vergnügen.«

Wie betäubt hatte ich dieser langen Rede gelauscht, vermutlich ebenso wie die anderen. Appleby war der Erste, der darauf etwas erwiderte. »Mr Roper, Sie meinen also, dass Sir

Basil auf Mr Foxcroft geschossen hat, weil Mr Foxcroft Einwände gegen Sir Basils geplante Expedition haben könnte?«

»Das denken *Sie*, Mr Appleby. Ich verhelfe Ihnen nur zu einem vollständigen Motiv. Es wird unweigerlich herauskommen, und es wird bald herauskommen. Natürlich haben sich die beiden vor langer Zeit bei einer gemeinsamen Bergtour gestritten. Ich weiß nicht warum: Vielleicht hatte Wilfred damals schon zu großen Wert auf seine Bequemlichkeit gelegt. Und vielleicht schwingt in der jetzigen Affäre immer noch etwas von damals mit. Aber das glaube ich nicht. Basils Entschluss, Wilfred aus dem Weg zu schaffen, reicht nicht weiter zurück als bis zum gestrigen Tee.«

Lucy Chigwidden gab einen erstaunten Aufschrei von sich.

»Wenigstens Lucy erinnert sich. Wir haben über den Verkauf von Belrive geplaudert – bei den Muffins, da redet man so vor sich hin –, und Wilfred sagte, er glaube es zwar nicht, aber falls es stimme, wüsste er durchaus, wer Basil stoppen könnte. Offensichtlich meinte er damit sich selbst. Vergesst nicht, er ist der Geschäftsmann in der Familie, einer, der sich in solchen Dingen auskennt. Und genau in dem Augenblick kam Basil herein. Er hatte es offensichtlich gehört, und wir kamen uns alle ziemlich dumm vor. Ich erinnere mich noch, Cecil fing mit seinem *Ernsten Aufruf* an. Aber es war der ernste Aufruf des armen Wilfred und beinahe sein letzter. Basil, der ein kühler und skrupelloser Mensch ist, würde es meiner Ansicht nach nicht zulassen, dass seiner Expedition irgendetwas in die Quere kommt. Er hat auf Wilfred geschossen. Und natürlich hat ihn heute Morgen niemand in den Ruinen angegriffen. Er hat nur gespürt, dass diese Helden« – diesmal wies der Finger auf Appleby und die Stimme – »ihm wahrscheinlich auf die Schliche kommen, deshalb hat er beschlossen, mit einem vorgetäuschten Überfall den wahren Sachverhalt zu verschleiern.«

Keine Stunde zuvor, erinnerte ich mich, hatte mir Cudbird eben diese Möglichkeit unterbreitet. Ich starrte Geoffrey an und war erschreckt, wie ungestüm, mit welcher sorglosen Gewissheit er das alles ausführte. Er glaubte wirklich, was er sagte; er glaubte nicht nur an die von ihm dargelegten Fakten, sondern auch an die zugrunde liegende Geisteshaltung. Basil, von einer Vision erfüllt, war berechtigt, den visionslosen Wilfred aus dem Weg zu räumen, sofern sich Wilfred gegen ihn stellte. Aber Basil hatte es verpfuscht, und je schneller er hinter Gitter kam, desto schneller konnten wir an unsere Schreibtische und in unsere Ateliers zurück. Daraus speiste sich ein gewisser Eifer, bald Gerechtigkeit walten zu lassen. Ich kann nur sagen, mir blieb der Mund offen angesichts der liederlichen Bereitschaft, den eigenen Onkel den Bluthunden zum Fraß vorzuwerfen. Als ich mich ein wenig davon erholt hatte, hörte ich, beträchtlich erleichtert, die farblose Stimme von Leader.

»Sie würden also sagen, Sir, dass ein fingierter Überfall auf diese Weise in Szene gesetzt werden kann?« Leader hielt inne und ließ die Ironie wirken. »Dass sich jemand selbst erfolgreich einen Schlag auf den Hinterkopf verpasst – Ihre Erfahrung bestätigt diese Möglichkeit?«

Geoffrey war nur ganz kurz verunsichert. »Wenn man Basil ist – ja. Er ist ungemein sportlich und alles andere als dumm. Außerdem Bergsteiger und so beweglich wie ein Schlangenmensch. Und mit einem übersteigerten Willen ausgestattet. Ja, Basil ist dazu in der Lage.«

»Sie sagen« – Appleby ergriff nun zum ersten Mal das Wort – »dass Sir Basil sportlich ist. Würden Sie sagen, dass er auch ein guter Schütze ist?«

Geoffrey grinste. »Ein sehr guter sogar.«

»Ein so guter Schütze, wie Sie selbst ein schlechter Schütze sind?«

Geoffreys Grinsen wurde noch breiter; er war ganz offensichtlich überzeugt, noch ein Ass im Ärmel zu haben. »Ganz genau!«

»Wie erklären Sie sich dann, dass es Sir Basil nicht gelungen ist, jemanden zu töten, der nicht mehr als einige Schritte von ihm entfernt war? Die Kugel traf, soweit wir wissen, den rechten Lungenflügel. Wollen Sie andeuten, dass diese kühle und skrupellose Person – als die Sie Ihren Onkel beschreiben – so aufgeregt war, dass er nicht richtig zielen konnte? Oder warum wurde der auf Mr Foxcroft abgegebene Schuss so nachlässig ausgeführt?«

Der letzte Satz ließ mich zusammenzucken: So hatte Anne oder Geoffrey sich ausgedrückt, als Appleby und ich die beiden zwischen den Ruinen belauscht hatten. Und ich erinnerte mich, was Appleby unmittelbar danach über sie gesagt hatte: Sie seien zum Kern des Rätsels vorgedrungen. Und während ich über all das nachdachte, sagte Geoffrey: »Ja, warum wurde auf Wilfred so nachlässig geschossen? Das ist der Kern der ganzen Sache.«

Wir mussten einen seltsamen Anblick geboten haben. Geoffrey stand immer noch mitten in der Bibliothek – leicht erhitzt, vielleicht auch nervös, wie ein Kind, das man zwang, etwas vorzutragen. Und im Raum verteilt saß ein vielköpfiges Publikum, dem seine Familie und die Polizei angehörten. Der Zweck, warum wir vor dem Überfall auf Basil zusammengerufen wurden, schien vergessen; und keiner gebot Geoffrey Einhalt bei seinem unüberlegten Versuch, die Lösung des Rätsels zu beschleunigen. Jetzt legte er noch einen Zahn zu.

»Basil hat sich früh umgezogen. Er hat in seinem Arbeitszimmer gearbeitet. Er kommt heraus und sieht, wie Wilfred die Bibliothek verlässt, weil er dort keinen Brief schreiben konnte, nachdem Lucy den gesamten Papiervorrat verbraucht hat. Basil erkennt seine Chance; er rät Wilfred, ins Arbeitszimmer zu gehen, um dort am Schreibtisch den Brief zu verfassen. Dann holt er eine Waffe.«

Leader hatte sich seinem Notizbuch zugewandt. Manche unter uns warfen sich unruhige Blicke zu. Geoffreys Aussage, dass sich sein Onkel eine Waffe geholt habe, hatte etwas Gespenstisches an sich.

»Wie und wo nimmt Wilfred Platz? Am Schreibtisch sitzt er direkt vor der Terrassentür. Basil wird die Vorhänge mit zwei Fuß Abstand geöffnet haben: So ist es seine Gewohnheit. Nun können zwei Dinge passieren. Wilfred, der nicht im Kalten sitzen will, zieht die Vorhänge vielleicht ganz zu, bevor er Platz nimmt. In diesem Fall muss Basil nur durch die Terrassentür treten, die Vorhänge einen schmalen Spalt öffnen und feuern. Aber angenommen, Wilfred hat die Vorhänge überhaupt nicht angerührt. Dann gibt es ein Problem. Arthur, du hast letzten Abend mit diesen Leuten herumgeschnüffelt. Wenn Wilfred am Schreibtisch saß und die Vorhänge zwei Fuß weit aufgezogen waren, was konnte er dann sehen?«

Die Frage traf mich unvermittelt, ich zögerte. Eine verständliche Reaktion. Ich war alles andere als willens, dieses ungeheuerliche Bestreben, Basil des Mordversuchs zu überführen, zu unterstützen. Aber Appleby betrachtete mich neugierig, sodass ich mich zu einer Erwiderung genötigt sah. Zunächst aber wiegelte ich ab. »Was meinst du damit: Was konnte er dann sehen?«

»Was konnte er von jemandem sehen, der draußen auf der

Terrasse steht – der hin und her geht, der sich der Terrassentür nähert?«

»Wenn dort jemand an der Balustrade auf und ab geht, erkennt er nicht mehr als eine sich bewegende Gestalt.«

»Die nicht zu identifizieren ist?«

»Vermutlich. Wenn sie einen Smoking trägt, ganz bestimmt nicht. Wenn diese Person sich aber mit dem Gesicht zum Haus der Terrassentür nähert …«

»Genau!« Geoffrey blickte triumphierend in die Runde der Versammelten. »Die Vorsicht würde gebieten, dass Basil den Schuss abfeuert, ohne sich Wilfred zu erkennen zu geben. So gut der Schuss auch sein mag, Wilfred könnte vielleicht noch röchelnd den Täter verraten, sofern schnell Hilfe eintrifft. Daher hätte Basil an der Balustrade auf und ab gehen können. Er hätte sich an die Balustrade stellen und über den Garten blicken können. Unter diesen Umständen wäre er für Wilfred nichts anderes als ein unbekanntes Mitglied der Hausgesellschaft gewesen, das vor dem Dinner noch frische Luft schnappt. *Aber Basil konnte sich nicht umdrehen und sich der Terrassentür nähern, ohne seine Identität preiszugeben.*«

Plötzlich war es in der Bibliothek sehr still; jedes nervöse Getuschel war verstummt; nur das Knacken der Kohle auf dem Rost war zu hören.

»Und jetzt bedenkt«, sagte Geoffrey, »was sich gestern Vormittag auf dem Schießstand ereignet hat. Welche Kunststücke dort aufgeführt wurden.« Abrupt fuhr er herum. »Cambrell, haben Sie Ihre Armbanduhr bei sich?«

Wir alle schreckten auf. Ein kalter Schauer kroch mir über den Rücken. Und Cambrell zuckte zusammen, als stünde er selbst unter Verdacht. Dann nickte er, fummelte am linken Handgelenk herum und legte etwas vor sich auf den Tisch. Eine Uhr mit glänzendem Metallarmband.

Geoffrey fuhr mit dem Anklageplädoyer fort. »Ich war an dem Trick interessiert – dem Trick, rückwärtszuschießen –, und es gelang mir, herauszufinden, wie es gemacht wird. Cambrell stand mit dem Rücken zur Zielscheibe, legte den Lauf seines Revolvers unter den linken Oberarm und nahm gleichzeitig mit der linken Hand die Pfeife aus dem Mund. Das war die entscheidende Bewegung. Das linke Handgelenk geht nach oben, der Ärmel rutscht nach unten, und das glänzende Armband fungiert – unter dem richtigen Lichteinfall – als kleiner Spiegel. Mit ein wenig Übung kann man damit zweifellos einen ganz guten Schuss abgeben.«

Mit Entsetzen erinnerte ich mich an Basils Worte, mit denen er Cambrells Trick kommentiert hatte: »Ein Kunstschützentrick. Ich glaube, das kann ich auch.« Unwillkürlich rief ich: »Unsinn. Das kann nicht sein!«

Nur kurz richteten sich neugierige Blicke auf mich. Dann wandte sich jeder wieder Geoffrey zu, während ich auf meinen Stuhl zurücksank. Für wie plausibel man seine Geschichte auch halten mochte, er hatte die volle Aufmerksamkeit seines Publikums.

»Da sind wir also. Basil steht an der Balustrade, als würde er zum Garten oder zu Cudbirds fürchterlicher Flasche sehen. Dann macht er ein paar Schritte nach hinten – eine natürliche Bewegung, wenn man etwas in Augenschein nehmen möchte – und wendet Cambrells Trick bei Wilfred an. Nur ist er darin nicht so versiert, und es misslingt.« Fast herausfordernd sah sich Geoffrey um. »Der Mordversuch misslingt.«

Etwa zwanzig Sekunden lang herrschte Stille. Dann war, ganz ruhig, von der Tür zu hören: »Eine interessante Theorie, in der Tat.«

Wir drehten uns alle um. Vor uns stand Basil höchstpersönlich.

21

»Aber die Theorie fällt schon ganz am Anfang in sich zusammen.«

Basil war sehr blass und trug einen Verband um den Kopf; auf wackeligen Beinen trat er ein und ließ sich vorsichtig auf einem Stuhl nieder. Wale hatte sich hastig erhoben; Basils Erscheinen verstieß offensichtlich gegen ausdrückliche Anweisungen. Aber Basil winkte ihn vorsorglich zurück.

»Es geht mir gut genug. Und ich stimme Geoffrey in einem Punkt zu: Die Affäre sollte lieber umgehend aufgeklärt werden – wie schmerzlich die Erkenntnisse auch sein mögen. Ein erster Schritt dazu ist die Feststellung, dass Geoffreys Mutmaßung schon am Anfang unzutreffend ist. Denn es gibt kein Motiv.«

Appleby hatte sich auf seinem Stuhl zurückgelehnt wie jemand, der erwartete, dass sich nun alles aufs Wunderbarste fügte. Leader widmete sich unablässig seinem Notizbuch, als würde er über die langweiligste politische Versammlung berichten. Die Stimme beäugte uns der Reihe nach mit offensichtlicher und stetig wachsender Ablehnung. Ich selbst hielt den Blick auf Basil gerichtet. Er war tatsächlich ein unnahbarer Mensch; dass er – wie Geoffrey behauptete – gelegentlich skrupellos sein konnte, stellte ich mitnichten in Zweifel. Angespannt wartete ich, was er zu sagen hatte. Und meine Nervosität nahm noch zu, als ich erkannte, dass der so ruhige Basil wütend war – so wütend, wie ich ihn noch nie erlebt hatte.

»Angeblich hätte ich Wilfred erschießen wollen, weil ich ihn sagen hörte, dass er weiß, wer mich vom Verkauf von Belrive abbringen könnte. Aber wäre Geoffrey Geschäftsmann, würde er wissen, was das für ein Unsinn ist. Ich beabsichtige eine wissenschaftliche Expedition zu organisieren, deren Finanzierung ich im Moment meine gesamte Zeit widme. Ich habe mich lange mit der Veräußerung dieses Anwesens beschäftigt und einige Schritt unternommen. Ist es wahrscheinlich, dass ich unfähig wäre, mögliche juristische Hinderungsgründe zu erkennen, falls es welche gibt? Ist es vorstellbar, dass in diesem Stadium Wilfred einschreitet, mit irgendeiner vergessenen Urkunde oder einem Schriftstück wedelt und die ganze Sache stoppt? So eine Idee kann nur jemandem in den Sinn kommen« – Basil wartete und schien noch blasser zu werden – »der sich mutwillig eine Geschichte aus den Fingern saugt.«

An diesem Punkt begriffen die meisten unter uns die unschöne Wahrheit: Basil hatte es auf mehr abgesehen als seinen Freispruch. Ich sah Horace Cudbird unruhig auf seinem Platz herumrutschen und fragend zu Cambrell blicken; ich sah Lucy schaudern und Mervyn Wale sich vorbeugen, um ein Holzscheit ins Feuer zu legen. Dann verlangte Basils gleichmäßige Stimme wieder meine Aufmerksamkeit.

»Es stimmt, ich hörte, was Wilfred beim Tee sagte. Ich kehrte in mein Arbeitszimmer zurück und dachte darüber nach. Wilfred ist jemand, der viel redet, wenn der Tag lang ist – weswegen man ihn nicht immer unbedingt für voll nimmt. Dennoch bekleidet er eine verantwortungsvolle Position und plappert in solchen Angelegenheiten in der Regel nicht einfach drauflos. Was er sagte, war im Grunde Folgendes: dass er selbst die Umsetzung meines Plans, den avisierten Verkauf des Anwesens, verhindern könne. Nach sorgfältiger Überlegung konnte diese Aussage meines Erachtens nur eines bedeuten. Und das überraschte mich.«

Basil machte eine lange Pause – weniger der Wirkung willen, denke ich mir, sondern weil das Reden ihn beträchtlich anstrengte. »Angesichts der gegenwärtigen Stimmungslage im Haus sind auch andere Erklärungen möglich. Manche Gemüter« – Basils Blick ging flüchtig zu seiner Schwester – »mögen annehmen, Wilfred habe vorgehabt, mit einer Waffe auf mich loszugehen. Damit würde zweifellos das angestrebte Ziel erreicht werden. Die eigentliche Erklärung aber war weit weniger spektakulär. Ich sage, sie überraschte mich. Denn Wilfred hatte Belrive immer eine gewisse Geringschätzung entgegengebracht; immer hatte er den Eindruck vermittelt, als würde er das Anwesen für einen Anachronismus halten – ein Hindernis auf potenziell wertvollem Industriegelände. Aus diesem Grund – und vielleicht auch wegen der anhaltenden Entfremdung zwischen uns – hatte ich mich nicht direkt mit ihm über meine Pläne ausgetauscht. Das war falsch, wie mir nun aber klar geworden war. Mir war klar geworden, dass Wilfred, der sehr wohlhabend ist, bereit war, Belrive selbst zu erwerben. Ich ergriff die Gelegenheit und sprach ihn deshalb darauf an, bevor ich zum Umziehen nach oben ging. Es war genau so, wie ich mir gedacht hatte. Er sagte, das Projekt einer meteorologischen Station klinge interessant, und er wolle Belrive zum höchsten Betrag kaufen, der mir bislang geboten worden war. Und so, wie ich Cudbirds Angebot gegenüber Cambrells vorgezogen hatte, so zog ich nun Wilfreds Angebot dem von Cudbird vor. Und ganz sicher werden Sie, Cudbird, nicht behaupten, dass vorher irgendetwas zwischen uns vereinbart worden wäre.«

Cudbird wollte zu einer wohl freundlichen Erwiderung ansetzen, als Anne ihm mit schneidender Stimme ins Wort fiel. »Dann gehe ich davon aus, dass Mr Cudbird auf Wilfred geschossen hat. Geoffrey, warum haben wir daran nicht gedacht?«

»Ja«, fuhr Anne fort, »das ist es.« Sie schenkte dem zweiten Inspector, der Stimme – den sie als die Person im Raum ausgemacht hatte, die sich am leichtesten entrüstete –, ein strahlendes Lächeln und einen harten Blick. »Natürlich! Mr Cudbird hört, was Wilfred vorhat, tritt durch die Terrassentür und schießt auf ihn. Damit ist die Situation wieder wie zuvor, und Mr Cudbird kann sich Belrive unter den Nagel reißen. Belrive-Bier ist das Beste. Probieren Sie unsere Priorei-Abfüllung.« Sie wandte sich an Cudbird. »Sehen Sie«, sagte sie in unschuldigem Ernst, »dass sich meine Erklärung durch die klösterliche Tugend der *Einfachheit* auszeichnet?«

Cudbird betrachtete sie ungerührt. »Vielleicht, Miss Anne, erzählen Sie uns auch gleich noch, wer Sir Basil zwischen den Ruinen angegriffen hat. Vielleicht habe ich es mir ja wirklich zur Angewohnheit gemacht, mit Waffen und Knüppeln auf andere loszugehen.«

Anne schüttelte den Kopf. »Das überlasse ich gern der Polizei.« Wieder strahlte sie die Stimme an. »Wäre es nicht schön, wenn den werten Polizisten auch noch etwas zum Aufklären bliebe? Erinnern sie nicht an eine Reihe mächtiger Lokomotiven, die stillgelegt auf einem Rangierbahnhof stehen? Ich meine an Mr Appleby schon eine feine Rostschicht ausmachen zu können. Inspector Leader gehört zweifellos dem Pacific-Typus an. Und dieser Gentleman hier« – Anne deutete eine Verbeugung in Richtung der Stimme an – »gibt einem das Gefühl, als müsste man nur an einer Kette ziehen, und schon ertönt der allerschönste Pfiff.«

Der Constable lachte in sich hinein; die Stimme atmete

hörbar ein und aus – und illustrierte damit unwillkürlich Annes Vergleich; wir Übrigen bemühten uns um Aufrechterhaltung dessen, was man frostiges Schweigen nennt. Schließlich ergriff Leader das Wort. »Miss Graingers Hinweis wird entsprechend seiner Bedeutung berücksichtigt. *Wenn* er denn irgendeine Bedeutung hat.« Er hielt kurz und bedeutungsschwer inne. »Und nun, Sir Basil, zum wichtigsten Punkt. Mr Foxcroft ist, wie Sie wissen, nicht vernehmungsfähig, und niemand kann im Moment sagen, welche Wendung sein Zustand nehmen wird. Daher hätten wir gern einen unabhängigen Nachweis für seinen Entschluss, Belrive zu erwerben. Ihnen dürfte klar sein …«

»Natürlich.« Basil war ungeduldig, woraus ich schloss, dass er noch wütender war als zuvor – was zweifellos an Anne lag. »Es gibt, denke ich, so etwas wie einen Beweis. Wilfred sagte, es sei eine doch bedeutende Transaktion, deshalb wollte er seinen Anwalt hinzuziehen. Er verfasste ein Telegramm, das Richards aufgab. Darin ist explizit vom Erwerb des Anwesens die Rede.«

»Ich danke Ihnen. Das ist äußerst zufriedenstellend.«

Appleby auf seinem Stuhl rührte sich, als erachtete er das keineswegs als zufriedenstellend. Er schien es sich zum Programm gemacht zu haben, die Lokomotiven so lange wie möglich auf ihrem Rangierbahnhof stehen zu lassen. »Sir Basil«, sagte er, »hat uns noch mehr zu erzählen – denke ich mir.«

»Durchaus.« Basil wandte sich auf seinem Stuhl direkt den Anwesenden zu. »Und ich beginne mit dem, was der Kern der Sache genannt wurde. In Geoffreys Worten: Warum wurde so nachlässig auf Wilfred geschossen? Wir hatten eine Erklärung: Wilfred wurde lediglich schwer verletzt, weil sich der Täter an einem schwierigen Kunstschuss versucht hat.

Allerdings haben wir gesehen, dass diese Behauptung jeglicher Grundlage entbehrt.«

Leader sah von seinem Notizbuch auf. »Kaum, Sir Basil. Wir haben nur gesehen, dass es kein Motiv gibt, warum Sie hätten schießen sollen. Aber der Kunstschuss ist weiterhin eine Möglichkeit. Und ich muss sagen, es wäre keine schlechte Erklärung für diesen sehr rätselhaften Aspekt des Falls. Logik, Sir – wir müssen uns an die Logik halten.«

Es ließ sich nicht leugnen, dass Basils Logik hier kurzzeitig entgleist war; er bestätigte es selbst mit einem Nicken, was ihm wohl einiges körperliches Unwohlsein bereitete. »Gut. Dann biete ich Ihnen eine einfachere Erklärung, warum Wilfred nicht getötet wurde. *Die Person, die auf Wilfred schoss, hatte nie vor, ihn zu töten.*«

»Sie meinen also, der Schuss war für jemand anderen bestimmt?« Leaders Bleistift schwebte über dem Notizblock. Appleby seufzte schwach.

»Ich meine« – Basil klang erneut ruhig und geduldig – »dass die Person, die auf Wilfred schoss, Wilfred nicht töten wollte. Jedenfalls nicht sofort.« Basil holte tief Luft. »Ist dem nicht so, Geoffrey?«

Zumindest mich trafen diese Worte wie ein Schlag in die Magengrube. Es widersprach nicht unbedingt Geoffreys Naturell, dass er seinen Onkel so unbekümmert beschuldigte. Mich erschreckte jedoch Basils Bereitschaft, seinen Neffen im Gegenzug ebenso prompt anzuklagen. Und zum zweiten Mal während dieser surrealen Konferenz fühlte ich mich bemüßigt, einzuschreiten. »Basil«, rief ich, »hör auf, um Himmels willen! So ist es nicht. Mussten wir nicht schon genügend irres Gerede ertragen?«

In meiner Erregung war ich aufgesprungen. Zitternd setzte ich mich wieder. Ich war mir durchaus bewusst, dass Appleby mich ansah – seltsam anerkennend, wie mir schien, angesichts meiner unzusammenhängenden Worte. Und erneut stellte ich fest, dass dieser ruhige junge Mann zweifelsohne die uneingeschränkte Herrschaft über sämtliche Vorgänge in der Bibliothek hatte. Auch die anderen nahmen es wohl wahr; denn Basil sprach jetzt nicht mehr zu Leader, sondern eindeutig zu Appleby.

»Wir hatten irre Mutmaßungen als Folge irrer Handlungen zu ertragen – Handlungen, die so irregeleitet waren, dass es meine Pflicht ist, sie offenzulegen. Geoffrey steht hinter dem Angriff auf Wilfred. Und sein Motiv ist reine Habgier.«

Geoffrey, der nichts mehr gesagt hatte, seitdem seine Theorie entkräftet worden war, sagte auch jetzt nichts – er lachte. Es war unter den gegebenen Umständen ein seltsam unverfängliches, abgehacktes Lachen.

Aber Basil schenkte ihm keine Beachtung. »Geoffrey und Anne können es kaum erwarten, Wilfred um so einiges zu erleichtern; ja, sie denken, es steht ihnen zu. Aber Wilfred hat Annes Ansinnen zurückgewiesen – unüberlegt, wie wohl gesagt werden muss. Außerdem glaube ich, dass es noch einen Grund für Differenzen gab – einen Grund, der vermutlich der Leidenschaft geschuldet ist –, auf den ich aber in dieser großen Runde nicht weiter eingehen möchte.«

Ermattet fasste sich Basil an den verbundenen Kopf. Die emotionalen Verstrickungen zwischen Wilfred, dessen Mündel und Geoffrey mussten in diesem Augenblick nun wirklich nicht angesprochen werden. Wale, dachte ich, hätte recht getan, darauf zu bestehen, dass Basil fernblieb. Die Vorwürfe gegen Geoffrey sahen ihm keineswegs ähnlich und waren deutlichster Beleg dafür, dass sein Urteilsvermögen durch den erlittenen Schlag beeinträchtigt war. Nun aber gab es für ihn kein Zurück mehr.

»Geoffreys Tat entsprang einem seltsamen Kalkül, wie Wilfred sich unter ganz bestimmten Umständen verhalten würde. Wilfred hatte Anne nichts vermacht. Er hatte ihr testamentarisch nichts hinterlassen. Aber er hatte durchaus die Absicht dazu. Dieses Hinauszögern schien dem dummen Wunsch zu entspringen, auch weiterhin einen gewissen Einfluss auf sie zu haben. Befände er sich aber in Lebensgefahr – läge er im Sterben oder glaubte er, bald sterben zu müssen –, würde er tun, was er für das Richtige hielt.« Basil lächelte freudlos. »Und was Geoffrey und Anne für das Richtige hielten. Aus diesem Grund wollte Geoffrey nicht, dass Wilfred sofort starb.«

In der tödlichen Stille sank Basil auf seinen Stuhl zurück, und erneut erhob sich Wale und ging durch den Raum zu ihm. Basil fuhr fort: »Arthur war Zeuge, als Anne – unbeabsichtigt, wie ich glaube und hoffe – Geoffrey zu diesem Plan animiert hat. Dann ...«

Erschöpft verstummte er. Alle sahen in meine Richtung. Ich zögerte, obwohl mir mit einem Mal klar wurde, was er meinte. Schließlich entschied ich, dass Basils Überlegungen es wert waren, gehört zu werden. »Gestern Vormittag beim Übungsschießen«, sagte ich, »haben sich Geoffrey und Anne über Wilfred unterhalten und zeigten sich dabei, fürchte ich, sehr aufgebracht. Basil musste noch das Ende des Gesprächs mitbekommen haben.« Ich überlegte, bemüht, alles korrekt zu erinnern. »Abschließend sagte jedenfalls Anne: ›*Wilfred wird die Angehörigen um sein Totenbett versammeln. Und dann wird er sich sehr viel spendabler erweisen.*‹«

An diesem Punkt zerbrach Leaders Bleistift. Annes gemeine Bemerkung hätte nicht wirksamer vorgebracht werden können als hier im Anschluss an Basils Anschuldigungen. Sämtliche Versammelten drehten sich zu ihr hin.

Sie saß neben Geoffrey und hatte ihre Hand auf seine gelegt. »Geoffrey hat seine Geschichte vorgetragen«, sagte sie ruhig, »weil er impulsiv und auch ein wenig gemein ist. Aber Basil hat seine nur erzählt, weil er durch den Schlag auf den Kopf nicht mehr ganz bei Sinnen ist. Im Grunde weiß er es natürlich sehr viel besser. Ist dem nicht so, Arthur?«

»Basils Theorie«, sagte ich leise, »ist sicherlich falsch.«

»Geoffrey ist Maler.« Annes Stimme war hart, ihre Lippen zitterten. »Das Chaos innerhalb der Familie überlässt er gern und ausschließlich mir. Ich darf Ihnen versichern« – sie wandte sich mit ihrer üblichen spöttisch-ernsten Art an Appleby – »dass er niemals jemanden erschießen würde, solange ich es ihm nicht auftrage. Und Wilfred, wie Basil wissen sollte, ist jemand, den … den ich immer sehr gemocht habe. Selbst« – ihr Gesicht wurde plötzlich das eines Kindes – »selbst wenn er ein gemeines, niederträchtiges Schwein ist.«

»Darf ich fragen …«, begann Leader und verstummte. Anne war in Tränen ausgebrochen.

22

Nun war es an Lucy Chigwidden, ein Geständnis abzulegen. Sie erhob sich und sagte laut und deutlich: »Ich gestehe.«

Appleby sah auf seine Uhr, und ich fragte mich, ob das von uns dargebotene außergewöhnliche Unterhaltungsprogramm ihn vielleicht zu langweilen begann. Allerdings nahm er sich daraufhin Lucy an – wie er überhaupt von nun an eine aktivere Rolle bei allen Vorgängen spielte. »Madam«, sagte er sehr ernst, »verstehe ich Sie recht, dass Sie den versuchten Mord an Ihrem Neffen Wilfred Foxcroft gestehen wollen?«

»Ja«, antwortete Lucy mit fester Stimme – um kurz darauf anzufügen: »Nein.«

»Nein?«

»Nein – nicht an meinem Neffen. An meinem Bruder. Ich habe versucht, Basil umzubringen. Zweimal.« Lucy sah sich im Raum um. »Zweimal«, wiederholte sie mit Nachdruck.

Mervyn Wale setzte seine Brille auf und musterte Lucy, als überlegte er, ob er erneut Beevor rufen sollte. Ralph Cambrell, der unbeachtet in einer Ecke saß, fingerte an seinem Hut, als wollte er ihn sich aufsetzen und flüchten. Horace Cudbird wurde ebenfalls unruhig; ich war zunehmend überzeugt, dass er glaubte, noch etwas sehr Entscheidendes beitragen zu können. Zur Stimme wagte ich nicht hinzusehen, aber zweifellos kostete es den Mann einige Anstrengung, sein Temperament in Zaum zu halten.

Lucy stand auf, ging langsam durch den Raum zu Anne und Geoffrey und legte beiden jeweils schützend eine Hand auf die Schulter. »Bei den ungeheuerlichen Anschuldigungen gegen diese unschuldigen Lämmer«, sagte sie, »ist ein entscheidender Punkt übersehen worden: der Angriff auf Basil vor unserer Diskussion hier. Wenn es den beiden gestern Abend gelungen ist, ihren Plan gegen Wilfred in die Tat umzusetzen, warum hätten sie dann heute Morgen auch noch Basil angreifen sollen?« Lucy sah fragend zu uns, als hätte sie den Faden verloren. Plötzlich schien ihr ein Gedanke zu kommen. »Das Motiv«, sagte sie. »Ich habe das Motiv ganz vergessen. Ich hasse Basil. Von ganzem Herzen. Ich hasse ihn seit dem Kindergarten. Das ist das Motiv.« Erneut kramte sie in ihrem Gedächtnis.

Appleby beugte sich vor. »Ein Motiv ist immer hilfreich«, sagte er ernst. »Aber könnten Sie uns auch einen kleinen Beweis geben?«

»Einen Beweis?« Lucy war höchst überrascht. »Aber ich *gestehe* doch.«

»Meine liebe Mrs Chigwidden, ich fürchte, Ihr Geständnis, mag es noch so lebhaft vorgetragen werden, wird nie zu einer Verurteilung reichen. Dafür braucht man schon einen wie auch immer gearteten Beweis.«

»Lucy, meine Liebe« – zum ersten Mal äußerte sich jetzt Hubert Roper – »mach dir keine Sorgen. Wenn du willst, denken wir uns für dich einen Beweis aus. Wie wäre es damit? Auf Wilfred wurde höchst nachlässig geschossen. Es wird zunehmend klar, dass dies das größte Rätsel der ganzen Sache ist. Will man jemanden töten, zielt man gemeinhin auf den Kopf oder das Herz. Dieser Schuss aber, aus geringer Entfernung abgegeben, trifft Wilfred in der rechten Körperhälfte.« Hubert sah sich im Raum um. »Nun, wer außer Lucy könnte etwas derartig verkorksen? Wir alle haben doch gesehen, wie sie ihren Füllfederhalter in das Sahnekännchen getaucht und Zucker in ihre Suppe gegeben hat. Ist sie nicht die Einzige, bei der man sich vorstellen kann, dass sie alles durcheinanderbringt – dass sie den einen mit dem anderen verwechselt und die rechte Seite für die linke hält?« Hubert wandte sich an Appleby. »Sie müssen nicht weitersuchen«, sagte er nüchtern. »Hier haben Sie Ihre Täterin.«

Ich denke, Lucys Auftritt machte ihrem fürsorglichen Herzen alle Ehre. In der abstrakten Welt, in der sie meistenteils lebte, waren Tränen zweifellos ein Symbol der Schuld, auch hatte sie Annes Tränen in diesem Sinne aufgefasst. Ihr vermeintliches Geständnis jedoch hatte etwas Wirres an sich, was ich ärgerlich fand – allerdings nicht so ärgerlich wie Huberts triviale und unpassende Lösung des Rätsels. Über Hubert – und aus Gründen, die noch genannt werden müssen – war ich wirklich verärgert. Genau wie Horace Cudbird.

Cudbird stand auf. »Ich werde erklären«, sagte er, »was sich letzten Abend zugetragen hat.«

Aus den Augenwinkeln heraus sah ich, dass die Stimme Leader etwas Dringliches zumurmelte. Vielleicht insistierte die Stimme – sehr begründet – darauf, dass wir Erklärungen bereits in Hülle und Fülle hatten. Die Ausführungen aber endeten abrupt: auf ein Zeichen von Appleby, wie ich mir vorstellte. Cudbird durfte fortfahren. Aber nicht bevor Anne, die sich von emotionalen Krisen recht schnell erholte, sich selbst als ironischen Chor in Szene setzte.

»Ein Vögelchen hat Mr Cudbird alles zugezwitschert. Zweifellos ein Kanarienvögelchen.«

Cudbird nickte leidenschaftlich. »Ja, die Kanarienvögel hatten ihren Anteil, das will ich nicht leugnen. Ich bezweifle, ob ich auf die Wahrheit gestoßen wäre, hätte ich nicht ihr Verhalten studiert. Oder wenn in mir nicht ein ganz neues Interesse an der Kunst erwacht wäre.«

»Neue Interessen aller Orten.« Ganz automatisch fiel Geoffrey mit ein. »Hat es sich schon herumgesprochen, dass Cecil sich neuerdings für Rosen interessiert? Er scheint dieser Leidenschaft mit Haut und Haar verfallen.«

Mit beachtlicher Geistesgegenwart sah die Stimme sehr ernst zu jenem Constable, der so sehr zum Kichern neigte. Einen Augenblick lang hing Geoffreys zotige Bemerkung unangenehm in der Luft, dann fuhr Cudbird fort:

»Die Probleme fingen an mit Sir Basils Vorhaben, Belrive zu verkaufen und den Erlös in eine kostspielige Expedition zu stecken. Was einige Personen in Sorge versetzte.« Cudbird hielt inne. Er sprach mit einer Bedächtigkeit, die mit seinem natürlichen Körpergewicht in beeindruckendem Einklang stand. Mein Herzschlag beschleunigte sich; ich war überzeugt, dass er wirklich etwas zu sagen hatte. »Wie gesagt, einige Personen waren besorgt. Sehr überraschend und vermeintlich aus einer Laune heraus sollte ein beträchtliches Vermögen auf den Mond geschossen werden – wie jemand es ausgedrückt hat. Oder jedenfalls in Schnee und Eis dahinschmelzen.«

Appleby, der ins Feuer gestarrt hatte, richtete seinen Blick zur Decke.

»Mr Roper hier« – Cudbird bedachte Hubert mit einem knappen Nicken – »mochte besorgt sein. Er ist der Erbe. Ich gehe nicht davon aus, dass er aufgrund Sir Basils Ansinnen alles verlieren würde, was vielleicht zu erwarten gewesen wäre. Aber doch eine ganze Menge – darunter das Anwesen, dem er wohl wesentlich mehr verbunden ist als sein Bruder.«

Appleby senkte den Blick, fand meinen und nickte ernst. Er kehrte zur Betrachtung der Stuckdecke zurück.

»Mr Roper war also besorgt, wie eindeutig zu sehen ist. Und jetzt zu meinen Kanarienvögeln.« Cudbird in seinem glänzenden Jackett straffte die Schultern und bedachte jeden der Anwesenden mit einem durchdringenden Blick. »Zuweilen ist es nötig, einen der Vögel allein in einen Käfig zu sperren. Und oft kommt es dann vor, dass das arme Ding Trübsal bläst ... Und jetzt, fürchte ich, muss ich etwas persönlich werden. Ich möchte, dass Sie nun alle Ihren Blick auf Sir Basil richten.«

Wir sahen zu Basil und fragten uns, welche Verbindung zwischen ihm und dem trübsalblasenden Kanarienvogel bestand. Applebys nicht zu übersehende Verwirrung bereitete mir einige Befriedigung.

»Es besteht eine gewisse äußere Ähnlichkeit – eine Familienähnlichkeit – zwischen Sir Basil und seinen beiden Neffen Cecil und Wilfred. Gegenüber einigen von Ihnen habe ich das bereits erwähnt. Aber die Ähnlichkeit ist nicht besonders ausgeprägt. Wilfred hingegen, soweit ich das sehen konnte, gleicht Cecil auf ganz ungewöhnliche Weise; ihrer beider Ähnlichkeit mit Sir Basil ist dagegen nicht so groß. Was ich sagen will, ist: Man könnte leichter Wilfred mit Cecil oder Cecil mit Wilfred verwechseln als einen der beiden mit Sir Basil.« Cudbird gönnte uns einen Moment, um das zu verarbeiten. »Und jetzt möchte ich wiederholen, was vor wenigen Minuten Mr Roper gesagt hat. Er sagte, Mrs Chigwidden ist die einzige Person, bei der es vorstellbar ist, dass sie immer alles genau andersherum auffasst. Aber genau das tut auch ein Kanarienvogel, wenn man ihm einen kleinen Spiegel hinhält.«

Cudbirds Worte verfehlten nicht ihre Wirkung. Hubert riss es von seinem Platz, alle Trägheit oder Vorspiegelung von Trägheit waren mit einem Mal wie weggeblasen. Alle Übrigen sahen gebannt zum klein gewachsenen Brauereibesitzer.

»Wenn ein Vogel einsam ist, gebe ich ihm manchmal einen kleinen Spiegel zum Gefährten. Zwei Dinge geschehen. Er richtet seine ganze Aufmerksamkeit auf den Spiegel. Und er ist völlig durcheinander. Genau so ist es auch Mr Roper ergangen.«

»Das«, sagte Hubert Roper, »stimmt.«

»Schauen Sie seine Skizzen an. Sie sind offensichtlich das Werk von mehreren Monaten Arbeit. Aber sie alle befassen sich mit Spiegeln: ein Spiegel, zwei Spiegel, drei – sogar vier kommen vor. Skizzen von Spiegelungen einer Spiegelung – faszinierende Übungen in der Zeichentechnik, keine Frage.«

Ich musste an die seltsame Szene zwischen Hubert und Geoffrey denken, als Geoffrey Ratschläge zur Komposition von Cecils Porträt gab. Hubert hatte angemerkt, er würde sich so mit diesen Skizzen abrackern, dass er sich schon wie Alice zwischen den Spiegeln vorkomme. Zumindest damals war Cudbird mit dabei gewesen. Und davon ausgehend hatte er seinen Gedanken sehr konsequent weiterentwickelt. Verglichen damit war alles, was wir bislang gehört hatten, nutzlose Luftfechterei gewesen.

»Sie sehen, welche Bedeutung das für den rätselhaften Umstand des Vorfalls hat: für die Tatsache, dass Wilfred Foxcroft einen Schuss in den rechten Lungenflügel erhielt. Arbeitet man Tag für Tag mit der Konzentration eines Künstlers an den Vexierspielen der Reflexion, kann es gut sein, dass man in einer Krise in Konfusion gerät. Ständig überträgt man auf Papier oder Leinwand ein Linkes, von dem man weiß, dass es ein Rechtes ist, und ein Rechtes, von dem man weiß, dass es ein Linkes ist. Und dann nähert man sich einer hell erleuchteten Terrassentür und versucht jemanden ins Herz zu treffen. Trifft man stattdessen den rechten Lungenflügel – nun, dann wäre zumindest ich davon nicht überrascht.«

»Und ich auch nicht.« Hubert war blass, dennoch sah er Cudbird unverwandt an. »Ich glaube nicht, jemals Plausibleres gehört zu haben.«

»Aber das ist noch nicht alles. Ich habe gesagt, Cecil und Wilfred sehen sich ähnlich und weisen eine wenngleich weniger ausgeprägte Ähnlichkeit mit Sir Basil auf. Wir haben noch etwas, was passt. Wilfred wurde angeschossen; Wilfred ist Cecil ähnlich; Mr Roper hatte Cecil studiert – *in einem Spiegel*. Nun gibt es aber eine kuriose Tatsache der menschlichen Physiognomie – so nennt man das, glaube ich –, die mithilfe eines fotografischen Negativs deutlich wird. Es handelt sich um die asymmetrische Natur des menschlichen Gesichts. Nehmen Sie eine fotografische En-face-Aufnahme und schneiden Sie das Negativ vertikal durch Nase und Kinn entzwei. Sie können dann drei unterschiedliche Gesichter entwickeln; das normale, indem Sie beide Hälften verwenden; ein Gesicht aus der doppelt verwendeten linken Seite; und ein Gesicht aus der doppelt verwendeten rechten Seite. Den relevanten Punkt hier aber habe ich ebenfalls von den Kanarienvögeln gelernt. Es geht um Folgendes: Manche Eigenschaften werden spiegelbildlich vererbt. Und daraus ergibt sich eine ganz besondere Art von verblüffender Familienähnlichkeit. Wenn Sie kurz darüber nachdenken, werden Sie erkennen, was daraus folgt. *Zwei Personen werden sich ähnlicher sehen, wenn eine der beiden Personen in einem Spiegel wahrgenommen wird.*« Cudbird hielt inne. »Und sie wird abnehmen, wenn ein zweiter Spiegel mit ins Spiel kommt. Mr Roper, der für sein Porträt von Cecil erst mit dem einen und dann mit einem anderen System von Spiegeln experimentierte, befasste sich intensiv mit einem Antlitz, das mehr oder weniger Sir Basil glich. Und da Wilfred seinem Bruder Cecil so ähnlich sieht, wäre die Wirkung die gleiche gewesen, wenn er Wilfred porträtiert hätte. Ich muss wohl kaum noch ausführen, wie verwirrend das alles ist.«

Leader, der im aussichtslosen Unterfangen, Cudbirds Gedanken in sein Notizbuch zu übertragen, völlig den Faden verloren hatte, nickte leidenschaftlich. Appleby hatte die Hände in die Hosentaschen gesteckt; ich erinnerte mich an seine Wette mit Cudbird und erwartete schon, dass er fünf Shilling herauszog. Dann tat er jedoch nicht mehr, als eine Frage zu stellen.

»Würde es wirklich so funktionieren? Sie implizieren, der Schuss auf die nicht klar zu erkennende Gestalt wurde nicht abgegeben, weil diese Gestalt an Sir Basils Schreibtisch gesessen hatte; sondern er wurde abgegeben, weil der Täter Wilfred Foxcrofts Gesichtszüge – die sicherlich nur sehr flüchtig zu sehen waren – für die von Sir Basil gehalten hat. Aber ein Maler, so irritiert er von seinen Spiegelanordnungen auch sein mag, wäre doch der Letzte, dem ein solcher Irrtum unterlaufen würde?«

Ich atmete leichter – doch nur kurz. Cudbird schüttelte den Kopf. »Aber nicht *dieser* Maler. Es gibt nichts, was Mr Roper mehr anödet als das menschliche Antlitz. Er behauptet sogar, im Grunde gebe es nur eine Handvoll menschlicher Gesichter. Er hat sie, um sich seinen Lebensunterhalt zu verdienen, zu oft malen müssen, weshalb sie ihm nun zuwider sind.«

Hubert nickte. »Auch das ist nur allzu wahr. Ich wünschte mir, ich würde die Menschen mögen; ich wünschte mir, ich würde deren dummen Gesichter mögen. Aber ich mag sie nicht.« Er betrachtete Cudbird mit einer finsteren Ruhe, die mich mit Sorge erfüllte.

»Warum also überhaupt dieses ganze Gewese mit den Spiegeln?«, fuhr Cudbird unbeirrt fort. »Einfach deshalb, damit er so tun kann, als würde er Gesichter malen, während ihn in Wahrheit ganz andere Dinge interessieren. Die Technik zum Beispiel. Rahmen und Kanten und Verzerrungen. Man könnte sagen, Mr Roper hat sich in den Kopf gesetzt, dass Gesichter – anders als Ziegelsteine – immer gleich aussehen. Dazu kommt, dass die zu porträtierenden Antlitze sich, wie beschrieben, unweigerlich einander angleichen. Man kommt also nicht umhin: Hubert Roper ist der Täter.«

»Hubert Roper ist der Täter.« Hubert selbst wiederholte es. Er sah zu Lucy. »Und er könnte auch gleich an Ort und Stelle ein Geständnis ablegen.«

Das war eine Drehung zu viel an der Schraube, die sich mir während dieser langen und außergewöhnlichen Szene in den Verstand gebohrt hatte. Mir riss die Geduld. Ich sprang auf. »Halt!«, rief ich. »Hubert, um Himmels willen, hör auf. Ich werde es ihnen sagen … Ich werde sagen, wer es war.«

23

Ich sah mich in der Bibliothek um. »Cambrell«, sagte ich. »Es war Cambrell.«

Meine Stimme kam mir selbst seltsam vor. Ich hatte keineswegs vorgehabt, diese Anklage zu erheben, und muss zugeben, ich würde auch jetzt nichts davon vorbringen, selbst wenn ich überzeugt wäre, dass ausreichende Beweise vorlägen. Aber die Gefahr, in der Hubert schwebte – und die mir nach Cudbirds scharfsinnigen Ausführungen sehr real erschien –, hatte mich aufgerüttelt, sodass ich kurz entschlossen das Wort ergriff. Gewiss war letztlich Huberts Mutwille dafür verantwortlich. Mittlerweile weiß ich, dass er nie die Absicht hatte, ein Geständnis abzulegen. Seine Worte waren lediglich ironischer Widerhall von Lucys Erläuterungen. In der Situation aber trübten sie meine Urteilskraft, und mir schien, wenn eine Katastrophe abgewendet werden sollte, dann mussten nun in aller Entschiedenheit Argumente gegen Cambrell vorgebracht werden.

»Was Cudbird hier konstruiert, zeugt von außergewöhnlichem Einfallsreichtum. Aber es ist keineswegs die einzige Erklärung für die eigenartigen Umstände, unter denen dieser Schuss auf Wilfred abgegeben wurde. Was ich gegen Cambrell vorbringen möchte, ist eine vielleicht ebenso überraschende, allerdings sehr viel einfachere und überzeugendere Erklärung.«

Mein Blick war auf Hubert fixiert. Nun hielt ich inne, reichlich zufrieden damit, wie ich meinen Gefühlsausbruch in andere Bahnen gelenkt hatte.

Cambrell nutzte die Stille, um das Wort zu ergreifen. »Ich protestiere!«, sagte er. »Ich protestiere gegen die skandalöse Regelwidrigkeit dieser Vorgänge. Wäre Roper nicht außer Gefecht gesetzt« – er deutete auf Sir Basil – »würde er dem umgehend Einhalt gebieten. Ich werde dem Chief Constable davon berichten. Und wer zum Teufel ist Ferryman, dass er mich eines Verbrechens beschuldigt? Wenn die Polizei mich zu befragen wünscht, soll sie das sagen, dann werde ich meinen Anwalt schicken. Ich bin aus Höflichkeit zurückgekehrt und werde mich hier nicht beleidigen lassen.«

Cambrell erhob sich, als wollte er gehen. Seine Einwände, wiewohl übersteigert zum Ausdruck gebracht, entbehrten nicht einer gewissen Vernunft. Es war Appleby, der einschritt. Als ich mich zu Wort meldete, hatte er die besinnliche Betrachtung der Decke eingestellt und mich wie jemand angesehen, der endlich die Wahrheit zu hören erwartete. Jetzt hatte es ihm wieder die Decke angetan, fast geistesabwesend sagte er: »Mr Ferryman war aufgewühlt, als er das Wort ergriff. Seiner Aussage entnehme ich aber, dass er keineswegs eine konkrete Anschuldigung formulieren, sondern lediglich Möglichkeiten ausloten möchte. Lediglich Möglichkeiten ausloten.«

Leader nickte zustimmend. »Wir gehen sämtlichen Möglichkeiten nach«, sagte er salbungsvoll. »Nicht mehr und nicht weniger.«

»Wir müssen«, sagte Appleby, »jeden Stein umdrehen.«

»Routine«, ließ sich die Stimme vernehmen. »Alles anhören, was die Betroffenen von sich geben. Reine Routine.«

Was diesen Bemerkungen an Überzeugungskraft mangelte, machten sie durch Zuversicht wett. Cambrell beugte sich schließlich dem beschwichtigenden Chor. »Gut«, sagte er, »ich füge mich. Aber ich werde keine Fragen beantworten.«

Ich atmete tief durch. »Cambrell möchte Belrive erwerben. Genau wie Cudbird. Zufällig weiß ich – ich fürchte, weil ich ein Gespräch belauscht habe –, dass Cambrell ein höheres Gebot abgab. Basil lehnte ab; er zog es vor, Cudbird das Anwesen für eine geringere Summe zu überlassen, weil es ihn interessierte, was Cudbird damit vorhatte. Cambrell war darüber ausgesprochen wütend. Und er scheint der Meinung gewesen zu sein – auch das habe ich belauscht –, dass Hubert, wäre er im Besitz des Anwesens, vermutlich anders gehandelt hätte. Er glaubt, dass Hubert an ihn verkaufen würde. Natürlich wissen wir, dass Hubert im Fall von Basils Tod das Anwesen erben würde und damit in der Position wäre, es zu veräußern.«

Anne unterbrach mich. »Aber, Onkel Arthur, würde jemand, würde ein Unternehmer« – sie sah zu Cambrell – »würde ein *ehrenwerter* Unternehmer wirklich zu einer Waffe greifen, um in den Besitz eines Grundstücks zu kommen, auf dem er noch weitere teuflische Fabriken errichten könnte? Ist das als Motiv nicht etwas weit hergeholt?«

»Nicht bei Cambrell.« Ich fürchte, ich fand mehr und mehr Gefallen an meiner These. »Seine Fabriken bilden seinen gesamten geistigen Horizont. Für ihn existiert nichts anderes. Was andere Männer für eine Frau, für ein Kunstwerk tun würden, tut er für sein Unternehmen. Und vergesst nicht, Cambrell steht in dieser Sache in direktem Wettbewerb zu Cudbird. Hier nun kommt ein menschlicher Faktor mit ins Spiel. Ich denke, es wäre für ihn nicht hinnehmbar, wenn er sich Cudbird egal in welcher Sache geschlagen geben müsste. Bedenkt man das alles, erscheint das Motiv höchst plausibel.«

Ich sammelte meine Gedanken. »Nun, wir wissen, dass sich Cambrell letzten Abend tatsächlich in Basils Arbeitszimmer aufgehalten hat. Das hat er selbst zugegeben. Allerdings ist dieses Geständnis keineswegs aus freien Stücken erfolgt. Er ließ dabei ein Buch zurück – der Fehler, ein Indiz seiner Eile, ist für sich bereits aufschlussreich – und nahm stattdessen ein Buch von Cecil mit: Laws *Ernster Aufruf.*«

Sir Mervyn Wale, der still und in sich zusammengesunken in einem großen Sessel am Kamin saß, wollte an dieser Stelle eingreifen. »Apropos, ich sollte dazu sagen …«

Aber ich ließ mich weder beirren noch unterbrechen. »Er behauptete, er hätte das Haus durch den Haupteingang betreten, sei sofort zum Arbeitszimmer gegangen, habe es verlassen vorgefunden und daraufhin festgestellt, dass sein Handeln nicht rechtens sei, weshalb er sich auf dem gleichen Weg wieder entfernt habe. Das aber ist nicht besonders glaubwürdig. Lenken wir unser Augenmerk noch einmal auf das Buch. Cambrell betritt das verlassene Arbeitszimmer; er wartet eine Weile und geht wieder. Ist es vorstellbar, dass er in dieser doch unangenehmen Situation ein Buch, das er bei sich hat, irgendwo ablegt? Aber nur wenn er es ablegt, ist es möglich, irrtümlich ein anderes mitzunehmen. Andererseits sind durchaus Umstände vorstellbar, unter denen er *wirklich* ein Buch ablegen würde.«

Ich sah Appleby verhalten nicken und fühlte mich in meinem Gedankengang bestätigt. »Und jetzt möchte ich zu etwas kommen, was ich tatsächlich selbst mitangesehen habe. Wie ich der Polizei sagte, bemerkte ich, als ich zu einem Spaziergang im Park aufbrach, auf der Terrasse eine Gestalt. Könnte das nicht Cambrell gewesen sein, der darauf wartete, Basil zu fassen zu bekommen? Er sagte, es wäre ihm peinlich gewesen, erneut Basils Bediensteten unter die Augen zu treten, nachdem er am Nachmittag so aufgebracht das Haus verlassen hatte. Wäre dem so, wäre es dann nicht sehr viel wahrscheinlicher, dass er das Arbeitszimmer direkt über die Terrasse betreten hätte? Man könnte es sogar für sehr plausibel halten, dass Cambrell auf diesem Weg gekommen und wieder gegangen ist.

Mit welchen Absichten er kam, wissen wir nicht. Aber wenn alles, was ich sage, stimmt, ergibt sich daraus, dass er das Arbeitszimmer erst betrat, nachdem er den Schuss abgegeben hatte. Wahrscheinlich ging er unentschlossen auf und ab oder eilte davon, um sich eine Waffe zu besorgen, sodass er nicht mitbekam, dass Basil den Raum verließ und Wilfred eintrat. Als er schließlich feuerte, tat er das hinter dem Vorhang; er wollte nicht riskieren, erkannt zu werden, bevor er nicht sicher sein konnte, dass er sein Opfer getroffen hatte. Und erst *dann*, als Wilfred zu Boden gegangen war, betrat er den Raum, um sich zu vergewissern. Er kniete sich neben den vermeintlich Toten – und das nun ist der Moment, in dem er sein Buch ablegt. Nur musste er feststellen, dass er nicht auf Basil, sondern auf Wilfred geschossen hatte, und dass Wilfred nicht tot war. Er ergriff also sein Buch – oder das, was er für sein Buch hielt – und ging, wie er gekommen war. Dazu ist er ein sehr entschlossener Mann. Was ihm im Arbeitszimmer nicht gelungen war, wollte er heute Morgen in den Ruinen endgültig zu Ende bringen – obwohl die Polizei zwischenzeitlich aufgedeckt hat, wo er sich am Vortag aufgehalten hatte.«

Ich nahm auf meinem Stuhl Platz. Im Raum herrschte Schweigen, das plötzlich von Cambrells heulender Sirene, die die Werktätigen zur Arbeit rief, unterbrochen wurde. Es war weit nach Mittag. Erneut griff sich Cambrell seinen Hut. »Wenn Sie meinen«, sagte er schroff, »dass Sie mich aufgrund *dessen* ins Zuchthaus bringen können …«

»Ganz und gar nicht«, sagte ich entschieden. »Niemand erwartet etwas in dieser Art. Ich zeige nur auf, dass Sie ebenso überzeugend verdächtigt werden könnten wie Hubert.«

Leader legte seinen Bleistift vor sich auf den Tisch und schüttelte den Kopf. »Ich weiß nicht, ob man das wirklich so sagen kann, Sir. Mr Cudbird hat uns eine sehr kluge Erklärung für den rätselhaften Schuss auf Mr Foxcroft geliefert. Wohingegen …«

»Wohingegen Ferryman«, unterbrach Cambrell, »hätte er gestern am Übungsschießen teilgenommen, hätte erkennen können, dass unter den vielen guten Schützen ich bei Weitem der Beste bin. Wenn ich aus gut fünf Metern Entfernung jemandem eine Kugel verpassen möchte, können Sie sicher sein, dass sie genau dorthin geht, wo ich sie haben möchte.«

»Und genau dort wollten Sie sie auch haben.«

Ich glaube, jeder in der Bibliothek fuhr zusammen. Ich hatte mir meinen letzten Schuss – der einer ins Blaue hinein war – für den wirkungsvollsten Moment aufgespart.

»Genau dort wollten Sie sie haben.« Ich sah mich im Raum um. »Wir haben einige Erklärungen gehört, warum Wilfred an der rechten Körperseite getroffen wurde: weil Lucy rechts von links nicht unterscheiden kann; weil Geoffrey sein Opfer nicht sofort töten wollte; weil Hubert sich mit seinen Spiegeln selbst in die Irre führte. Aber jetzt werde ich erklären, warum Cambrell, Meisterschütze, der er ist, Wilfred – oder Basil, wie er dachte – genau an dieser Stelle getroffen hat. Die Erklärung ist einfacher und auch überraschender als alle bisherigen. Cambrell und Basil sind alte Bekannte; sie waren zusammen in den Cumberland und Westmoreland Fells bergsteigen.«

Basil hob den Kopf und sah mich erstaunt an. Die Gedankensprünge, die ich hiermit an den Tag legte, waren kaum so exotisch wie die von Cudbird mit seinen Kanarienvögeln, aber nicht weniger verwirrend.

»Und bei einer Gelegenheit kam es zu einem Unfall. Basil – obwohl ein hervorragender Bergsteiger – stürzte ab und war für einige Zeit bewusstlos. Cambrell musste an seiner Seite ausharren, bis Hilfe kam. Und was tut man in so einer Situation?« Ich wartete kurz, bevor ich die Antwort selbst gab. »Man vergewissert sich, dass der andere noch lebt. Cambrell ertastete also sicher Basils Herzschlag. *Und ich vermute, dass er das Herz an der falschen Seite fand.*«

Erneut nickte Appleby. Wale fuhr abrupt in seinem Sessel am Kamin zu Basil herum und starrte ihn an, als sähe er ihn zum ersten Mal.

»Es gibt das – natürlich sehr seltene – Phänomen der Dextrokardie: Sir Mervyn möge mich korrigieren, falls ich Falsches erzähle. Worauf Cudbird im Fall der Spiegel hingewiesen hat, liegt hier im menschlichen Körper vor. *Das Herz befindet sich auf der rechten Seite.* Wenn man weiß, dass bei jemandem dieses Phänomen auftritt, würde man, wollte man ihn erschießen, *auf dessen rechte Brust zielen.*«

Es folgte ein langes Schweigen. Dann sagte Appleby: »Ganz famos. Ihre Schlussfolgerung könnte nicht besser sein.« Bedauernd schüttelte er den Kopf. »Leider ist das hier aber nicht der Fall. Sir Basil leidet keineswegs an Dextrokardie.«

Ich sah ihn erstaunt an. »Woher wissen Sie das?«

Appleby schenkte allen Versammelten ein Lächeln. »Weil ich ihn bewusstlos geschlagen habe, um es herauszufinden.«

Das war natürlich die Sensation des Tages. Anwesende erhoben sich; Ausrufe waren zu hören; von Leader kam ein lautes Seufzen; die Stimme erbleichte vor erstickten Emotionen.

»Natürlich«, sagte Appleby verhalten, »nicht als Polizeibeamter. Sondern einzig und allein als Bekannter.« Er sah auf seine Uhr. »Unser Treffen sollte an dieser Stelle besser für eine Weile ausgesetzt werden.«

24

Ein leichter Wind blies Rußflöckchen über die Schneedecke. Hinter einer eingestürzten Wand flatterte ein Wachspapier auf; daraufhin erschien eine Hand, die das Papier packte und zerknüllte, bevor sie wieder verschwand. Ich ging um die Ecke und traf auf John Appleby. Er saß auf einem Steinsarg und aß ein Schinken-Sandwich. Neben ihm auf dem Boden lag eine dieser flachen Flaschen, die gewöhnlich Hochprozentiges enthielten. Diese enthielt Milch.

»Es freut mich zu sehen, dass Sie den Anstand besitzen, sich rar zu machen«, sagte ich. »Aber vielleicht freuen Sie sich auch nur über Ihre Heldentat.«

Appleby nahm einen großen Bissen von seinem Sandwich.

»Ich neige zu der Ansicht«, fuhr ich fort, »dass Sie verrückt sind. So verrückt wie Nebel und Schnee.«

»Mein lieber Ferryman, wir haben festgestellt, dass Sie sich gern alle möglichen unglaubwürdigen Dinge ausdenken. Aber wie Sie sagen: Nebel und Schnee.« Nachdenklich betrachtete Appleby die Reste seines Sandwichs. »So viele kluge Reden! Wenn ich doch nur« – in seiner Stimme lag etwas Träumerisches – »die Wahrheit finden könnte.« Plötzlich sah er mich durchdringend an. »Die Wahrheit«, wiederholte er fast flehentlich.

Ich sagte nichts. Er schraubte seine Flasche auf und nahm einen Schluck. »Ja, so viele kluge Reden: Mehr und mehr bin ich überzeugt davon, dass in unserer Angelegenheit etwas fehlt ... Sie halten mich für verrückt? Wie steht es um Sir Basil – ist er verärgert?«

»Man sollte eher fragen, ob er stockwütend ist. Aber das ist er nicht. Ich habe ihm gegenüber angemerkt, dass Sie sich bei ihm sicherlich auf diskrete Weise nach seinem Herz hätten erkundigen wollen. Er meinte, er könnte sich Gründe vorstellen, warum Sie es nicht getan haben. Aber er nahm ganz normal seinen Lunch zu sich und zeigte sich gut erholt.«

»Erholt! Natürlich ist er das. Solche Vorgehensweise will gelernt sein.« Appleby trank seine Milch aus. »Und ich hatte natürlich meine Gründe. Zum einen wollte ich Sie alle ein wenig wachrütteln. Sie haben mir dabei geholfen, indem Sie haarklein erzählten, was wir vergangene Nacht getan haben. Das hat die Anwesenden doch ein wenig aufgescheucht.« Er gluckste unverschämt. »Aber ein weiterer Schreckmoment konnte nicht schaden. Nicht dass es mir in erster Linie darum gegangen wäre.«

»Ich hoffe doch sehr, dass nicht der reine Mutwille Sie dazu trieb.«

»Ah! Aber die Idee mit der Dextrokardie, verstehen Sie, ist mir sehr früh gekommen.«

»Ach ja?«, erwiderte ich kühl. »Ich kann mich nicht erinnern, dass Sie dergleichen erwähnt hätten.«

Wieder gluckste Appleby. »Manche Theorien sind so abstrus, dass man sie lieber für sich behält. Trotzdem musste sie überprüft werden. Dieses physiologische Phänomen findet sich nicht bei Wilfred: Sonst hätten wir es vom Krankenhaus erfahren. Aber es hätte ja sein können, dass Sir Basil davon betroffen ist und Wilfred auf der rechten Körperseite angeschossen wurde, weil jemand meinte, er würde auf Sir Basils Herz zielen; Ihre Theorie, kurz zusammengefasst. Aber noch einmal: Vielleicht gibt es *irgendjemand anderes* mit diesem Phänomen. Vielleicht wurde Wilfred für jemanden mit Dextrokardie gehalten. In diesem Fall wäre es vorstellbar, dass Sir Basil der Täter war. Eben wegen dieser Möglichkeit wollte ich weder ihm noch anderen meine Dextrokardie-Mutmaßung offenbaren. Daher die Methode, der ich mich schließlich bediente. Als Sie dann selbst diese Mutmaßung äußerten, war mein Stillschweigen nicht mehr zweckdienlich.« Plötzlich seufzte Appleby. »Zufällig unterlief mir ein Fehler – etwas, was man sich in meinem Beruf nicht leisten kann. Sir Basils Hemd und Mantel.«

»Sein Hemd und Mantel?«

»Ich habe sie nicht zugeknöpft, nachdem ich sein Herz abgetastet habe. Eine Kleinigkeit, Ferryman, trotzdem ein Fehler.« Er schraubte die Flasche zu und ließ sie in seine Tasche gleiten. »Aber etwas fehlt.« Der Gedanke schien ihn nicht mehr loszulassen. »Nie ist mir das so bewusst geworden wie im Gespräch mit Ihnen, wenn ich das so sagen darf.«

Ich war erstaunt. »Sie haben eine Schwäche für Rätsel, Appleby. Ich kann Ihnen nicht folgen.«

»Diesen Vorwurf kann ich nicht erwidern. Ihre Beschuldigungen gegen Cambrell waren außerordentlich klar formuliert. Nur weiß ich nicht, ob Sie das alles wirklich selbst glauben.«

Ich schwieg.

»Oder ob Sie uns nicht etwas nutzbringender weniger Theorie und mehr Tatsachen hätten präsentieren sollen. Mich interessiert vor allem, an welchem Punkt Sie von diesen abweichen.«

Hinter der Mauer von Belrive ertönte das näher kommende Klirren und Klappern einer altersschwachen Tram. Der Lärm nahm zu, zog vorbei, ließ nach und verstummte; auf der Hauptstraße war im Moment nicht viel los. Wie so oft fühlte ich mich durch die Stille dazu bewogen, etwas zu sagen. »Ich war von Cudbirds Vorstellung beeindruckt. Er besitzt ein natürliches rhetorisches Talent, um das ich ihn beneide. Wenn er erst einmal anfängt, kann man sich ihm kaum noch entziehen. Das ist wie beim Alten Matrosen, der lässt einen auch nicht mehr los.«

»Ja.« Appleby machte große Augen. Er richtete den Blick auf die Unebenheiten zu seinen Füßen, wo die Sonne schon den Schnee wegtaute. »Einen Moment lang war ich fast überzeugt, ich hätte meine fünf Shilling verloren ... Übrigens, warum sind Sie rausgekommen? Nur um mir zu sagen, dass ich verrückt bin?«

Ich schüttelte den Kopf. »Vielleicht aus einem zunehmenden morbiden Interesse. Sie treiben sich hier herum und behaupten, Sie würden nichts tun, obwohl Sie vor Kurzem Basil einen kräftigen Schlag auf den Kopf verpasst haben.«

Appleby erhob sich. »Ich verspreche, ich werde mich hier nicht mehr herumtreiben. Wir müssen zurück. Für halb drei ist eine erneute Zusammenkunft anberaumt. Und dann werde ich dieser Sache ein Ende bereiten.«

»Ein Ende bereiten!«, rief ich. »Dazu sind Sie in der Lage?«

»Zweifelsohne.« Appleby zögerte. Ich hatte den Eindruck, als würde er eine wichtige Entscheidung treffen. »Ich weiß, wer den Schuss abgegeben hat. Ich weiß, auf wen er abgegeben wurde.« Er setzte sich in Richtung Haus in Bewegung. »Geoffrey Roper sprach von einem großen schwarzen Kastenwagen. Nun – der wird in einer halben Stunde hier eintreffen.«

Wir gingen weiter, ohne dass einer von uns etwas sagte. Nur wenige Minuten zuvor hatte Appleby noch zugegeben, dass sich ihm die Wahrheit entzog. Es war mir schleierhaft, wie ihm in der Zwischenzeit so plötzlich die Erleuchtung gekommen sein konnte. Aber er hatte höchst überzeugt und umstößlich geklungen; tatsächlich hatte seine Bekanntgabe, er könne einen Verbrecher überführen, etwas Unbarmherziges an sich.

Ich war sehr aufgewühlt. »Sie wissen«, sagte ich schließlich, »dass die Aussicht auf eine skandalöse Enthüllung innerhalb der Familie mich sehr beunruhigt. Dass einer unter uns einen nahestehenden Verwandten töten wollte …«

»Natürlich. Ihr Versuch, theoretische Argumente gegen Cambrell ins Feld zu führen, ist beredtes Zeugnis Ihrer Gefühle. Aber seien Sie unbesorgt.«

Ich blieb abrupt stehen. »Ich verstehe nicht …«

»Ich sagte, seien Sie unbesorgt.« Appleby klang ein ganz klein wenig schroffer. »Es handelt sich nicht um eine Familienangelegenheit.«

»Sie meinen, es war keiner aus der Familie?«

»Genau.«

Verdutzt starrte ich ihn an. Ich hatte nie erwartet, dass der Fall eine solche Wendung nehmen könnte.

»Sie sehen also«, sagte er trocken, »Sie können erleichtert sein.«

Der Police Sergeant schlich auf der Terrasse herum und begrüßte Appleby mit einiger Dringlichkeit. Ich hielt mich abseits, während sie sich kurz unterhielten, daraufhin kam Appleby mit ernster Miene zu mir zurück. »Vielleicht«, sagte er, »könnten Sie in die Bibliothek gehen und den anderen mitteilen, dass ich etwas später komme. Ich muss noch telefonieren.«

Ich sah ihn neugierig an. Er gab sich so wie immer, dennoch hätte man den Eindruck bekommen können, dass er etwas verbarg. »Etwas Ernstes?«, fragte ich.

Er zögerte kurz, bevor er antwortete. »Ja – ernst und eigenartig unerfreulich.« Damit wandte er sich ab.

Ich trat ins Haus. Es war Viertel vor zwei, einige Minuten ging ich unruhig auf und ab. Im Speisezimmer traf ich auf Hubert, der sich nicht wie die anderen zurückgezogen hatte und in der schwermütigen Betrachtung eines Stücks Stilton begriffen schien. Betrübt sah er auf. »Dieser Cudbird«, sagte er. »Eine gerissene kleine Kröte. Hat mir einen ganz schönen Schrecken eingejagt.«

»Das glaube ich gern.«

Huberts fragender Blick kehrte zum Käse zurück. »Arthur …«, begann er und stockte. Dann fuhr er fort: »Und jetzt bietet er mir einen Auftrag an: Was hältst du davon?«

»Ich halte das für sehr geschmacklos.«

Das Fragende in Huberts Blick wich unverhohlener Überraschung. »Was für eine außergewöhnliche Ansicht! Ich werde euch Literaten nie verstehen. Ich halte es für großartig. Ich werde jedes Elendsviertel der Stadt malen, Ziegel für Ziegel. Jahrelang richtige Arbeit. Endlich Schluss mit diesen als Gesichter verkleideten Hintern …«

»Nun«, sagte ich, »wenn du es für großartig hältst, werde ich es nicht infrage stellen. Aber die Polizei hält nicht viel von Cudbirds Theorie zu dem Schuss. Du bist also gerade noch mal davongekommen und könntest dankbar sein.«

»Ah, komm schon.« Hubert zeigte erste Anzeichen der Langeweile, die sich bei jedem etwas längeren Gespräch bei ihm einstellte. »Seine Theorie wäre über kurz oder lang sowieso in sich zusammengefallen, egal, was die leidigen Bobbies davon halten oder nicht halten. Alles leeres Geschwätz.«

»Man kann nie wissen. Weitere Beweise könnten auftauchen.«

Hubert schob den Käse weg, als wollte er das Tischtuch darunter in Augenschein nehmen. »Weißt du«, sagte er bedächtig, »ich glaube, ich weiß, wer geschossen hat.«

Ich musste einen überraschten Laut von mir gegeben haben, denn Hubert schüttelte beruhigend den Kopf.

»Nein … ich werde keine weitere Theorie in die Welt setzen. Ich denke wie du, dass dabei nichts Gutes herauskommen kann. Alles Gerede hat bislang zu nichts geführt. Und genau so sollte es sein. Lass den Dingen ihren Lauf, irgendwann rückt die Polizei ab, und es wächst Gras über die Sache. Meiner Ansicht nach« – Hubert sah aus, als strengte er sich mehr als gewöhnlich an, einen logischen Gedanken zu entwickeln – »gibt es keinen Grund mehr für einen weiteren Überfall. Das Motiv hat sich in Luft aufgelöst.«

Schweigend sahen wir uns an. »Ja«, sagte ich. »Das habe ich auch gedacht. Aber es gibt Neuigkeiten. Appleby hat verkündet, er habe das Rätsel aufgeklärt. In wenigen Minuten werden wir uns wieder versammeln und die Auflösung hören. Was hat das zu bedeuten?«

»Es bedeutet« – Hubert lächelte träge – »dass der oder die Schuldige am besten das Weite sucht, solange das noch möglich ist. Was bekommt man für versuchten Mord? Ziemlich lange vermutlich.«

»Und das ist nicht alles. Appleby hat mir gesagt, wir müssten uns keine Sorgen machen. Ich meine, die Familie muss sich keine Sorgen machen. Es ist niemand aus der Familie.«

Hubert sah mich verständnislos an. »Er muss immer noch hinter Cambrell her sein. Auch wenn Basil das Herz am rechten Fleck hat« – Hubert lachte – »wie meine hinreichend brüderlichen Gefühle mir sagen, gibt es trotzdem genügend Hinweise, um Cambrell zu verdächtigen. Zum Beispiel könnte man deine Gedanken zu seinem Motiv mit Geoffreys Rückwärtsschießen verbinden. Auch Cambrell hätte wohl kaum erkannt werden wollen. Irgendetwas in der Art. Der arme Cambrell!« Hubert wirkte leicht amüsiert.

Mit einem Mal überkam mich die Wut. »Ich bezweifle«, sagte ich gereizt, »ob du überhaupt erkennst, um was es hier geht.«

»Um was es hier geht? Mein lieber Arthur, das überlasse ich ganz dir.«

Hubert stand auf, fischte einen Käsekrümel vom Tischtuch und ging zur Tür. Ich erinnerte mich wieder an die Aufgabe, die Appleby mir aufgetragen hatte, und folgte ihm aus dem Zimmer.

Die Tür zum Arbeitszimmer stand offen. Als wir daran vorbeikamen, sahen wir Appleby am Telefon stehen. Er bedeutete uns, zu warten, während er noch in den Apparat sprach.

»Was für eine Schande«, sagte er kühl. »Der Zustand des Mannes war bekannt. Sie hatten den Auftrag, ihm *auf den Fersen* zu bleiben. Und dann, als es darauf ankommt, ist Ihr Mann zwanzig Meter entfernt. Das Ergebnis? Eine schreckliche Sache und ein Fall, der vor Gericht jetzt ungleich schwerer zu verhandeln ist. Wahrlich kein Grund zur Gratulation. Guten Morgen.«

Er knallte den Hörer auf und trat zu uns an die Tür. »Ich werde mit Ihnen kommen«, sagte er düster. »Die Sache hat sich für mich erledigt.«

Er eilte durch den Gang, nachdenklich folgten wir ihm.

25

Weder Leader noch die Stimme noch der Sergeant oder der Constable waren in der Bibliothek zu sehen; die gesamte örtliche Polizeidienststelle schien in Ungnade gefallen zu sein. Appleby hatte leise, aber entschieden die Kontrolle übernommen. Die Atmosphäre war eine völlig andere als bei unserem ersten Treffen, bei dem niemandem Einhalt geboten wurde.

»Mr Foxcroft«, begann Appleby ohne jede Vorrede, »wurde von einem mit Kupfer und Nickel ummantelten Projektil vom Kaliber .35 getroffen; es wurde daher mit ziemlicher Sicherheit aus einer Automatikpistole abgegeben. Diese Pistole hätte ich gern.«

Niemand sagte etwas.

»Mindestens einer unter Ihnen weiß, wo sich diese Waffe befindet. Ich appelliere an diese Person, sie mir zu bringen. Und uns zu sagen, was er oder sie weiß. Damit könnten wir uns weitere mühselige Ermittlungen ersparen.«

Wieder Schweigen. Appleby stand vor einem großen Fenster, wir saßen in einem unregelmäßigen Halbkreis um ihn herum. Gebieterischer hätte er sich nicht positionieren können. Wale saß direkt vor ihm, Hubert rechts daneben. Ich selbst hatte einen Stuhl nahe der Tür gewählt.

»Ihr Schweigen ist sehr bedauerlich.« Kurz wirkte Appleby besorgt, als wüsste er nicht, wie er nun weitermachen sollte. »Ich hatte gehofft, den Schuss aufklären zu können, bevor ich Ihnen erzählen muss, was für Sie alle ein großer Schock sein wird. Es betrifft Dr. Cecil Foxcroft. Ich bedaure zutiefst, Ihnen mitteilen zu müssen, dass er tot ist.«

Entsetzt wurde nach Luft geschnappt; dann wieder eisige Stille; dann begann Lucy Chigwidden zu schluchzen. Basil ging quer durch den Raum und setzte sich neben sie. Manche murmelten ihrem Nachbarn unzulängliche Phrasen zu, wie sie unvorhergesehene Neuigkeiten so gern heraufbeschwören. Dann ergriff wieder Appleby das Wort.

»Sir Mervyn« – er hatte sich Wale genähert – »hatten Sie Grund, etwas Derartiges zu befürchten?«

Wale schüttelte den Kopf. Er war vollkommen gefasst. »Ihre Frage ist nicht eindeutig. Aber wie immer man sie auffassen möchte, die Antwort lautet Nein. Foxcrofts körperlicher Zustand gab keineswegs Anlass zu der Sorge, dass er plötzlich versterben könnte. Und wenn Sie meinen, dass er sich das Leben genommen hat – auch das käme unerwartet. Die jüngsten Erlebnisse haben sein geistiges Gleichgewicht sicherlich in Mitleidenschaft gezogen; wie Sie wissen, habe ich mich bemüht, ihn heute Morgen von einem Kollegen untersuchen zu lassen, was durch seinen plötzlichen Abgang verhindert wurde. Es ist ein großes und unerwartetes Unglück.« In aller Seelenruhe sah Wale zu Cecils untröstlichen Angehörigen. »Ein tatkräftiges und nützliches Leben. Wie traurig – sehr traurig, in der Tat.« Er lehnte sich zurück und machte es sich auf seinem Stuhl bequem.

»Dr. Foxcroft«, fuhr Appleby fort, »war mit einem Mr Podman, dem Vater eines seiner Schüler, zum Mittagessen verabredet. Dieser Verabredung kam er nach. Er schien sich nach seinem abrupten Aufbruch in Belrive direkt nach Riverton begeben zu haben, wo er Mr Podman in seinem Büro vorfand. Da es für den Lunch noch zu früh war, bot Podman Dr. Foxcroft eine Besichtigung seiner Fabrik an. Es handelt sich um ein großes Unternehmen, das hauptsächlich mit der Herstellung von Autokarosserien beschäftigt ist.

Und dort, als sie einen der damit einhergehenden Produktionsschritte inspizierten, geschah der Unfall. Dr. Foxcroft musste sich nach wie vor in seinem übernervösen Zustand befunden haben, denn die Maschinerie gilt als absolut gefahrlos, sofern die üblichen Vorsichtsmaßnahmen eingehalten werden. Wie auch immer, etwas musste ihn erschreckt haben; er machte einen hastigen Schritt nach hinten, geriet ins Stolpern und stürzte. Die Maschine wurde sofort angehalten, aber es war zu spät. Er war auf der Stelle tot.«

Lucy hatte aufgehört zu schluchzen, dafür hatte nun Anne damit begonnen. Wale ergriff wieder das Wort. »Es ist mir ein Trost, zu wissen, dass er nur einen kurzen Moment zu leiden hatte.« Er nickte befriedigt und lächelte traurig und schicksalsergeben, was er vermutlich als Hinweis verstanden haben wollte, wie die Familie korrekterweise damit umzugehen habe. »Darf ich fragen« – er wandte sich an Appleby – »wo der Leichnam hingebracht wurde?«

Appleby schien überaus geknickt. »Nun«, sagte er, »ich würde vorschlagen …«

Aber Wale ließ nicht locker. »Der Leichnam – wohin wurde er gebracht?«

»Ich fürchte – es ist schrecklich, das zu erklären – gut, soweit ich weiß, wurde er noch nicht abgekratzt.«

Wir starrten ihn entsetzt an.

»Dr. Foxcroft ist in eine sehr leistungsstarke Blechpresse gefallen, mit der Karosserien angefertigt werden. Er wurde sofort zerquetscht. Um es ganz unverhohlen zu sagen, seine sterblichen Überreste können nicht mehr als einige Millimeter dick sein.«

In unser erschüttertes Schweigen gellte ein Schrei, in dem sich Verzweiflung und Wut mischten. Er kam vom bislang so abgebrühten Wale. Er war aufgesprungen und fuchtelte wild mit den Armen. Und sackte ebenso plötzlich in sich zusammen.

Appleby war ebenfalls auf den Beinen. »Da«, sagte er theatralisch, »ist der Täter.« Er zeigte direkt auf Wales Herz.

Ich musste ziemlich perplex gewesen sein; ich erinnere mich an Applebys Stimme, die wenige Minuten später wie aus einem Nebel an mein Ohr drang. Er redete schnell und außergewöhnlich energisch. Vom gedankenverlorenen und eher zurückhaltenden jungen Mann war nichts mehr zu sehen. Und uns allen wurde wahrscheinlich bewusst, welch hervorragenden Polizisten Basil zufällig in sein Heim geladen hatte.

»... und Sie haben gesehen, wie er sich verraten hat. Seine gesamte Arbeit, wofür er fast einen Menschen getötet hat, das alles ist nicht mehr – das alles ist unwiderruflich verloren.

Hat jemand unter Ihnen zufällig Saroyans Erzählung *Aspirin ist ein Mitglied der N.R.A.* gelesen? Eine Aussage darin ist mir im Gedächtnis geblieben.« Appleby hielt inne. »Durch den Tod nimmt das Herz keinen Schaden – genau dafür wollte Wale sorgen.«

Ich erinnere mich, erstaunte Gesichter gesehen zu haben, die allesamt auf Appleby gerichtet waren.

»Wale wollte Cecil Foxcrofts Herz haben. Er musste es haben; wie Sie alle wissen, ist er Herzspezialist, und Cecils Herz galt sein Hauptinteresse.«

Erneut befiel mich so etwas wie ein leichter Schwindel. Ich erinnerte mich – ich glaube, ich habe es schon früher in diesem Bericht erwähnt –, dass Cecil in seiner Schulzeit an einem schwächlichen Herz gelitten hatte. Ich erinnerte mich – stärker noch – an die sonderbare Beziehung zwischen

Cecil und Wale. Am lebhaftesten erinnerte ich mich aber an das Gespräch oder die Konsultation, deren Zeuge ich zufällig zwischen den Ruinen geworden war, und an Wales Gesichtsausdruck, nachdem sie vorbei war. Der Gesichtsausdruck hatte mich zu jenem Zeitpunkt an etwas denken lassen, was mir nicht einfallen wollte – aber jetzt wusste ich es. Es war der Gesichtsausdruck eines Sammlers in einem Verkaufsraum, wenn ein Rivale ein einzigartiges Buch fortträgt, das wiederzusehen er sich niemals mehr erhoffen kann.

»Wale war der sehr viel Ältere – und krank noch dazu. Ihm war klar geworden, dass Dr. Foxcroft ihn im normalen Verlauf der Dinge hintergehen würde – dass er seinen leidenschaftlichen Wunsch hintergehen würde, etwas von einzigartigem wissenschaftlichen Interesse zu besitzen und untersuchen zu können. Das wurde ihm wohl während eines Spiels klar, von dem Mr Ferryman mir erzählt hat. Sie haben nach Glocken in Shakespeares Texten gesucht und eine recht melancholische Ernte eingefahren. Als die Reihe an Wale war – oder wieder an ihm war –, zitierte er aus *Romeo und Julia. Dieser Todesanblick mahnt wie Grabgeläut' mein Alter an die Grube.* Dann verließ er, sichtlich aufgewühlt, den Raum. Er wusste, dass er nicht mehr lange zu leben hat und damit die Wahrscheinlichkeit, dass Dr. Foxcroft ihm vorausgeht, nicht sehr hoch ist.« Plötzlich drehte sich Appleby zu Wale um. »War es nicht so?«

Wale kauerte, blass und erschöpft, auf seinem Stuhl. Er nickte. »Ja, dem war so. Aber ...«

»Also beschloss er, Dr. Foxcroft zu töten, aber so, dass das von ihm heiß begehrte Organ nicht in Mitleidenschaft gezogen würde. Er ersann einen simplen Plan, um sein Opfer an die gewünschte Stelle zu locken. Dr. Foxcroft hatte ein Buch verlegt: William Laws *Ernster Aufruf.* Und Wale hatte es gefunden. Er deponierte es im Arbeitszimmer und teilte Dr. Foxcroft mit, dass er es dort gesehen habe. Dabei richtete er es so ein, dass Dr. Foxcroft es holen würde, nachdem er sich umgezogen hatte und bevor er zum Dinner erschien. Unglücklicherweise fand Dr. Foxcroft« – Appleby zögerte – »zwischenzeitlich etwas anderes, womit er sich beschäftigen konnte. Und durch einen weiteren unglücklichen Umstand betrat stattdessen Wilfred Foxcroft das Arbeitszimmer – der, wie wir festgestellt haben, eine große Ähnlichkeit mit seinem Bruder aufweist. Der Rest ergibt sich von selbst. Somit müssen wir nur noch erklären, wie Dr. Foxcroft auf die Wahrheit gestoßen ist.

Denn das geschah, als Wale vom Krankenhaus zurückkam, nachdem Wilfred Foxcroft operiert worden war. Dr. Foxcroft hielt sich in der Halle auf und erkundigte sich nach dem Zustand seines Bruders. Durch einen seltsamen Zufall brachte Wales kurze Antwort die beiden Wörter ›ernst‹ und ›Aufruf‹ zusammen. Und Dr. Foxcroft erkannte sofort, was geschehen war. Wale war sein Arzt und der Einzige, der seinen Zustand kannte; er war auf ihn angewiesen. Dadurch musste ihm aber umso klarer geworden sein – zumindest auf unbewusster Ebene –, welche außerordentlichen Begehrlichkeiten Wale seinem interessantesten Patienten entgegenbrachte. So dämmerte ihm die Wahrheit: Die Information, dass sich Laws Buch im Arbeitszimmer befindet, war ihm aus einem durch und durch finsteren Zweck mitgeteilt worden. Vielleicht war Dr. Foxcroft vorher schon argwöhnisch gewesen; vielleicht hatte sich Wale verdächtig benommen. Wie auch immer, Dr. Foxcroft erkannte plötzlich, dass sich sein Arzt in einen Shylock der schlimmsten Sorte verwandelt hatte, der es nicht auf ein Pfund Fleisch absah, sondern auf mehrere Pfund eines menschlichen Herzens.

Ich denke, man tritt Dr. Foxcroft nicht zu nahe, wenn man ihn nicht als mutigen Menschen bezeichnet. Die Umstände waren extrem nervenaufreibend, man kann ihm keinen Vorwurf machen, dass er den Kopf verlor. Sein ganzes Streben zielte darauf ab, sich vor Wale in Acht zu nehmen. So entwickelte er einen Plan, den man als sehr umsichtig bezeichnen muss. Er ließ einen Anwalt kommen und wollte ein Testament aufsetzen – oder etwas zwischen einem Testament und einem Manifest, da das Dokument umgehend publik gemacht werden sollte. Egal wie er zu Tode kommen würde, es dürfe – das war sein letzter Wille – unter keinen Umständen eine Obduktion seines Leichnams vorgenommen werden. In diesem Fall, und sollte Wale davon erfahren, wäre er in Sicherheit gewesen. Als der Anwalt Cecil versicherte, dass er eine gesetzlich bindende Verfügung dieser Art nicht ausstellen könne, verließ Cecil überstürzt Belrive – mit dem unglückseligen Ende, das ich Ihnen soeben mitgeteilt habe.

All das ließe sich nur schwer beweisen. Aber Dr. Foxcroft hat zufällig das meiste von dem, was ich Ihnen erzählt habe, in einem heute Morgen verfassten Dokument niederlegt, das er Mr Cotton, dem Anwalt, überreicht hat, mit der Anweisung, es im Falle seines Todes der Polizei zukommen zu lassen.« Appleby verstummte und wandte sich an Wale, der immer noch zusammengesunken auf seinem Stuhl saß. »Sir Mervyn Wale, ich verhafte Sie …«

»Halt!«

Eine Stimme hallte durch den Raum. Es war meine eigene.

»Halt, sage ich! Dieses Unrecht, diese monströsen Machenschaften müssen jetzt ein Ende haben. Ich habe die Wahrheit zu lange zurückgehalten. Hubert hat auf Wilfred geschossen. Das ist die Wahrheit, und ich habe sie von Anfang an gekannt.«

Bei den letzten Worten blickte Hubert auf und schmunzelte süffisant. »Das nun habe ich nicht erwartet«, sagte er. Er seufzte, und sein Schmunzeln verschwand. »Es war Arthur. Arthur war der Narr, der es getan hat. Und jetzt soll die Polizei alles erfahren.«

26

Appleby sah von Hubert zu mir. »Mr Ferryman«, sagte er ernst.

Ich blickte unumwunden zu Hubert. »Ihr werdet hoffentlich alle einsehen, dass ich es nicht gewollt habe. Als Cudbird seine Theorie vorstellte, warum Hubert auf Wilfred geschossen hat, fühlte ich mich genötigt, einzugreifen und Argumente gegen Cambrell vorzubringen. Ich hoffe, Cambrell wird mir verzeihen. Hubert schien kurz davor, ein Geständnis abzulegen, und davon wollte ich ablenken. In erster Linie ging es mir darum, dass Hubert nicht öffentlich für die schreckliche Tat zur Verantwortung gezogen wird. Ich weiß, ich war in diesem Moment nicht ganz Herr meiner Sinne, und am besten sollte einfach alles vergessen werden. Insgeheim wünschte ich mir von Hubert die Zusicherung, dass er in Zukunft von so niederträchtigen und unüberlegten Handlungen absehen würde. Aber seine Reaktion war wenig zufriedenstellend; er ist ein eigensinniger Mensch. Dennoch hielt ich es für besser, dieses Risiko einzugehen, bevor die Familie bei einem Gerichtsprozess in die Öffentlichkeit gezerrt würde.

Doch dann kam es unvermittelt zu dieser heillosen Komplikation. Die Polizei, die angesichts der Vielzahl konkurrierender Theorien ratlos schien, wartete mit einer eigenen Theorie auf: mit Mr Applebys cleverem Konstrukt gegen Wale. Bevor wir unsere seltsame Zusammenkunft hier fortsetzten, erzählte Mr Appleby mir, dass er eine Lösung habe und niemand aus der Familie betroffen sei. Sofort berichtete ich Hubert davon: Die drohende Aussicht, dass dadurch eindeutig ein Unrecht geschehen würde, stellte uns vor ein gewaltiges moralisches Problem. Aber auch hier war Huberts Reaktion alles andere als zufriedenstellend. Er gab zu verstehen, dass jedes Problem einzig und allein mein Problem sei. Wahrscheinlich bereitete er bereits seine verstiegene Anschuldigung gegen mich vor, die er vor einer Minute ausgesprochen hat.

Und jetzt lässt sich nichts anderes mehr dagegensetzen als die Wahrheit. Ich weiß nicht, wie viele Lügen ich erzählt habe; nicht viele, denke ich. Allerdings habe ich einen entscheidenden Umstand verschwiegen.«

Appleby hatte wieder seinen Posten vor dem Fenster bezogen. Jetzt unterbrach er mich. »Die Waffe«, sagte er. »Sie können sie uns bringen?«

Ich nickte und ging zur Tür. »In weniger als einer Minute.« Dann ging ich hinaus in die Halle, und bei meiner Rückkehr erklärte ich: »Ich habe sie in einem der ägyptischen Tontöpfe versteckt. Ich war sehr in Sorge, als ich Cecil vergangenen Abend beobachtet habe, wie er sich an ihnen zu schaffen gemacht hat. Hier ist sie.« Ich legte die Waffe vor Appleby auf den Tisch.

Nachdenklich betrachtete er sie eine Weile. »Wie ich mir gedacht habe«, sagte er. »Eine Automatikpistole. Wollen Sie mich kurz entschuldigen?« Er ließ die Waffe auf dem Tisch liegen und verließ den Raum.

Es entstand eine unangenehme Pause. Wir alle sahen zur Waffe; jeder mied Blickkontakt mit den anderen. Aber nach einer Minute des Schweigens sagte Hubert: »Arthur, warum bist du nicht geflohen, als er dich aus dem Zimmer gehen ließ? Du glaubst doch selbst nicht, dass dir deine Geschichte irgendetwas nutzen wird?«

Ich erwiderte nichts. Das Schweigen zog sich in die Länge. Durch Applebys unerwarteten Abgang hing meine Aussage höchst unangenehm im Raum. Es dauerte volle acht Minuten, bis er wiederkam. »Fahren Sie fort«, sagte er.

»Ich sagte, in meinem Bestreben, Hubert zu schützen, habe ich etwas Entscheidendes verschwiegen.«

Hubert richtete sich in seinem Stuhl auf. »Wäre es eine zu rüde Unterbrechung«, fragte er, »wenn ich das Kompliment zurückgebe? Ich wollte vermeiden, dass Arthur ins Gefängnis muss. Deshalb habe ich niemandem gesagt, dass ich ihn aus dem Arbeitszimmer kommen und die Waffe verstecken sah. Wenn das nicht etwas Entscheidendes ist, was dann?«

Verstörtes Murmeln war zu hören. Geoffrey Roper, der sich seit seinem Auftritt vor dem Lunch ungewöhnlich still verhalten hatte, wandte sich an seinen Vater. »Dad, gehst du damit nicht ein wenig zu weit? Welches Motiv sollte Arthur denn haben?«

Hubert schüttelte den Kopf. »Es wurden sehr einfallsreiche Motive zum Besten gegeben. Bislang aber keines, das glaubwürdig gewesen wäre. Wenn behauptet wurde, Basil sollte erschossen werden, weil er Belrive verkaufen möchte, dann wurde das Motiv nach Pfund, Shilling und Pence bemessen. Aber könnt ihr denn kein anderes Motiv sehen? Der arme Arthur ist ganz verrückt nach der Priorei und war es schon immer. Er lebt in der Vergangenheit. Er würde alles tun, um zu verhindern, dass der Ort zerstört wird. Und er mutmaßt, wenn Belrive an mich fällt, würde es nicht zum Verkauf kommen. Eigentlich ein Kompliment, wenn man bedenkt, dass ich nie auch nur einen Penny besaß. Es tut mir also leid, ihn zu verraten. Aber nachdem er versucht hat, mir die Tat anzuhängen …«

Appleby ging entschieden dazwischen. »Ich denke, wir

sollten lieber mit dem beginnen, was Mr Ferryman laut eigener Aussage zurückgehalten hat.«

Ich nickte. »Folgendes: Wie allseits bekannt, brach ich vor dem Dinner zu einem kleinen Spaziergang auf. Dabei sah ich jemanden auf der Terrasse stehen. Das habe ich gegenüber Mr Appleby eingeräumt, der sich darüber überrascht zeigte. Lasst mich überlegen, was ich genau erzählt habe. Ich war unten am Seerosenteich, als ich durch den Funkenschlag einer Tram die Gestalt auf der Terrasse erkannte. Ich wartete auf einen weiteren Lichtblitz, doch der kam nicht mehr. Das habe ich erzählt, und das entspricht der Wahrheit. Dann habe ich gesagt, dass ich mich einige Minuten später vom Haus entfernte und den Park betrat. Auch das stimmt. Was ich nicht erzählt habe, betrifft das, was ich während dieser wenigen Minuten tat.

Ich war neugierig und aus irgendwelchen Gründen beunruhigt. Also kehrte ich um und ging über die Treppe hinauf zur Terrasse. Aus der Tür zum Arbeitszimmer drang ein schmaler Lichtstreifen, und in diesem Lichtstreifen erkannte ich, dass es sich bei der Gestalt um Hubert handelte. Er stand an der Balustrade, wo er von drinnen nicht gesehen werden konnte, und starrte konzentriert ins Zimmer. Als er sich ein wenig bewegte, sah ich, dass er eine Waffe hatte.«

Hubert erhob sich. »Das«, sagte er – und ich wusste, dass er nun zum ersten Mal richtig wütend wurde – »ist eine Lüge.«

Ich wandte mich an ihn. »Streitest du ab, dass du da warst?«

»Ich war da – und es war dumm, es nicht gleich der Polizei gesagt zu haben. Sicherlich habe ich konzentriert ins Zimmer gesehen. Konzentriertes Sehen gehört zu meinen Angewohnheiten: Es ist Teil meiner Arbeit, und ein beleuchtetes Fenster kann ungemein faszinierend sein. Aber dass ich eine Waffe hatte, ist gelogen.«

»Fahren Sie fort«, sagte Appleby.

»Gut.« Ich dachte kurz nach. »Es mag seltsam klingen, aber ich habe mir eingeredet, dass alles in Ordnung sei. Oder, anders gesagt, ich musste mir augenblicklich ausgeredet haben, dass etwas nicht in Ordnung sein könnte. Ich bildete mir nämlich ein, dass irgendein Streich gespielt würde – dass ein fingierter Überfall oder Ähnliches stattfand. Auf solchen Familienzusammenkünften geht es ja manchmal hoch her. Jedenfalls wollte ich mich nicht an solchen Dummheiten beteiligen, machte kehrt und wanderte im Park herum. Aber ich konnte nicht lange ausblenden, was ich beobachtet hatte. Meine Unruhe wuchs, schließlich kehrte ich auf die Terrasse zurück und ging zur Tür zum Arbeitszimmer. Hubert war verschwunden, aber die Pistole lag immer noch auf der Balustrade. In einem plötzlichen Anflug von Panik nahm ich sie an mich, ging durch die Tür, teilte die Vorhänge und trat ins Zimmer. Dort sah ich die auf dem Boden liegende Gestalt, und schlagartig verstand ich. Hubert hatte auf seinen Bruder Basil geschossen – ob er ihn tödlich getroffen hatte, vermochte ich nicht zu erkennen. Mein Instinkt sagte mir, dass ein Skandal auf jeden Fall vermieden werden musste. Ich rannte zurück auf die Terrasse, steckte die Pistole, die ich in der Hand hielt, in die Tasche und eilte zurück zum Haupteingang. Ich hatte vor, direkt zum Arbeitszimmer zu gehen und so zu tun, als würde ich erst jetzt das Unglück entdecken. Mein Plan wurde aber von Mr Applebys Ankunft durchkreuzt. Ich war gezwungen, mein Entsetzen zu verbergen. Sprachlos hörte ich schließlich, dass Wilfred angeschossen worden war. Trotzdem war ich fest entschlossen, Huberts nachlässig ausgeführte Tat zu verschleiern.«

Appleby wandte sich an Hubert. »Und Sie sahen Mr Ferryman mit der Pistole aus dem Arbeitszimmer kommen.

Zwischen Ihren Geschichten gibt es im Grunde nur eine Diskrepanz. Mr Ferryman behauptet, Sie hätten eine Pistole in der Hand gehabt, als er Sie auf der Terrasse sah. Jetzt ...«

»Nicht in der Hand gehabt«, unterbrach ich. »Das ist nicht ganz korrekt. Er hatte sie auf die Balustrade gelegt, gleich neben seiner Hand.«

»Sie meinen« – Appleby war die Ruhe selbst – »Sie sahen die Pistole lediglich *auf der Balustrade liegen*? Mr Roper stand daneben und sah zur Terrassentür, und die Pistole lag auf der Balustrade – nahe bei, aber nicht *in* seiner Hand?«

»Ja.«

Appleby stand auf. »Unsere Ermittlungen«, sagte er förmlich, »sind damit abgeschlossen.«

Tee war aufgetragen worden. Es gab Unmengen an Muffins. Appleby zeigte einen sehr gesunden Appetit.

»Zum Glück«, sagte er, »lagen bei Dr. Foxcroft so sehr die Nerven blank, dass ihm Sir Mervyn große Angst einjagen konnte. Das hat es mir erlaubt, Mr Ferryman – der eine ungewöhnlich starrsinnige Person ist – den letzten Anstoß zu geben. Und zum Glück ist Dr. Foxcroft wohlauf. Er wird sich bestimmt sehr schnell von seiner Nervenschwäche erholen.«

»Cecil lebt?« Obwohl Lucy Chigwidden die gute Neuigkeit in der Folge mehrmals bestätigt wurde, war sie zu verblüfft, um sie wirklich erfassen zu können.

»Gewiss. Sir Mervyn – der sicherlich von dem ihm zugeschriebenen Interesse geradezu besessen ist – bekommt vielleicht doch noch seine Chance. Und, wie gesagt, ich habe es zugelassen, dass Theorie um Theorie vorgetragen wurde, weil ich hoffte, dass dadurch die Wahrheit ans Licht kommen würde – und die Pistole. Ich war mir ziemlich sicher, dass Ferryman etwas verheimlicht. Schon als wir uns an der

Tür begegneten und er von dem Vorfall noch gar nicht hätte wissen können, erschien er mir als jemand, der augenscheinlich bemüht war, eine gewisse Aufgewühltheit zu verbergen. In meiner Arbeit entwickelt man ein Gespür für so etwas.«

»Ebenso entwickeln Sie wohl eine bemerkenswerte Herrschaft über Ihre Muskelkraft«, sagte Basil trocken. Vorsichtig fasste er sich an den Kopfverband.

»Und man legt sich ein bemerkenswert dickes Fell zu. Aber ich habe mich in den Vordergrund gedrängt, weil ich fürchtete, meine Kollegen würden aus dem rätselhaften Fall nur allzu schnell einen versuchten Mord machen. Dieser Erklärung stand ich von Anfang an verhalten gegenüber. Als sich nach dem Vorfall alle in der Halle versammelten, drängte sich mir ein Eindruck auf, der nach wie vor Bestand hat. Es mag sein, dass Sie als Familie nicht gerade herzlich miteinander umgehen, aber ich weiß, dass Ihre Familie nicht zu jenen gehört, in der es zu einem Mord kommt. Das war es, was dem Fall so durchgängig fehlte: eine gewisse Atmosphäre, eine entsprechende Spannung, die sich um einen Mord herum entwickelt. Sie sind, wenn ich das so sagen darf, ein Kreis, in dem viel geredet und theoretisiert wird, in dem man zusammensitzt und sich einander nur allzu gern der haarsträubendsten Vorwürfe bezichtigt. Aber Ihnen allen fehlt die Leidenschaft, um einen Mord zu begehen. Selbst Miss Anne« – Appleby lächelte – »Miss Anne, die mir die Liebste unter Ihnen ist – selbst sie benutzt lediglich metaphorische Dolche.«

Geoffrey Roper ließ von seinem Muffin ab und strahlte geradezu kindische Freude aus. »Welch ungewöhnliches Glück«, sagte er, »dass zufällig jemand wie Sie des Weges gekommen ist, der die Sache so sehr durchdringen konnte.«

Appleby erhob sich und hielt Lucy zum Nachschenken seine Teetasse hin. »Natürlich«, fuhr er fort, während sie nach dem Sahnekännchen suchte, »deuteten auch sehr konkrete Faktoren auf einen Unfall hin. Der gesamte Haushalt hatte sich an Schießübungen beteiligt. Der Verletzte hielt sich in Theorie und Praxis für einen Waffenexperten …«

»Veronesische Tränen«, sagte ich.

Appleby lächelte. »Diese Tränen gibt es – aber sind es tatsächlich *Veronesische* Tränen? Ich glaube nicht – aber genau darum geht es. Wilfred Foxcroft verfügt über ein großes Wissen, bei dem ihm allerdings manches ein wenig durcheinandergerät. Was zweifellos auch auf seinen technischen Sachverstand und seine praktische Geschicklichkeit zutrifft.

Und dann ist da noch die Waffe. Das Projektil war ummantelt – was auf eine Automatikpistole hindeutet. Eine solche Waffe ist immer gefährlicher als ein Revolver, da sich meistens noch eine Patrone in der Kammer befindet, wenn das Magazin herausgenommen wird. Deshalb besitzen solche Waffen eine sehr wirksame Sicherung. Die fragliche Pistole« – Appleby nahm nun die Waffe zur Hand, die ich mit so weitreichenden Folgen versteckt hatte – »verfügt über einen solchen Mechanismus. Ein Hebel sitzt an der Rückseite des Griffs, sodass Hahn und Abzugsstollen blockiert sind, solange der Griff nicht mit der Hand umfasst wird. Aber der Konstrukteur rechnete nicht mit Wilfred Foxcrofts Interesse an mechanischen Dingen. Er hatte das Magazin entnommen, aber nicht daran gedacht, dass noch eine Patrone in der Kammer saß. Dann hatte er damit herumhantiert. Er hatte das draußen auf der Terrasse getan. Und dann hatte er – zweifellos aus nachlassender Neugier – die Pistole auf die Balustrade gelegt und dort zurückgelassen. Da lag sie nun – ein Ding, das einer absichtlich platzierten Höllenmaschine sehr ähnlich kam.

Sie lag da, als Hubert Roper auf die Terrasse schlenderte;

sie lag nah an seiner Hand, während er ins Arbeitszimmer spähte. Sie lag da, bis Ferryman sie an sich nahm und seine nicht unplausible falsche Schlossfolgerung daraus zog. Und ihren letzten unglücklichen Auftritt hatte sie in Ferrymans Hand, als Roper von seinem Spaziergang zurückkam und mitansah, wie er sie einsteckte.«

»Aber in der Zwischenzeit«, sagte Basil, »war sie losgegangen.«

»In der Zwischenzeit war sie losgegangen. Und das war das Rätsel. Oder eher das zweite Rätsel. Denn für mich, der ich der Unfalltheorie anhing, war das erste Rätsel das Fehlen der Waffe. Ich schrieb ihr Verschwinden einer geflissentlichen Tat zu« – Appleby bedachte mich mit einem spöttischen Blick – »so blieb also noch dieses zweite Rätsel. Gewöhnlich kommt es zu Unfällen, wenn jemand eine Waffe in der Hand hält oder sie anderweitig in Bewegung gerät. Aber wenn das nicht der Fall ist – wenn es sich um einen Unfall handelt, den niemand registriert –, wie konnte es dann dazu gekommen sein? Die Pistole konnte nicht auf dem Schreibtisch gewesen sein; sonst hätte man Schmauchspuren entdeckt. Tatsächlich konnte sie *einzig und allein* auf der Balustrade gelegen haben – der Schuss ging durch die offen stehende Terrassentür und den Lichtspalt zwischen den Vorhängen, die Wilfred Foxcroft fast ganz zugezogen hatte. Wenn dem also so war, wie war der Schuss dann ausgelöst worden? Egal, in welchem gefährlichen Gleichgewicht sich der Mechanismus befunden hatte, irgendeine positive Krafteinwirkung musste notwendig gewesen sein. Ich dachte an mehrere Dinge und experimentierte damit: eine Efeuranke, ein herangewehtes Blatt. Nichts passte. Und die ganze Zeit über wusste ich – es war zum Verrücktwerden –, dass ich die Erklärung irgendwo im Kopf hatte.«

»Nebel und Schnee«, sagte ich.

»Genau. Bei seiner Rückkehr vom Krankenhaus erwähnte Sir Mervyn Nebel und Schnee. Das ließ mich an ein Gedicht denken, ein Gedicht, in dem die Lösung lag. Ferryman verglich Cudbird mit dem Alten Matrosen. Coleridges *Der alte Matrose* ging mir im Kopf herum. Oder eigentlich nur zwei Verse. *Und Schnee und Nebel kamen jetzt, Die haben's kalt gemacht.* Darin lag die Lösung. *Die haben's kalt gemacht.* Genau das, Sie erinnern sich, ist letzten Abend geschehen. Es war die Kälte, die dafür sorgte, dass sich das Metall der Pistole, die Foxcroft in ihrem so gefährlichen Zustand zurückgelassen hatte, unmerklich zusammenzog, sodass sich der arretierte Hahn löste und die Patrone in der Kammer abgefeuert wurde. So einfach war das.«

Appleby stand auf. »Wilfred Foxcroft ist auf dem Weg der Besserung. Ich habe im Krankenhaus angerufen, als ich Sie vorhin allein gelassen habe. Er war in der Lage, eine Frage zu beantworten: Ob er sich erinnern könne, eine Pistole auf der Terrasse liegen gelassen zu haben? Er bejahte dies.

Das Belrive-Rätsel war also genau das, was ich mir von Anfang an erhofft hatte – ein Fall von Viel Lärm um Nichts. Nur für Dr. Foxcroft, fürchte ich, war es eine Tragödie der Irrungen.« Und Appleby ging auf Basil zu, wie er es wohl auch am Abend zuvor getan hätte, wäre unsere Dinnerparty wie geplant verlaufen. »Ich hoffe, Sie verzeihen mir den K.-o.-Schlag. Und dass Ihrer Exkursion in Nebel und Schnee Erfolg beschieden ist. Goodbye.«

—

»Ein derart mysteriöser Mordfall, er hätte selbst Miss Marple vor ein Rätsel gestellt.«

THE PHILADELPHIA INQUIRER

318 Seiten / Auch als E-Book

Heiligabend im englischen Byford: Schnee rieselt auf das Dorf herab, in den Häusern prasseln die Kamine – doch die Idylle wird jäh gestört. In der Nacht erhält die Polizistin Judy Hill einen Anruf von ihrem Chef: Im alten Pfarrhaus wurde ein Mann gefunden, brutal erschlagen. Schon bald finden die Ermittler heraus: Das Mordopfer war ein Tyrann, und jedes Mitglied der Pfarrerfamilie hatte Gründe, ihn bis aufs Blut zu hassen.

www.dumont-buchverlag.de DUMONT